FA

DIE VERGESSENEN WELTEN

1. Der gesprungene Kristall (24549)
2. Die verschlungenen Pfade (24550)
3. Die silbernen Ströme (24551)
4. Das Tal der Dunkelheit (24552)
5. Der magische Stein (24553)
6. Der ewige Traum (24554)

DIE SAGA VOM DUNKELELF

1. Der dritte Sohn (24562)
2. Im Reich der Spinne (24564)
3. Der Wächter im Dunkel (24565)
4. Im Zeichen des Panthers (24566)
5. In Acht und Bann (24567)
6. Der Hüter des Waldes (24568)

FANTASY

R. A. Salvatore

DIE VERGESSENEN WELTEN 5

DER MAGISCHE STEIN

Aus dem Amerikanischen
übertragen von Marita Böhm

GOLDMANN VERLAG

Das Buch erschien im Original unter dem Titel
»Forgotten Realms, Volume 3:
The Halfling's Gem/Book 1 & 2«
bei TSR, Inc., Lake Geneva, WI, USA

Deutsche Erstveröffentlichung

Umwelthinweis:
Alle bedruckten Materialien
dieses Taschenbuches
sind chlorfrei und umweltfreundlich.
Das Papier enthält bereits Recycling-Anteile.

Der Goldmann Verlag
ist ein Unternehmen der Verlagsgruppe Bertelsmann

Made in Germany · 2. Auflage · 7/92

Published in the Federal Republic of Germany by
Wilhelm Goldmann Verlag, München
Deutschsprachige Rechte beim
Wilhelm Goldmann Verlag, München
Umschlaggestaltung: Design Team München
Umschlagillustration: Jeff Easley
Satz: IBV Satz- und Datentechnik GmbH, Berlin
Druck: Elsnerdruck, Berlin
Verlagsnummer: 24553
Redaktion: Antje Hohenstein/SN
Herstellung: Peter Papenbrok/SC
ISBN 3-442-24553-2

Inhalt

Für meine Schwester Susan,
die niemals erfahren wird, wieviel
mir ihre Unterstützung in den
letzten Jahren bedeutet hat.

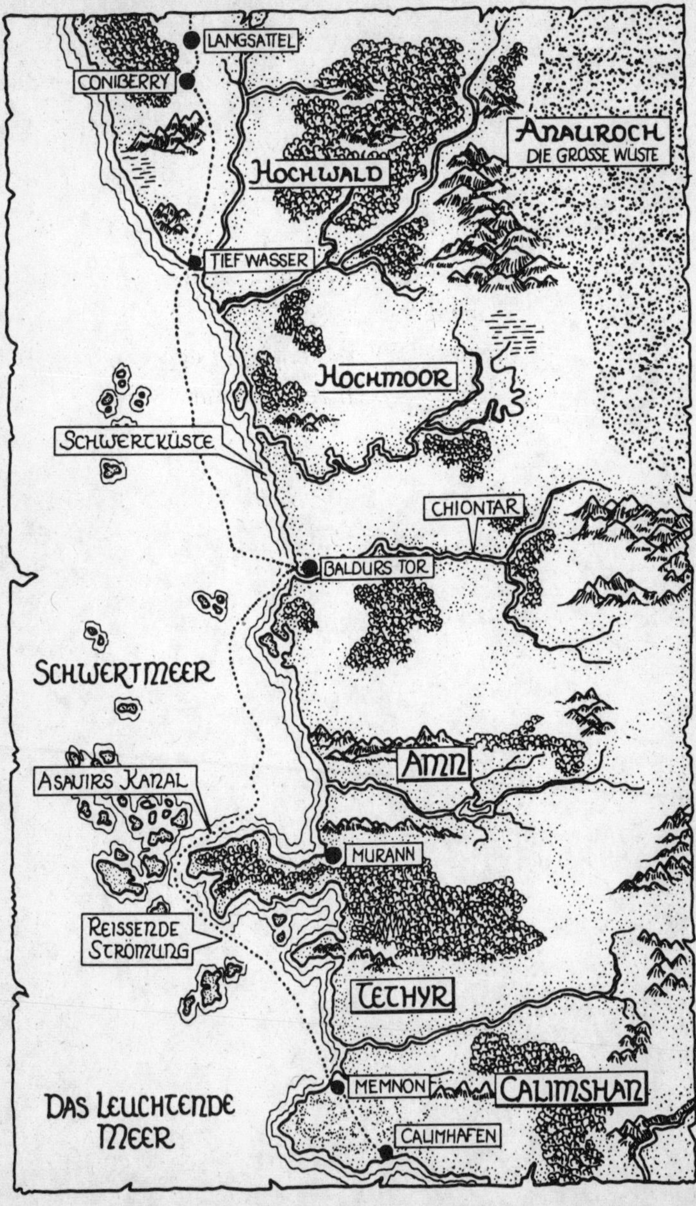
LANGSATTEL
CONIBERRY
HOCHWALD
ANAUROCH
DIE GROSSE WÜSTE
TIEF WASSER
HOCHMOOR
SCHWERTKÜSTE
CHIONTAR
BALDURS TOR
SCHWERTMEER
AMN
ASAVIRS KANAL
MURANN
REISSENDE
STRÖMUNG
TETHYR
MEMNON
CALIMSHAN
DAS LEUCHTENDE
MEER
CALIMHAFEN

Vorwort

Der Zauberer schaute unsicher auf die junge Frau hinunter. Sie stand mit dem Rücken zu ihm, und er sah ihre dicken, kastanienbraunen Locken, die ihr voll und lebensprühend auf den Schultern lagen. Aber der Zauberer hatte auch schon die Traurigkeit in ihren Augen gesehen. So jung war sie, kaum älter als ein Kind, und wunderschön und unschuldig.

Und dieses wunderschöne Kind hatte ein Schwert in das Herz seiner geliebten Sydney gestoßen.

Harkle Harpell streifte die quälenden Erinnerungen an seine Liebe ab und ging den Hügel hinunter. »Ein herrlicher Tag«, sagte er fröhlich, als er die junge Frau erreichte.

»Glaubst du, daß sie es bis zum Turm geschafft haben?« fragte Catti-brie ihn und sah unverwandt auf den südlichen Horizont.

Harkle zuckte mit den Schultern. »Falls sie noch nicht da sind, werden sie es sicher bald sein.« Er musterte Catti-brie und konnte keinen Zorn gegen sie wegen ihrer Tat verspüren. Sie hatte Sydney getötet, das stimmte wohl, aber Harkle brauchte sie nur anzusehen, um zu erkennen, daß reine Notwendigkeit und keine Böswilligkeit ihren Schwertarm geführt hatte. Und jetzt konnte er nur Mitleid mit ihr haben.

»Wie geht es dir?« stammelte Harkle. Er war voller Bewunderung über den Mut, den sie angesichts der schrecklichen

Ereignisse, die ihr und ihren Freunden widerfahren waren, bewiesen hatte.

Catti-brie drehte sich zu dem Zauberer um. Deutlich sichtbar lag eine Spur von Kummer in ihren tiefblauen Augen, aber mehr noch glühten sie von einer hartnäckigen Entschlossenheit, die jeden Eindruck von Schwäche vertrieb. Sie hatte Bruenor verloren, jenen Zwerg, der sie in ihrer frühesten Kindheit aufgenommen und wie seine eigene Tochter aufgezogen hatte. Und ihre Freunde jagten gerade jetzt in einer verzweifelten Verfolgungsjagd hinter einem Meuchelmörder her durch den Süden.

»Wie schnell sich doch alles geändert hat«, flüsterte Harkle. Er war voller Mitgefühl für die junge Frau. Er erinnerte sich an jene Tage vor nur wenigen Wochen, als Bruenor Heldenhammer und seine kleine Gruppe auf ihrer Suche nach Mithril-Halle, der verlorenen Heimat des Zwerges, durch Langsattel gereist waren. Es war eine fröhliche Begegnung gewesen, bei der Geschichten ausgetauscht und künftige Freundschaften mit der Familie Harpell in Aussicht gestellt worden waren. Keiner von ihnen hatte geahnt, daß sie von einer zweiten Gruppe mit Catti-brie als Geisel, angeführt von einem bösen Meuchelmörder, und Harkles geliebter Sydney verfolgt worden waren. Bruenor hatte Mithril-Halle gefunden und war dort umgekommen.

Und die Magierin Sydney, die Harkle so sehr geliebt hatte, hatte bei dem Tod des Zwerges eine schlimme Rolle gespielt.

Harkle holte tief Luft, um sich zu beruhigen. »Bruenor wird gerächt werden«, gelobte er mit einer Grimasse.

Catti-brie küßte ihn auf die Wange und ging den Hügel zum Efeu-Herrenhaus hinauf. Sie hatte Verständnis für seinen Schmerz und rechnete es ihm hoch an, daß er ihr seine Hilfe bei der Verwirklichung ihres Schwures zugesagt hatte, nach Mithril-Halle zurückzukehren, um die alte Zwergenheimat für die Sippe Heldenhammer zurückzuerobern.

Aber für Harkle gab es keine andere Möglichkeit. Die Sydney, die er geliebt hatte, war eine Fassade, eine schöne Schale gewesen, unter der sich ein machthungriges, gefühlloses Ungeheuer verborgen hatte. Und er hatte in dieser Tragödie selbst auch eine Rolle gespielt, als er Sydney ahnungslos über den Verbleib von Bruenors Gruppe informierte.

Harkle beobachtete Catti-brie beim Gehen. Die Last ihrer Sorgen verlangsamte ihren Schritt. Er konnte keinen Groll gegen sie hegen – Sydney hatte ihren Tod selber herbeigeführt, und Catti-brie war nichts anderes übriggeblieben, als ihn zu vollstrecken. Der Zauberer richtete seinen Blick gen Süden. Auch er machte sich Sorgen um den Dunkelelfen und den großen Barbaren. Erst drei Tage zuvor waren sie nach Langsattel gewankt gekommen, eine von Trauer erfüllte und erschöpfte Gruppe, die dringend der Ruhe bedurfte.

Aber es konnte keine Ruhe geben, denn der böse Meuchelmörder hatte das letzte Mitglied ihrer Gruppe, Regis, den Halbling, in seine Gewalt bekommen und war mit ihm entkommen.

So viel war in den vergangenen Wochen geschehen. Harkles heile Welt war von einer merkwürdigen Gruppe von Helden aus einem weit entfernten, verlassenen Land namens Eiswindtal und einer wunderschönen, jungen Frau auf den Kopf gestellt worden. Aber ihnen konnte man keine Schuld geben.

Denn da war auch eine Lüge gewesen, seine größte Liebe.

Harkle ließ sich ins Gras fallen und beobachtete die bauschigen Wolken des Spätsommers, die ziellos am Himmel wanderten.

☆ ☆ ☆

Jenseits der Wolken, hinter denen die Sterne ewig leuchteten, schritt Guenhwyvar, die Wesenheit des Panthers, nervös auf und ab. Viele Tage waren vergangen, seitdem sein Herr, der Dunkelelf Drizzt Do'Urden, ihn zu sich auf die materielle Ebene gerufen hatte. Guenhwyvar reagierte empfindlich auf die Onyxstatuette, durch die er mit seinem Herrn und der anderen Welt verbunden war. Bei der bloßen Berührung dieser Statuette konnte der Panther die Schwingungen von der fernen Ebene spüren.

Aber Guenhwyvar hatte diese Verbundenheit mit Drizzt seit geraumer Zeit nicht mehr gespürt und war jetzt unruhig, denn er ahnte mit seiner außerirdischen Intelligenz, daß der Dunkelelf die Statuette nicht mehr besaß. Guenhwyvar erinnerte sich an die Zeit vor Drizzt, als ein anderer Dunkelelf, ein böser Dunkelelf, sein Herr gewesen war. Obwohl er das Wesen eines Tieres verkörperte, besaß Guenhwyvar Würde, eine Eigenschaft, die ihm sein vorheriger Herr geraubt hatte.

Guenhwyvar erinnerte sich an jene Zeiten, als er gezwungen war, zum Vergnügen seines Herrn grausame, feige Taten gegen hilflose Gegner zu verüben.

Aber dann war Drizzt Do'Urden in den Besitz der Statuette gekommen, und alles hatte sich geändert. Er war eine Persönlichkeit mit Gewissen und Anstand, und ein aufrichtiges Band der Freundschaft und Zuneigung hatte sich zwischen Guenhwyvar und Drizzt entwickelt.

Die Katze ließ sich gegen einen sternengeschmückten Baum fallen und stieß ein leises Knurren aus. Beobachter dieser astralen Ebene hätten es wohl als resigniertes Seufzen gedeutet.

Aber die Katze hätte wohl noch tiefer geseufzt, wenn sie gewußt hätte, daß die Statuette Artemis Entreri, dem Meuchelmörder, in die Hände gefallen war.

Buch I

Von der Mitte aus in alle Richtungen

Der Zwielichtturm

»Wir haben mehr als einen Tag verloren«, stöhnte der Barbar, zügelte sein Pferd und sah über die Schulter zurück. Der untere Rand der Sonne war gerade hinter dem Horizont verschwunden. »Der Vorsprung des Meuchelmörders wird immer größer!«

»Es ist aber richtig, wenn wir Harkles Rat folgen«, hielt ihm Drizzt Do'Urden, der Dunkelelf, entgegen. »Er hatte bestimmt nicht vor, uns irrezuführen.« Im verblassenden Sonnenlicht schob Drizzt die Kapuze seines schwarzen Umhangs zurück und schüttelte seine schneeweißen Locken.

Wulfgar zeigte auf einige hohe Kiefern. »Das muß das Wäldchen sein, von dem Harkle Harpell gesprochen hat«, sagte er, »aber ich sehe keinen Turm, geschweige denn Anzeichen, daß in dieser verlassenen Gegend jemals ein Gebäude gestanden hat.«

Mit seinen blauvioletten Augen, die sich in der tiefer werdenden Düsterheit besser zurechtfanden, spähte Drizzt aufmerksam umher und suchte nach einem Beweis, seinem jungen Freund widersprechen zu können. Das war bestimmt der Ort, den Harkle ihnen beschrieben hatte, denn nicht weit vor ihnen lag der kleine See, und dahinter wurden die dichten Zweige des Waldes Niewinter sichtbar. »Faß Mut!« ermahnte er Wulfgar. »Der Zauberer hat erklärt, daß Geduld die größte Hilfe ist, um Malchors Heim zu finden. Wir sind noch nicht einmal eine Stunde hier.«

»Die Straße wird immer länger«, murmelte der Barbar. Er hatte vergessen, daß die scharfen Ohren des Dunkelelfen nie auch nur ein Wort überhörten. Drizzt wußte, daß Wulfgars Klagen nicht ganz unbegründet waren, denn nach dem Hinweis eines Bauern in Langsattel, der ihnen von einem dunklen Mann in einem langen Mantel und einem Halbling zu Pferd erzählt hatte, hatte der Meuchelmörder zehn Tage Vorsprung und bewegte sich sehr schnell weiter.

Aber Drizzt war Entreri ja bereits begegnet und kannte die Größe der bevorstehenden Herausforderung. Er wollte soviel Unterstützung wie möglich haben, wenn er Regis aus den tödlichen Klauen dieses Mannes befreite. Nach dem Bericht des Bauern war Regis noch am Leben, und Drizzt war überzeugt, daß Entreri keinesfalls beabsichtigte, dem Halbling vor ihrer Ankunft in Calimhafen etwas anzutun.

Harkle Harpell hatte sie sicher nicht ohne guten Grund hierhergeschickt.

»Verbringen wir etwa die Nacht hier?« fragte Wulfgar. »Wenn es nach mir ginge, würden wir zurück zur Straße reiten und dann gen Süden. Entreris Pferd trägt zwei Personen und müßte inzwischen ermüdet sein. Wir können aufholen, wenn wir die Nacht durchreiten.«

Drizzt lächelte seinen Freund beruhigend an. »Inzwischen sind sie aber durch Tiefwasser gekommen«, erklärte er. »Dort hat Entreri sicher längst neue Pferde besorgt.« Drizzt ließ das Thema auf sich beruhen und behielt die Befürchtungen, die ihn viel stärker quälten, für sich: daß sich der Meuchelmörder für den Seeweg entschieden haben könnte.

»Dann ist es ja noch törichter, überhaupt zu warten!« wandte Wulfgar schnell ein.

Aber noch während der Barbar sprach, schnaubte sein Pferd, ein Tier aus der Züchtung des Harpells, und bewegte sich auf den kleinen See zu. Dort fuchtelte es mit den Hufen über dem Wasser in der Luft herum, als suche es Platz zum Auftreten. Einen Augenblick später versank die Sonne ganz hinter dem westlichen Horizont, und das Tageslicht wurde schwächer. Und in der magischen Düsternis des Zwielichts wurde nach und nach ein verzauberter Turm auf einer kleinen Insel im See sichtbar. Überall funkelte er wie Sternenlicht, und unzählige gewundene Turmspitzen ragten in den Nachthimmel empor. Smaragdgrün war er und wirkte auf geheimnisvolle Weise einladend, als hätten Elfen und Feen bei seiner Schöpfung mitgewirkt.

Und über dem See, direkt unter dem Huf von Wulfgars Pferd, erschien eine glänzende Brücke aus grünem Licht.

Drizzt stieg von seinem Pferd. »Der Zwielichtturm«, sagte er zu Wulfgar, als wäre ihm diese Entwicklung von Anfang an klar gewesen. Mit einer schwungvollen Geste forderte er seinen Freund auf voranzureiten.

Aber Wulfgar war wie gelähmt durch das Erscheinen des Turms. Er umkrampfte die Zügel seines Pferdes, so daß sich das Tier aufbäumte und die Ohren anlegte.

»Ich dachte, du hättest deine Vorurteile gegen die Magie endlich überwunden«, sagte Drizzt ironisch. Wie alle Barbaren in Eiswindtal war Wulfgar mit der Überzeugung aufgewachsen, daß Zauberer schwächliche Gauner wären und auf keinen Fall vertrauenswürdig. Für sein Volk, die stolzen Krieger der Tundra, galt als Maßstab für einen richtigen

Mann die Stärke im Arm und nicht das Geschick in den schwarzen Künsten. Auf ihrer wochenlangen Reise war Drizzt auch Zeuge geworden, daß Wulfgar seine Erziehung überwunden und eine Toleranz, ja sogar ein gewisses Interesse für die Praktiken der Zauberei entwickelt hatte.

Unter Anspannung seiner gewaltigen Muskeln brachte Wulfgar sein Pferd unter Kontrolle. »Habe ich auch«, antwortete er mit zusammengebissenen Zähnen. »Es sind die Harpells, die mir Sorgen bereiten.«

Drizzt' Lächeln wurde breiter, denn auf einmal verstand er die Ängste seines Freundes. Sogar er, der unter vielen der mächtigsten und furchterregendsten Zauberer in den ganzen Welten aufgewachsen war, hatte oft ungläubig den Kopf geschüttelt, als sie bei dieser exzentrischen Familie in Langsattel zu Gast gewesen waren. Die Harpells hatten eine einzigartige – und häufig verheerende – Betrachtungsweise der Welt, obwohl sie herzensgut waren und keine bösen Absichten hegten. Und ihre Magie entsprach völlig diesen Ansichten – die in der Regel dem gesunden Menschenverstand vollkommen widersprachen.

»Malchor unterscheidet sich aber von der Familie«, versicherte Drizzt dem Barbaren. »Er lebt nicht im Efeu-Herrenhaus und hat schon Königen im Norden als Berater zur Seite gestanden.«

»Er ist ein Harpell«, erklärte Wulfgar mit einer Endgültigkeit, der Drizzt nichts entgegenhalten konnte. Mit einem weiteren Kopfschütteln und einem tiefen Seufzer, um sich zu beruhigen, ergriff Wulfgar das Zaumzeug seines Pferdes und begann, über die Brücke zu reiten. Drizzt, der immer noch lächelte, folgte ihm schnell.

»Harpell«, brummte Wulfgar dann auch wieder, nachdem sie die Insel betreten und eine Runde um das Gebäude gemacht hatten.

Der Turm hatte keine Tür.

»Geduld«, erinnerte ihn Drizzt.

Aber sie brauchten sich nicht lange in Geduld zu üben. Einige Sekunden später hörten sie schon, daß ein Riegel zur Seite geschoben wurde und daß eine Tür knirschend geöffnet wurde. Kurz darauf trat ein Junge wie ein durchsichtiger Geist durch die grüne Steinwand und kam auf sie zu. Er war nicht einmal zehn Jahre alt.

Mit einem Knurren nahm Wulfgar Aegisfang, seinen mächtigen Kriegshammer, von der Schulter. Drizzt faßte den Barbaren am Arm, um ihm Einhalt zu gebieten, da er fürchtete, sein erschöpfter Freund könne aus reiner Enttäuschung angreifen, bevor sie etwas über die Absichten des Jungen herausgefunden hätten.

Als der Junge vor ihnen stand, konnten sie deutlich sehen, daß er aus Fleisch und Blut war und kein Geist, und Wulfgar lockerte den Griff um seine Waffe. Der Junge verbeugte sich tief vor ihnen und forderte sie durch einen Wink auf, sie sollten ihm folgen.

»Malchor?« fragte Drizzt.

Der Junge gab keine Antwort, sondern winkte ihnen noch einmal zu und kehrte zum Turm zurück.

»Ich habe dich für älter gehalten, falls du Malchor bist«, sagte Drizzt, während er hinter dem Jungen herging.

»Was ist mit den Pferden?« fragte Wulfgar.

Aber der Junge setzte schweigend seinen Weg fort.

Drizzt sah Wulfgar an und zuckte mit den Achseln. »Wir

nehmen sie mit. Unser schweigsamer Freund kann sich dann um sie kümmern!« entschied der Dunkelelf.

Sie kamen an eine Stelle der Mauer, die offenbar eine Täuschung war und eine Tür verbarg. Und schon standen sie in einem großen, kreisförmigen Raum, in der untersten Etage des Turms. Boxen an einer Wand bestätigten, daß sie richtig entschieden hatten, als sie die Pferde mitgenommen hatten. Schnell banden sie die Tiere an und eilten weiter, um den Jungen einzuholen, der nicht langsamer geworden war und bereits eine andere Tür passiert hatte.

»Warte auf uns!« rief Drizzt und trat durch die Tür, aber ihr Führer war schon verschwunden. Der Dunkelelf stand in einem schwach beleuchteten Korridor, der sanft anstieg und sich im Turm nach oben schlängelte. »Es gibt nur einen Weg«, erklärte er Wulfgar, der zu ihm getreten war. Sie begannen den Aufstieg.

Drizzt nahm an, daß sie eine Runde gemacht hatten und sich jetzt auf der zweiten Ebene befanden – in mindestens drei Metern Höhe –, als sie wieder auf den Jungen stießen, der neben einem düsteren, von der Turmseite abzweigenden Seitengang auf sie wartete. Aber der Junge nahm diesen Gang gar nicht, sondern stieg in dem sich windenden Hauptkorridor weiter den Turm hinauf.

Wulfgar hatte die Geduld für derartig rätselhafte Spielereien verloren. Seine einzige Sorge war, daß sich Entreri und Regis jede Sekunde weiter entfernten. Er ging an Drizzt vorbei, packte den Jungen an der Schulter und wirbelte ihn herum. »Bist du Malchor?« fuhr er ihn an.

Der Junge wurde bei dem groben Ton des großen Mannes blaß, gab aber keine Antwort.

»Laß ihn in Ruhe«, mischte sich Drizzt ein. »Er ist nicht Malchor, da bin ich mir sicher. Wir werden den Herrn des Turms schon noch früh genug finden.« Er sah auf den eingeschüchterten Jungen hinab: »Nicht wahr?«

Der Junge nickte schnell und ging weiter.

»Früh genug«, wiederholte Drizzt, um Wulfgar zu besänftigen. Kurzentschlossen überholte er den Barbaren und stellte sich zwischen ihn und ihren Führer.

»Harpell«, stöhnte Wulfgar hinter seinem Rücken.

Die Schräge wurde immer steiler, und die beiden Freunde wußten, daß sie bald die Turmspitze erreicht hatten. Schließlich hielt der Junge vor einer Tür an, stieß sie auf und bedeutete ihnen, sie sollten eintreten.

Drizzt ging schnell weiter, um als erster in den Raum zu gelangen, da er befürchtete, daß der wütende Barbar alles andere als einen angenehmen ersten Eindruck auf ihren Gastgeber, den Zauberer, machen würde.

Auf der gegenüberliegenden Seite des Zimmers saß ein großer, stämmiger Mann mit sorgfältig geschnittenen graumelierten Haaren an einem Schreibtisch. Er hatte sie offensichtlich erwartet. Die Arme hatte er auf der Brust verschränkt. Drizzt wollte gerade eine höfliche Begrüßung vorbringen, als Wulfgar in das Zimmer platzte, ihn dabei fast umwarf und direkt zum Schreibtisch marschierte.

Mit einer Hand an der Hüfte und mit der anderen Aegisfang umklammernd, beäugte der Barbar den Mann einen Augenblick. »Bist du der Zauberer namens Malchor Harpell?« herrschte Wulfgar ihn an, und seine Stimme verriet, daß er kurz vor einem Wutausbruch stand. »Und wenn nicht, wo in den neun Höllen finden wir ihn?«

Das Lachen des Mannes kam direkt aus seinem Bauch. »Natürlich«, antwortete er, sprang vom Schreibtisch auf und schlug Wulfgar fest auf die Schulter. »Ich liebe Gäste, die ihre Gefühle nicht hinter blumigen Worten verstecken!« rief er. Er ging an dem verblüfften Barbaren vorbei auf die Tür und den Jungen zu.

»Hast du mit ihnen geredet?« fuhr er den Jungen an.

Der Junge wurde noch bleicher als zuvor und schüttelte heftig den Kopf.

»Kein einziges Wort?« schrie Malchor.

Der Junge zitterte sichtlich und schüttelte wieder den Kopf.

»Er hat kein...«, begann Drizzt, aber Malchor unterbrach ihn mit einer Handbewegung.

»Wenn ich herausfinde, daß du nur eine einzige Silbe ausgestoßen hast...«, drohte er ihm. Er drehte sich um und tat einen Schritt in den Raum hinein. Als er glaubte, daß sich der Junge ein wenig entspannt haben könnte, wirbelte er wieder zu ihm herum, so daß dieser fast in die Luft sprang.

»Warum stehst du immer noch da?« fuhr Malchor ihn an. »Verschwinde!«

Die Tür schlug zu, noch bevor der Zauberer seinen Befehl ganz ausgesprochen hatte. Wieder lachte Malchor, und die Anspannung wich aus seinen Muskeln, während er zu seinem Schreibtisch zurückging. Drizzt trat neben Wulfgar, und die beiden sahen sich verwundert an.

»Laß uns hier verschwinden«, sagte Wulfgar zu Drizzt, und der Dunkelelf konnte erkennen, wie heftig sein Freund mit dem Wunsch rang, über den Schreibtisch zu springen und den arroganten Zauberer auf der Stelle zu erwürgen.

Zwar teilte Drizzt diese Gefühle, aber er wußte auch, daß sich alles, was mit dem Turm und seinen Bewohnern zusammenhing, zu gegebener Zeit aufklären würde. »Wir grüßen dich, Malchor Harpell«, begann er, und seine blauvioletten Augen bohrten sich in die des Mannes. »Aber dein Verhalten stimmt nicht mit der Beschreibung überein, die wir von deinem Vetter Harkle erhalten haben.«

»Ich versichere dir, daß ich genau so bin, wie Harkle euch erzählt hat«, erwiderte Malchor ruhig. »Und auch ich grüße euch, Drizzt Do'Urden und Wulfgar, Sohn von Beornegar. Selten empfange ich solche hohen Gäste in meinem bescheidenen Turm.« Er verbeugte sich tief vor ihnen, um seine freundliche und gewandte – wenn auch unzutreffende – Begrüßung abzuschließen.

»Der Junge hat nichts verkehrt gemacht«, fauchte Wulfgar ihn an.

»Nein, er hat sich großartig verhalten«, stimmte Malchor zu. »Ah, du machst dir Sorgen um ihn?« Der Magier taxierte den großen Barbar, dessen Muskeln noch immer vor Wut angespannt waren. »Ich versichere dir, daß der Junge hier gut behandelt wird.«

»Davon habe ich nichts gesehen«, gab Wulfgar zurück.

»Er strebt danach, ein Zauberer zu werden«, erklärte Malchor, den Wulfgars finsterer Blick keineswegs verstimmte. »Sein Vater ist ein reicher und einflußreicher Landbesitzer und hat mich gebeten, den Jungen in die Lehre zu nehmen. Er zeigt Begabung, einen scharfen Verstand und große Liebe für die Künste. Aber du mußt auch verstehen, Wulfgar, daß sich die Zauberei nicht so sehr von deinem Handwerk unterscheidet.«

Mit einem Grinsen zeigte Wulfgar, daß er anders darüber dachte.

»Disziplin«, fuhr Malchor unbeirrt fort. »Was wir in unserem Leben auch anstellen, Disziplin und Kontrolle über unsere Handlungen bestimmen letztendlich über Erfolg und Mißerfolg. Der Junge strebt hoch und hat Anzeichen von Kraft, die er noch nicht verstehen und beherrschen kann. Aber wenn er seine Gedanken nicht einen einzigen Monat lang für sich behalten kann, dann bin ich nicht bereit, einige Jahre meiner Zeit an ihn zu verschwenden. Dein Gefährte wird das verstehen.«

Wulfgar sah Drizzt an, der entspannt neben ihm stand.

»Ich verstehe das«, erklärte Drizzt und wandte sich an Wulfgar. »Der Junge macht hier bei Malchor eine Probezeit durch. Es ist eine Prüfung seiner Fähigkeit, Befehle zu befolgen, und gleichzeitig wird die Tiefe seiner Wünsche ergründet.«

»Ist mir verziehen?« fragte der Zauberer sie.

»Es ist nicht wichtig«, knurrte Wulfgar. »Wir sind nicht hier, um die Schlachten eines Jungen auszutragen.«

»Natürlich«, erwiderte Malchor. »Eure Angelegenheit ist dringlich. Harkle erzählte mir davon. Geht nach unten zu den Ställen und erfrischt euch. Der Junge kümmert sich um das Abendessen. Er wird euch rufen, wenn es Zeit zum Essen ist.«

»Hat er einen Namen?« fragte Wulfgar mit unverhohlenem Spott.

»Keinen, den er sich schon selbst verdient hätte«, antwortete Malchor schroff.

Obwohl er es kaum erwarten konnte, ihre Reise fortzusetzen, konnte Wulfgar dem prächtigen Mahl bei Malchor Harpell nicht widerstehen. Drizzt und er taten sich daran gütlich, weil sie wußten, daß sie mit aller Wahrscheinlichkeit in der nächsten Zeit so etwas Gutes nicht mehr bekommen würden.

»Ihr solltet die Nacht hier verbringen«, lud Malchor sie nach dem Essen ein. »Ein weiches Bett wird euch guttun«, argumentierte er, als er Wulfgars verärgerten Blick auffing. »Und ich verspreche euch einen frühen Aufbruch.«

»Wir werden bleiben, vielen Dank«, erwiderte Drizzt. »Sicherlich wird uns eine Nacht im Turm besser bekommen als auf dem harten Boden draußen.«

»Ausgezeichnet«, sagte Malchor. »Dann kommt jetzt! Ich habe einige Gegenstände, die bei eurer Suche nützlich sein können.« Er führte sie aus dem Zimmer und den Korridor hinunter zu den unteren Ebenen des Turms und erzählte ihnen dabei von der Entstehung und den Besonderheiten des Gebäudes. Schließlich bogen sie in einen der düsteren Nebengänge und passierten eine schwere Tür.

Drizzt und Wulfgar mußten am Eingang einen langen Augenblick innehalten, um den wundersamen Anblick zu verarbeiten, der sich ihnen bot, denn sie standen in Malchors Museum, einer Sammlung von den schönsten Stücken, die der Magier während der vielen Jahre seiner Reisen gefunden hatte, teilweise magischen Gegenständen. Schwerter und polierte Rüstungen, ein glänzender Mithrilschild und die Krone eines vor langer Zeit verstorbenen Königs waren da zu sehen, uralte Wandteppiche schmückten die Wände, und in einer Vitrine leuchteten Edelsteine und Juwelen von unschätzbarem Wert im flackernden Schein der Fackeln, die in diesem Raum brannten.

Malchor war zu einem kleinen Schrank in einer Ecke des Raumes gegangen, und als Wulfgar und Drizzt wieder zu ihm hinübersahen, saß er auf diesem Schrank und jonglierte lässig mit drei Hufeisen. Während sie ihm zusahen, fügte er ein viertes hinzu und führte es mühelos in das Auf und Ab der Bewegungen ein.

»Ich habe sie mit einem Zauber belegt, damit eure Pferde schneller laufen als jedes Tier im ganzen Land«, erklärte er. »Zwar nur für kurze Zeit, aber lange genug, daß ihr Tiefwasser erreichen könnt. Schon dafür hat sich die Verzögerung durch euren Besuch gelohnt.«

»Zwei Eisen für ein Pferd?« fragte Wulfgar, der von seinem Mißtrauen nicht ablassen konnte.

»Das würde nicht reichen.« Malchor kam ihm entgegen. Er war mit dem erschöpften jungen Barbaren nachsichtig. »Falls du nicht wünschst, daß sich dein Pferd aufbäumt und wie ein Mensch läuft!« Er lachte, aber der finstere Blick verschwand immer noch nicht aus Wulfgars Gesicht.

»Mach dir keine Sorgen«, beschwichtigte ihn Malchor und räusperte sich, als er sah, daß sein Scherz mißlungen war. »Ich habe noch ein Paar.« Er beäugte Drizzt. »Ich habe gehört, daß nur wenige so geschickt sind wie die Dunkelelfen. Und außerdem habe ich von allen, die Drizzt Do'Urden im Kampf und im Spiel erlebt haben, gehört, daß er selbst nach den Maßstäben seiner Rasse hervorragend ist.« Ohne den Rhythmus seines Jonglierens zu unterbrechen, warf er Drizzt ein Hufeisen zu.

Drizzt fing es mit Leichtigkeit auf und warf es in der gleichen Bewegung in die Luft. Dann kamen noch das zweite und schließlich das dritte Hufeisen, und Drizzt brachte sie mühelos in Bewegung, ohne je die Augen von Malchor abzuwenden.

Das vierte Eisen flog niedriger heran, und Drizzt mußte sich bücken, um es aufzufangen. Aber er war der Aufgabe gewachsen und verfehlte keinen Fang oder Wurf, als er auch dies Hufeisen in sein Jonglieren einfügte.

Wulfgar sah neugierig zu und fragte sich, welche Beweggründe den Zauberer wohl veranlaßt haben konnten, den Dunkelelfen auf die Probe zu stellen.

Malchor langte in den Schrank und holte einen zweiten Satz Hufeisen hervor. »Ein fünftes«, warnte er und warf es Drizzt zu. Der Dunkelelf blieb unbeeindruckt, fing das Eisen geschickt auf und fügte es in die Abfolge ein.

»Disziplin«, sagte Malchor mit Nachdruck, und diese Bemerkung war auf Wulfgar gemünzt. »Zeig es mir, Dunkelelf!« verlangte er und warf Drizzt hintereinander das sechste, siebte und achte Eisen zu.

Voller Entschlossenheit, sich der Herausforderung zu stellen, verzog Drizzt das Gesicht, als sie auf ihn zuflogen. Die Bewegungen seiner Hände waren nur noch verschwommen zu erkennen, als er alle acht Hufeisen blitzschnell in die Luft warf und wieder auffing. Als er sich an einen bequemen Rhythmus gewöhnt hatte, begann er schließlich, das Spiel des Magiers zu durchschauen.

Malchor ging zu Wulfgar hinüber und schlug ihm wieder auf die Schulter. »Disziplin«, wiederholte er. »Schau ihn dir an, junger Krieger, denn dein dunkelhäutiger Freund beherrscht seine Bewegungen wahrhaftig meisterhaft und ist somit ein Meister seines Faches. Du verstehst es noch nicht, aber wir zwei unterscheiden uns nicht so sehr voneinander.« Er sah Wulfgar in die Augen. »Wir drei unterscheiden uns nicht so sehr voneinander. Verschiedene Methoden, das mag sein. Aber zum gleichen Zweck!«

Von seinem Spiel ermüdet, fing Drizzt die Hufeisen nacheinander und streifte sie sich über den Unterarm, wobei er Malchor die ganze Zeit anerkennend musterte. Als der Dunkelelf sah, wie sein junger Freund nachdenklich die Schultern hängen ließ, war er sich nicht sicher, welches das größere Geschenk war, die verzauberten Hufeisen oder die Lektion.

»Aber genug davon«, sagte Malchor abrupt und setzte sich in Bewegung. Er ging zu einer Sammlung von Schwertern und anderen Waffen hinüber, die an einer der Wände hingen.

»Mir ist aufgefallen, daß eine deiner Scheiden leer ist«, sagte er zu Drizzt. Malchor zog einen wunderschön geschmiedeten Krummsäbel aus seiner Halterung. »Ich denke, der hier wird vorzüglich hineinpassen.«

Kaum hatte Drizzt die Waffe von dem Zauberer erhalten, als er ihre Kraft spürte und die Sorgfalt, mit der sie gearbeitet war, und ihr vollkommenes Gleichgewicht. Ein sternenförmiger blauer Saphir glitzerte an ihrem Knauf.

»Sein Name ist Blaues Licht«, erklärte Malchor. »Er wurde in einem vergangenen Zeitalter von Elfen geschmiedet.«

»Blaues Licht«, wiederholte Drizzt. Augenblicklich glomm ein bläuliches Licht an der Klinge der Waffe. Drizzt spürte eine plötzliche Spannung und hatte das Gefühl, daß die Schneide des Säbels schärfer geworden war. Er schwang ihn einige Male, und jede Bewegung zog einen blauen Lichtstreifen hinter sich her. Wie leicht er zu führen war, wie leicht würde er einen Feind niederschlagen! Drizzt steckte ihn ehrfürchtig ein.

»Er wurde mit der magischen Kraft geschmiedet, die allen oberirdischen Elfen teuer ist«, erklärte Malchor weiter. »Mit der Kraft der Sterne und des Mondes und ihrer geheimnisvollen Seelen. Du verdienst sie, Drizzt Do'Urden, und sie wird dir gut dienen.«

Drizzt fielen zu dieser Auszeichnung keine Worte ein, aber Wulfgar, gerührt über die Ehre, die Malchor seinem oft schlecht behandelten Freund erwies, sprach für ihn. »Wir danken dir, Malchor Harpell«, sagte er und hielt den Spott zurück, den er noch kurz zuvor gezeigt hatte. Er verneigte sich tief.

»Bleib deinem Herzen treu, Wulfgar, Sohn von Beornegar«, gab Malchor ihm zur Antwort. »Stolz kann ein nützliches Werkzeug sein, aber er kann dir auch die Augen vor den Wahrheiten um dich herum verschließen. Geht jetzt und ruht euch aus. Ich werde euch früh wecken und euch den Weg weisen.«

☆ ☆ ☆

Drizzt saß aufrecht in seinem Bett und beobachtete Wulfgar, der neben ihm eingeschlafen war. Drizzt machte sich Sorgen um seinen Freund, der so weit entfernt von der leeren Tundra war, die bisher sein Zuhause gewesen war. Auf ihrer Suche nach Mithril-Halle hatten sie den Norden zur Hälfte durchquert und um jede Meile kämpfen müssen. Und kaum hatten sie ihr Ziel erreicht, als die Strapazen erst recht begonnen hatten, denn auf dem Weg durch die uralte Zwergenanlage waren sie in immer neue Kämpfe verstrickt worden. Dort hatte Wulfgar seinen Mentor und Drizzt seinen besten Freund verloren. Danach hatten sie sich nach Langsattel geschleppt, denn sie hatten eine lange Ruhepause dringend nötig gehabt.

Aber die Wirklichkeit hatte ihnen keine Ruhepause gegönnt. Regis war in Entreris Klauen geraten, und Drizzt und Wulfgar waren die einzige Hoffnung für den Halbling. In Langsattel hatten sie zwar das Ende einer Straße erreicht, waren aber gleichzeitig auf den Anfang einer noch längeren gestoßen.

Drizzt konnte mit seiner Erschöpfung umgehen, aber Wulfgar schien in Schwermut verfallen zu sein und bewegte sich stets am Rande der Gefahr. Er war ein junger Mann, zum ersten Mal in seinem Leben außerhalb von Eiswindtal – dem Land, das bisher sein Zuhause gewesen war. Jetzt lag der Tundrastreifen, wo der Wind ewig heulte, weit entfernt im Norden. Er hatte ihn einst beschützt.

Und Calimhafen lag noch weiter entfernt im Süden.

Drizzt legte sich auf sein Kissen zurück und erinnerte sich daran, daß es Wulfgars Entscheidung gewesen war, mitzukommen. Drizzt hätte ihn nicht aufhalten können, selbst wenn er es versucht hätte.

Der Dunkelelf schloß die Augen. Das Beste, was er für sich und Wulfgar tun konnte, war, daß er schlief, damit er auf alles, was die kommende Dämmerung zu bieten hatte, vorbereitet war.

Malchors Schüler weckte sie, ohne ein Wort zu sprechen, einige Stunden später und führte sie in das Eßzimmer, wo der Zauberer sie erwartete. Dort wurde ihnen ein hervorragendes Frühstück aufgetischt.

»Wie mein Vetter mir erzählte, liegt euer Ziel im Süden«, sagte Malchor. »Ihr seid also hinter einem Mann her, der euren Freund, diesen Halbling Regis, gefangenhält.«

»Sein Name ist Entreri«, erklärte Drizzt, »und er wird schwer einzuholen sein, so wie ich ihn einschätze. Er bewegt sich äußerst schnell nach Calimhafen.«

»Eine Schwierigkeit ist auch«, warf Wulfgar ein, »daß wir bisher davon ausgehen konnten, daß er sich auf der Straße bewegt.« Er sprach zwar Malchor an, aber Drizzt wußte, daß seine Worte für ihn bestimmt waren. »Jetzt können wir nur hoffen, daß er nicht inzwischen eine andere Richtung eingeschlagen hat.«

»Er hat aus seiner Reiseroute kein Geheimnis gemacht«, wandte Drizzt ein. »Er war auf dem Weg an die Küste, nach Tiefwasser. Von dort ist er vielleicht schon weitergereist.«

»Dann hat er ein Schiff genommen«, schloß Malchor.

Wulfgar verschluckte sich fast an seinem Essen. An diese Möglichkeit hatte er noch nicht gedacht.

»Genau das befürchte ich auch«, sagte Drizzt. »Und ich habe mir überlegt, daß wir seinem Beispiel folgen sollten.«

»Das wird eine gefährliche und teuer erkaufte Fahrt«, meinte Malchor. »Die Piraten sammeln sich für die letzten Schiffe gen Süden, denn der Sommer nähert sich dem Ende, und wenn einer nicht die angemessenen Vereinbarungen getroffen hat...« Er ließ die Worte unheilvoll im Raum stehen.

»Aber euch bleibt gar nichts anderes übrig«, fuhr der Zauberer fort. »Ein Pferd kann mit der Geschwindigkeit eines Segelschiffes nicht mithalten, und die Seeroute ist außerdem kürzer als der Landweg. Ich rate euch also, ein Schiff zu nehmen. Vielleicht kann ich Absprachen treffen, um eure Weiterfahrt zu beschleunigen. Mein Schüler hat bereits die verzauberten Hufeisen an euren Pferden angebracht, und mit ihrer Hilfe werdet ihr den Hafen in nur wenigen Tagen erreichen.«

»Und wie lange werden wir mit dem Schiff unterwegs sein?« fragte Wulfgar, der es nicht fassen konnte, daß Drizzt den Vorschlag des Zauberers befolgen wollte.

»Dein junger Freund weiß nicht, welche Entfernungen ihr auf dieser Reise zurücklegen müßt«, sagte Malchor zu Drizzt. Der Zauberer legte seine Gabel auf den Tisch und daneben eine zweite, nur einige Zentimeter von der ersten entfernt. »Hier ist Eiswindtal«, erklärte er Wulfgar und zeigte auf die erste Gabel. »Und diese zweite hier ist der Zwielichtturm, in dem du gerade sitzt. Dazwischen liegen ungefähr vierhundert Meilen.«

Er warf Drizzt eine dritte Gabel zu, der sie vor sich hinlegte. Diese lag etwa einen Meter von der Gabel entfernt, die ihren jetzigen Standort darstellte.

»Die Reise, die du hinter dir hast, müßtest du fünfmal zurücklegen, damit sie dem Weg, der vor dir liegt, entspricht«, sagte Malchor zu Wulfgar, »denn diese dritte Gabel ist Calimhafen. Es ist zweitausend Meilen entfernt, und der Weg dorthin führt durch mehrere Königreiche im Süden.«

»Dann sind wir geschlagen«, stöhnte Wulfgar. Er war unfähig, diese Entfernung zu begreifen.

»Keineswegs«, widersprach Malchor, »denn ihr werdet

vom Nordwind angetrieben werden und mit vollen Segeln fahren und die ersten Schneefälle des Winters schlagen können. Ihr werdet Land und Leute im Süden gefälliger finden.«

»Das werden wir sehen«, sagte der Dunkelelf, und seine Stimme klang nicht gerade überzeugt. Drizzt gegenüber hatten Menschen immer Schwierigkeiten, gefällig zu sein.

»Ja«, stimmte Malchor zu, der ebenfalls die Schwierigkeiten kannte, auf die ein Dunkelelf bei den oberirdischen Bewohnern der Welt mit Sicherheit stoßen würde. »Aber ich habe noch ein Geschenk für euch: Diese Karte führt euch zu einem Schatz, den ihr noch heute erobern könnt.«

»Eine weitere Verzögerung«, stellte Wulfgar fest.

»Ein kleiner Preis«, beschwichtigte ihn Malchor, »und dieser kurze Ausflug wird euch viele Tage im bevölkerten Süden ersparen, wo sich ein Dunkelelf sonst nur in der Nacht bewegen kann. Dessen bin ich mir sicher.«

Drizzt war fasziniert davon, daß Malchor sein Problem so gut verstand und offensichtlich sogar einen Ausweg wußte. Drizzt würde im Süden nirgendwo willkommen sein. Städte, die dem verruchten Entreri freien Einlaß gewährten, würden ihn allein bei dem Versuch, die Stadttore zu durchschreiten, in Ketten legen, denn die Dunkelelfen hatten vor langer Zeit den Ruf erworben, grundlegend böse und unaussprechlich schändlich zu sein. Nur wenige Bewohner der Welten vermochten schnell zu erkennen, daß Drizzt Do'Urden die Ausnahme von der Regel bildete.

»Folgt diesem düsteren Pfad, dann stoßt ihr etwas westlich von hier im Wald Niewinter auf ein Ungeheuer in einer Höhle aus Bäumen. Die ortsansässigen Bauern nennen es Agatha«, erklärte Malchor. »Soviel ich weiß, war sie einst eine Elfe und eine gute Magierin aus eigenem Recht. Aber nach den Legenden hat dieses erbärmliche Wesen den Tod überlebt und nennt die Nacht seine Zeit.«

Drizzt kannte die unheimlichen Legenden von derartigen Kreaturen und auch ihren Namen. »Eine Todesfee?« fragte er.

Malchor nickte. »Zu ihrer Höhle solltest du gehen, falls du genügend Mut aufbringst, denn die Todesfee hat sich einen beachtlichen Schatz zugelegt. Darunter auch einen Gegenstand, der sich für dich von unschätzbarem Wert erweisen kann, Drizzt Do'Urden.«

Malchor sah, daß er die volle Aufmerksamkeit des Dunkelelfen gewonnen hatte. Drizzt beugte sich über den Tisch und lauschte gebannt auf jedes seiner Worte.

»Eine Maske«, führte der Magier aus. »Eine magische Maske, die es dir erlaubt, deine Herkunft zu verbergen, so daß du dich frei bewegen kannst. Als hellhäutiger Elf oder als Mensch – wie es dir genehm ist.«

Drizzt sackte in sich zusammen. Er fühlte sich entmutigt und in seiner Seele bedroht.

»Ich verstehe dein Zaudern«, erklärte Malchor. »Es ist nicht leicht, sich vor jenen verbergen zu müssen, die dich ungerechterweise beschuldigen und sie obendrein auf diese Weise in ihren falschen Einschätzungen bestätigen zu müssen. Aber denke an deinen gefangenen Freund und wisse, daß ich dir diesen Vorschlag nur seinetwegen unterbreite. Du könntest durch den Süden ziehen, so wie du bist, Dunkelelf, aber nicht ungehindert.«

Wulfgar biß sich auf die Lippe und schwieg. Er wußte, daß Drizzt diese Entscheidung ganz allein treffen mußte. Und er wußte auch, daß seine Sorgen um weitere Verzögerungen bei einer so persönlichen Angelegenheit kein Gewicht hatten.

»Wir werden diese Höhle im Wald aufsuchen«, entschied Drizzt schließlich, »und ich werde diese Maske tragen, wenn es nötig ist.« Er sah Wulfgar an. »Unser vorrangiges Anliegen muß Regis sein.«

☆ ☆ ☆

Drizzt und Wulfgar saßen auf ihren Pferden vor dem Zwielichtturm. Malchor stand neben ihnen.

»Hütet euch vor diesem Wesen«, warnte Malchor sie, während er Drizzt die Karte zur Höhle der Todesfee und eine andere für ihre Weiterreise in den fernen Süden reichte. »Ihre Berührung ist tödlich kalt, und in den Legenden heißt es, daß man stirbt, wenn man ihre Totenklage hört.«

»Ihre Totenklage?« fragte Wulfgar.

»Ein unterirdisches Jammern, das für sterbliche Ohren zu schrecklich ist, um es ertragen zu können. Seid auf der Hut!«

»Das werden wir«, versicherte ihm Drizzt.

»Wir werden die Gastfreundschaft und die Geschenke von Malchor Harpell nicht vergessen«, fügte Wulfgar hinzu.

»Und hoffentlich auch nicht meine Lektion«, erwiderte der Zauberer mit einem Zwinkern, mit dem er Wulfgar ein verlegenes Lächeln entlocken konnte.

Drizzt war erfreut, daß sein Freund seine Verdrießlichkeit zumindest ein wenig abgelegt hatte.

Die Dämmerung brach an, und mit ihr verblaßte der Turm schnell zur Unsichtbarkeit.

»Der Turm ist verschwunden, aber der Zauberer ist geblieben«, murmelte Wulfgar.

»Der Turm ist verschwunden, aber der Eingang ist geblieben«, verbesserte Malchor ihn. Er trat ein paar Schritte vor und streckte seinen Arm aus. Seine Hand war nicht mehr zu sehen.

Wulfgar zuckte verwirrt zusammen.

»Für jene, die wissen, wie es zu finden ist«, fügte Malchor hinzu. »Für jene, die ihren Geist für das Eigentümliche der Magie geschärft haben.« Er trat durch das extradimensionale Tor und war außer Sicht, aber seine Stimme erreichte sie zum letzten Mal. »Disziplin!« rief er, und Wulfgar wußte, daß Malchors letzte Worte ihm galten.

Drizzt setzte sein Pferd mit einem Schenkeldruck in Bewegung und rollte die Karte auf, während er sich auf den Weg machte. »Harpell?« fragte er über die Schulter und äffte Wulfgars spöttischen Ton aus der vergangenen Nacht nach.

»Wenn nur alle Harpells wie Malchor wären«, erwiderte Wulfgar. Er saß da und starrte auf die Leere, wo zuvor der Zwielichtturm gestanden hatte. Ihm war bewußt, daß der Zauberer ihm zwei wertvolle Lektionen in einer einzigen Nacht erteilt hatte: eine über Vorurteile und die andere über Demut.

☆ ☆ ☆

Aus der verborgenen Dimension seines Turms beobachtete Malchor ihren Aufbruch. Er hätte sich ihnen gern angeschlossen, um auf der Straße des Abenteuers zu reisen, so wie er es häufig in seiner Jugend getan hatte. Harkle hatte den Charakter dieser beiden sehr zutreffend beschrieben und richtig gehandelt, als er ihn bat, den beiden zu helfen.

Der Zauberer lehnte sich gegen die Tür seines Turms. Ach

ja, seine Zeit der Abenteuer, die Zeit, in der er das Kreuz der Gerechtigkeit auf seinen Schultern getragen hatte, verblaßte immer mehr.

Aber Malchor faßte angesichts der Ereignisse des vergangenen Tages wieder Mut. Wenn der Dunkelelf und sein Barbarenfreund ein Zeichen waren, dann hatte er zumindest dazu beigetragen, die Fackel in fähige Hände weiterzureichen.

Tausend kleine Kerzen

Der Meuchelmörder beobachtete gebannt, wie sich der Rubin langsam im Kerzenlicht drehte und den Tanz der Flammen in tausend winzigen Miniaturen zurückwarf – es waren zu viele Spiegelungen. Kein Edelstein konnte derart kleine und makellose Facetten haben.

Und trotzdem war die Reihenfolge nicht zu leugnen, ein Wirbel von winzigen Kerzen, der ihn immer tiefer in den roten Stein hineinzog. Kein Juwelier hätte ihn so schleifen können. Die Genauigkeit übertraf alles, was man mit einem Handwerkzeug erreichen konnte. Dies war ein magisches Artefakt, ein Werk, so sagte er sich selbst, das gerade darauf angelegt war, den Betrachter in diesen plötzlichen Wirbel, in die Klarheit der roten Tiefen des Steins zu reißen.

Tausend kleine Kerzen.

Kein Wunder, daß er den Kapitän so leicht hatte überzeugen können, ihn auf seinem Schiff nach Calimhafen mitzunehmen. Den Eingebungen, die aus den wundersamen Tiefen dieses Edelsteins herrührten, konnte man sich nicht so einfach entziehen. Eingebungen der Gelassenheit und des Friedens, Worte, die nur Freunde über ihre Lippen brachten...

Ein Lächeln zeigte sich auf seinem sonst so grimmigen Gesicht. Er konnte tief in diese Ruhe hineinwandern.

Entreri riß sich aus der Anziehungskraft des Rubins los und rieb sich die Augen. Er war verblüfft, daß sogar er, der doch so diszipliniert war, dem magischen Edelstein kaum widerstehen konnte. Er warf einen kurzen Blick in die Ecke der kleinen Kabine, wo Regis wie ein Häufchen Elend zusammengekauert saß.

»Jetzt kann ich verstehen, warum du unbedingt dieses Juwel stehlen mußtest«, sagte er zu dem Halbling.

Regis schreckte aus seinen Grübeleien auf. Er war überrascht, daß Entreri mit ihm gesprochen hatte – das erste Mal, seit sie in Tiefwasser an Bord gegangen waren.

»Und außerdem weiß ich jetzt, warum Pascha Pook ihn unbedingt zurückhaben möchte«, fuhr Entreri fort, eher zu sich als zu Regis.

Regis hob den Kopf, um den Meuchelmörder beobachten zu können. Konnte der Rubinanhänger sogar Artemis Entreri unter seinen Einfluß bekommen? »Es ist wirklich ein wunderschöner Edelstein«, begann er hoffnungsvoll. Er wußte nicht recht, wie er mit diesem neuen, ungewohnten Einfühlungsvermögen des eiskalten Meuchelmörders umgehen sollte.

»Es ist mehr als ein Edelstein«, erwiderte Entreri geistesabwesend, und seine Augen, die einfach nicht widerstehen konnten, folgten wieder dem geheimnisvollen Wirbel der trügerischen Facetten.

Regis erkannte den friedlichen Gesichtsausdruck des Meuchelmörders wieder, denn so hatte er auch ausgesehen, als er zum ersten Mal Pooks wunderschönen Anhänger untersucht hatte. Damals war er ein erfolgreicher Dieb gewesen und hatte in Calimhafen ein gutes Leben geführt. Aber die Zukunft, die dieser magische Stein versprach, war anziehender gewesen als das behagliche Leben in der Diebesgilde. »Vielleicht hat der Anhänger mich gestohlen«, schlug er impulsiv vor.

Aber er hatte Entreris Willenskraft unterschätzt. Der Meuchelmörder warf ihm einen eisigen Blick und ein Lächeln zu, das deutlich verriet, daß er wußte, worauf Regis hinauswollte.

Aber der Halbling mußte sich an jeden Strohhalm klammern und drang weiter auf ihn ein. »Ich denke, die Kraft des Anhängers hat mich wirklich einfach überwältigt. Darin liegt kein Verbrechen. Ich hatte einfach keine andere Chance...«

Entreris höhnisches Lachen unterbrach ihn. »Du bist entweder ein Dieb oder ein Schwächling«, fauchte er. »In beiden Fällen wirst du in meinem Herzen keine Gnade finden. Und in beiden Fällen verdienst du Pooks Zorn!« Er schnappte nach dem Anhänger, der an einer goldenen Kette baumelte, und ließ ihn in seinen Beutel gleiten.

Dann holte er einen anderen Gegenstand hervor, eine Onyxstatuette, die einem Panther verblüffend ähnlich war. »Erzähl mir davon!« forderte er Regis auf.

Regis hatte sich bereits gefragt, wann Entreri wohl Interesse an der Statuette zeigen würde. Er war in Mithril-Halle dabeigewesen, als der Meuchelmörder auf der anderen Seite von Garumns Schlucht mit ihr gespielt und Drizzt verhöhnt hatte. Aber bis zu diesem Augenblick hatte Regis Guenhwyvar, den magischen Panther, nicht wiedergesehen.

Regis zuckte hilflos mit den Achseln.

»Ich frage nicht ein zweites Mal«, drohte Entreri, und die eiskalte Gewißheit seines Untergangs, die unausweichliche Atmosphäre von Gefahr, die alle Opfer von Artemis Entreri nur zu gut kannten, senkte sich über Regis.

»Sie gehört dem Dunkelelfen«, stammelte er. »Ihr Name ist Guen...« Regis blieb das Wort im Hals stecken, als in Entreris freier Hand plötzlich ein juwelenbesetzter Dolch wurfbereit lag.

»Willst du etwa einen Verbündeten rufen?« fragte Entreri erbost. Er verstaute die Statuette wieder in seiner Tasche. »Ich weiß, wie das Tier heißt, Halbling. Und ich versichere dir, daß du tot sein wirst, bevor die Katze hier ist.«

»Fürchtest du dich denn vor ihr?« wagte Regis zu fragen.

»Ich gehe jedenfalls kein Risiko ein«, erwiderte Entreri.

»Aber willst du denn nicht den Panther rufen?« drängte Regis weiter, da er einen Weg suchte, um die Waagschalen der Macht auszugleichen. »Als Gefährten für deine einsamen Reisen?«

Entreris Lachen zog den Gedanken ins Lächerliche. »Gefährte? Warum sollte ich mich nach einem Gefährten sehnen, kleiner Narr? Welchen Nutzen sollte ich daraus ziehen?«

»Mit der Vielzahl kommt die Stärke«, wandte Regis ein.

»Narr«, wiederholte Entreri. »Da irrst du dich gewaltig. In den Straßen bringen Gefährten Abhängigkeit und Untergang mit sich! Sieh dich doch mal an, Freund des Dunkelelfen. Welche Stärke gibst du Drizzt Do'Urden jetzt? Er jagt jetzt blind hinter uns her, um dir zu helfen und seiner Verantwortung als dein Freund nachzukommen.« Der Meuchelmörder stieß das Wort ›Freund‹ mit unverhohlenem Abscheu hervor. »Um letzten Endes zu sterben!«

Darauf konnte Regis nicht antworten, und er ließ den Kopf hängen. Entreris Worte waren nur zu wahr. Seine Freunde würden in Gefahren geraten, die sie sich noch gar nicht vorstellen konnten, und alles nur seinetwegen, alles wegen der Fehler, die er begangen hatte, bevor er sie überhaupt kennengelernt hatte.

Entreri steckte den Dolch wieder ein und sprang plötzlich auf. »Genieße die Nacht, kleiner Dieb. Schwelge im kalten Meereswind. Koste alle Empfindungen dieser Reise aus, denn auf ihr siehst du dem Tod ins Gesicht: Calimhafen bedeutet sicherlich deinen Untergang – und den Untergang deiner Freunde!« Er stürmte aus dem Zimmer und schlug die Tür hinter sich zu.

Er hat sie nicht abgeschlossen, dachte Regis. Er hat noch nie eine Tür abgeschlossen! Aber das war auch gar nicht nötig, mußte er sich wütend eingestehen. Angst und Schrecken waren die Ketten des Meuchelmörders, und sie waren genauso spürbar wie Eisen. Kein Ort, wohin man gehen konnte, kein Ort, wo man sich verstecken konnte.

Regis ließ den Kopf in seine Hände sinken. Er wurde sich der Schaukelbewegung des Schiffs und des rhythmischen, gleichförmigen Knirschens der alten Holzbretter bewußt, denn sein Körper bewegte sich gezwungenermaßen im gleichen Rhythmus.

Er spürte, wie die Bewegung seine Eingeweide aufwühlte. Halblinge lieben das Meer ohnehin nicht, und Regis war selbst nach den Maßstäben seiner Rasse furchtsam. Entreri hätte für ihn keine schlimmere Folter finden können als eine Fahrt über das Schwertmeer in Richtung Süden.

»Nicht schon wieder«, stöhnte Regis und zog sich an der kleinen Luke in der Kabine hoch. Er öffnete das Fenster und hielt den Kopf in die erfrischende Kälte der Nachtluft hinaus.

☆ ☆ ☆

Entreri ging über das leere Deck. Über ihm blähte der Wind die Segel, und die frühwinterlichen Stürme trieben das Schiff auf seinem südlichen Kurs vorwärts. Unzählig viele Sterne übersäten den Himmel und funkelten in der leeren Dunkelheit bis zum Horizont, wo sie von der geraden Linie des Meeres abgegrenzt wurde.

Entreri holte wieder den Rubinanhänger hervor, so daß dessen Magie das Sternenlicht einfangen konnte. Er beobachtete, wie sich der Anhänger drehte, und musterte seinen Wirbel. Er wollte ihn so gut wie möglich erforschen, bevor sich ihre Reise dem Ende näherte.

Pascha Pook würde entzückt sein, den Anhänger zurückzuerhalten. Er hatte ihm so viel Macht verliehen! Mehr Macht, erkannte Entreri jetzt, als andere vermutet hatten. Mit dem Anhänger hatte Pook aus Feinden Freunde und aus Freunden Sklaven gemacht.

»Mich auch?« überlegte Entreri, der von den kleinen Sternen, die sich in dem roten Edelstein zeigten, wie gebannt war. »War ich auch ein Opfer? Oder werde ich es sein?« Er hätte es nie für möglich gehalten, daß er, Artemis Entreri, unter den Einfluß eines magischen Talismans geraten könnte, aber die Macht des Rubinanhängers ließ sich nicht anzweifeln.

Entreri lachte laut auf. Der Rudergänger, die einzige Person außer ihm an Deck, warf ihm einen neugierigen Blick zu, ließ es aber dabei bewenden.

»Nein«, flüsterte Entreri dem Rubin zu. »Du wirst mich nicht wieder in die Gewalt bekommen. Ich kenne deine Tricks und werde sie noch besser kennenlernen! Ich werde dem Verlauf deiner verlockenden Bewegungen folgen, und ich werde auch einen Weg heraus finden!« Lachend legte er sich die goldene Kette wieder um den Hals und versteckte den Rubin unter seiner Lederweste.

Dann tastete er suchend in seinem Beutel herum, ergriff die Statuette des Panthers und wandte den Blick zurück in den Norden. »Hältst du Ausschau, Drizzt Do'Urden?« fragte er in die Nacht hinein.

Er wußte die Antwort. Irgendwo weit hinter ihm, in Tiefwasser oder in Langsattel oder dazwischen, waren die blauvioletten Augen des Dunkelelfen gen Süden gerichtet.

Es war ihre Bestimmung, daß sie sich wieder begegnen würden, das wußten beide. In Mithril-Halle hatten sie miteinander gekämpft, aber keiner hatte den Sieg für sich in Anspruch nehmen können.

Aber es mußte schließlich einen Sieger geben.

Niemals zuvor war Entreri einem Gegner begegnet, dessen Reflexe seinen so sehr glichen und der die Klinge so vernichtend wie er führen konnte. Die Erinnerung an seinen Zusammenstoß mit Drizzt Do'Urden verfolgte ihn unentwegt. Sie waren sich so ähnlich, und ihre Bewegungen glichen demselben Tanz. Und dennoch zeigte der Dunkelelf mit seinem Mitgefühl und seiner Anteilnahme eine Menschlichkeit, daß für diese Gefühle, die er für Schwächen hielt, in der kalten Leere eines reinen Kämpferherzens kein Platz war.

Entreris Hände zuckten vor Ungeduld, wenn er an den Dunkelelfen dachte. Wütend reckte er seinen Arm in die eisige Luft empor. »Komm, Drizzt Do'Urden«, sagte er mit zusammengebissenen Zähnen. »Laß uns herausfinden, wer der Stärkere ist!«

Aus seiner Stimme klang eine wilde Entschlossenheit, aber auch eine feine, fast unhörbare Spur von Besorgnis. Für beide würde das die größte Herausforderung ihres Lebens sein, eine Prüfung ihrer so unterschiedlichen Grundsätze, von denen jede ihrer Taten geleitet wurde. Für Entreri konnte es kein Unentschieden geben. Er hatte seine Seele für diese Geschicklichkeit verkauft, und falls Drizzt Do'Urden ihn besiegte oder sich als ebenbürtig erwies, dann wäre die Existenz des Meuchelmörders nichts weiter als eine Lüge, die schließlich aufgedeckt wird.

Aber solche Gedanken bewegten ihn nicht.

Entreri lebte, um zu gewinnen.

☆ ☆ ☆

Auch Regis betrachtete den Nachthimmel. Die frische Luft hatte seinem Magen gutgetan, und die Sterne hatten seine Gedanken über viele Meilen zu seinen Freunden geführt. Wie oft hatten sie in solchen Nächten in Eiswindtal zusammengesessen, Abenteuergeschichten erzählt oder einfach nur schweigend die Gesellschaft des anderen genossen. Eiswindtal war eine Ödnis, eine eiskalte Tundra, ein Land mit grausamem Wetter und grausamen Bewohnern, aber die Freunde, die Regis dort gefunden hatte, Bruenor und Catti-brie, Drizzt und Wulfgar, hatten die kälteste Winternacht gewärmt und dem Nordwind seine beißende Kälte genommen.

Eigentlich war Eiswindtal, wo er weniger als zehn von seinen fünfzig Jahren verbracht hatte, nur eine kurze Zwischenstation auf seinen weiten Reisen gewesen. Aber jetzt, wo er auf der Rückreise in das südliche Königreich war, in dem er die meiste Zeit seines Lebens verbracht hatte, erkannte Regis, daß Eiswindtal seine wirkliche Heimat gewesen war. Und jene Freunde, deren Zuneigung er für selbstverständlich gehalten hatte, waren die einzige Familie, die er je kennengelernt hatte.

Er schüttelte die Trauer von sich ab und zwang sich, an den Weg zu denken, der vor ihm lag. Drizzt würde seinetwegen kommen und wahrscheinlich auch Wulfgar und Catti-brie.

Nur Bruenor nicht.

Jene Erleichterung, die Regis empfunden hatte, als Drizzt unversehrt aus dem Inneren von Mithril-Halle zurückgekehrt war, war mit den beherzten Zwergen in Garumns Schlucht gestürzt. Ein Drache hatte sie dort festgehalten, während ein Heer böser Dunkelzwerge sich ihnen von hinten genähert hatte. Bruenor hatte sein Leben geopfert und ihnen einen Weg freigekämpft. Er war auf dem Rücken des Drachen mit einem Faß brennenden Öls in die tiefe Schlucht gestürzt.

Regis konnte es nicht ertragen, wieder jenen schrecklichen Augenblick vor Augen zu haben. Trotz seines mürrischen Wesens und seiner Sticheleien war Bruenor Heldenhammer der beste Gefährte des Halblings gewesen.

Eine Sternschnuppe zog eine strahlende Spur über den Nachthimmel. Das Schiff schaukelte immer noch, und Regis hatte immer noch den Geruch des Ozeans in der Nase, aber hier in der Kälte der Nacht empfand Regis keine Übelkeit – nur eine traurige Heiterkeit, während er an der Luke stand und sich an die verrückte Zeit mit dem wilden Zwerg erinnerte. Bruenor Heldenhammers Flamme hatte wirklich wie eine Fackel im Wind gebrannt, und sie hatte bis zum bitteren Ende Funken gesprüht, getanzt und gekämpft.

Die anderen Freunde waren damals entkommen. Dessen war sich der Halbling sicher – so sicher wie Entreri. Und sie würden seinetwegen kommen. Drizzt würde seinetwegen kommen und alles in Ordnung bringen.

Regis mußte daran wieder und wieder denken.

Seine Aufgabe war ihm völlig klar. Wenn sie erst einmal in Calimhafen wären, würde Entreri bei Pooks Leuten Verbündete finden. Der Meuchelmörder wäre dann auf eigenem Boden, wo er jede finstere Ecke kannte und jeden Vorteil in der Hand hatte. Regis mußte ihn aufhalten.

Die Klarheit dieses so eng umrissenen Ziels verlieh Regis Kraft. Suchend sah er sich um. Immer wieder ertappte er sich dabei, wie sein Blick von der Kerze angezogen wurde.

»Die Flamme«, flüsterte er, und ein Lächeln huschte über sein Gesicht. Er ging zum Tisch und zog die Kerze aus ihrer Halterung. Eine kleine Pfütze mit flüssigem Wachs glitzerte unten am Docht und verhieß Schmerzen.

Aber Regis zögerte nicht.

Er krempelte sich einen Ärmel auf und ließ das Wachs auf seinen Arm tröpfeln. Vor Schmerz verzog er das Gesicht.

Er mußte Entreri aufhalten.

Am nächsten Morgen ließ sich Regis auf dem Deck blicken, was sehr selten vorkam. Die Dämmerung war hell und klar angebrochen, und der Halbling wollte seine Aufgabe hinter sich bringen, bevor die Sonne zu hoch am Himmel stand und eine unangenehme Mischung von warmen Strahlen und kalter Gischt hervorrief. Er stand an der Reling, übte seinen Text ein und nahm seinen Mut zusammen, um seine Angst vor der Bedrohung, die von Entreri ausging, zu bekämpfen.

Und dann stand Entreri neben ihm! Regis' Hände umklammerten die Reling. Ihn befiel Angst, der Meuchelmörder könnte seinen Plan irgendwie erraten haben.

»Die Küste«, sagte Entreri zu ihm.

Regis folgte Entreris Blick zum Horizont und einem fernen Landstreifen.

»Jetzt ist sie wieder in Sicht«, fuhr Entreri fort, »und nicht so weit entfernt.« Er sah auf Regis hinunter und zeigte wieder sein bösartiges Lächeln.

Regis zuckte mit den Achseln. »Zu weit.«

»Vielleicht«, antwortete der Meuchelmörder, »aber du könntest es schaffen, auch wenn deine Rasse nicht gerade berühmt dafür ist, gerne zu schwimmen. Hast du dir die Chancen ausgerechnet?«

»Ich schwimme nicht«, gab Regis mit Nachdruck zurück.

»Eine Schande«, lachte Entreri. »Aber falls du dich entscheidest, den Versuch zu unternehmen, an Land zu schwimmen, sag mir vorher Bescheid.«

Regis trat verwirrt zurück.

»Ich würde dir den Versuch erlauben«, versicherte Entreri ihm, »und den Anblick genießen.«

Wut wurde auf dem Gesicht des Halblings sichtbar. Er

hörte, wie er verspottet wurde, aber er konnte die Absicht des Meuchelmörders nicht ergründen.

»In diesem Gewässer lebt ein seltsamer Fisch«, sagte Entreri und schaute wieder über das Meer. »Ein kluger Fisch. Er folgt den Schiffen und wartet darauf, daß jemand über Bord fällt.« Er sah noch einmal Regis an, um die Wirkung seiner Worte abzuwägen.

»An einer spitz zulaufenden Flosse kann man ihn erkennen«, fuhr er fort, als er sah, daß der Halbling ihm aufmerksam zuhörte. »Bewegt sich durch das Wasser wie der Bug eines Schiffs. Wenn du an der Reling lang genug Ausschau hältst, wirst du bestimmt einen erspähen.«

»Warum sollte ich?«

»Haie werden diese Fische genannt«, erzählte Entreri weiter, ohne auf Regis' Frage einzugehen. Er zückte seinen Dolch und ritzte mit dessen Spitze einen Finger, so daß ein Blutstropfen austrat. »Wunderbarer Fisch. Der hat Reihen von Zähnen, die so lang wie Dolche sind, scharf und gezackt, und ein Maul, das einen Mann in zwei Stücke teilen kann.« Er sah Regis direkt an. »Oder einen Halbling ganz erwischt.«

»Ich schwimme nicht!« fauchte Regis, denn er fand keinen Gefallen an Entreris makabren, aber zweifellos wirkungsvollen Methoden.

»Eine Schande«, kicherte der Meuchelmörder. »Aber sag mir Bescheid, falls du deine Meinung änderst.« Er rauschte von dannen, und sein schwarzer Umhang flog hinter ihm.

»Bastard!« murmelte Regis. Er wollte zurück zum Geländer gehen, änderte aber seine Meinung, als das tiefe Wasser drohend vor ihm sichtbar wurde. Er drehte sich auf dem Absatz um und suchte die Sicherheit der Mitte des Decks.

Wieder verließ jede Farbe sein Gesicht, als der große Ozean über ihn hereinzubrechen schien und das ewige, widerliche Schaukeln des Schiffs...

»Du scheinst reif für die Reling zu sein, Kleiner«, hörte er hinter sich eine fröhliche Stimme. Regis drehte sich um und sah einen kleinen, o-beinigen Matrosen mit nur noch wenigen Zähnen und Augen, die zu ständigem Blinzeln zusammengekniffen waren. »Bist du noch nicht seefest geworden?«

Regis zitterte, bis er seine Benommenheit überwunden hatte, dann erinnerte er sich wieder an seine Mission. »Es ist die andere Sache«, erwiderte er.

Dem Matrosen entging die geheimnisvolle Anspielung in dieser Erklärung. Das Lächeln blieb auf seinem sonnengebräunten, schmutzigen Gesicht mit den dunklen Stoppeln auch noch, als er weiterging.

»Aber ich danke dir für deine Anteilnahme«, sagte Regis mit Nachdruck. »Und für euren Mut, daß ihr uns nach Calimhafen mitnehmt.«

Diesmal hielt der Matrose verwundert inne. »Wir nehmen häufig Passagiere mit in den Süden«, erwiderte er, weil er nicht verstand, was daran mutig sein sollte.

»Ja, aber denk doch an die Gefahr – obwohl ich mir sicher bin, daß sie nicht allzu groß ist!« erwiderte Regis schnell und vermittelte den Eindruck, als versuchte er, diese unbekannte Gefahr nicht übermäßig zu betonen. »Es ist ja wirklich nicht wichtig. Calimhafen wird uns Heilung bringen.« Und leise – aber laut genug, daß der Matrose es verstehen konnte –, fügte er hinzu: »Wenn wir dort lebend ankommen.«

»Warte mal! Was meinst du damit?« wollte der Matrose

wissen und trat jetzt auf Regis zu. Sein Lächeln war verschwunden.

Plötzlich kreischte Regis auf und umklammerte, wie von entsetzlichen Schmerzen ergriffen, seinen Unterarm. Er verzerrte das Gesicht und tat so, als müsse er gegen Qualen ankämpfen, während er geschickt das getrocknete Wachs und den Schorf darunter wegkratzte. Ein kleiner Blutstropfen sikkerte unter seinem Ärmel hervor.

Wie geplant, packte ihn der Matrose und zog ihm den Ärmel über den Ellbogen hoch. Er sah sich neugierig die Wunde an. »Verbrannt?«

»Faß da nicht hin!« rief Regis in barschem Flüsterton. »So verbreitet es sich – glaube ich jedenfalls.«

Der Matrose riß entsetzt seine Hand zurück, als ihm noch andere Narben auffielen. »Es gab doch kein Feuer! Wie kommst du an eine Verbrennung?«

Regis zuckte hilflos mit den Achseln. »Sie sind einfach da. Aus dem Inneren.« Jetzt erbleichte der Matrose. »Es dauert einige Monate, bis man zerfressen ist. Und die meisten meiner Wunden sind ja noch ziemlich neu.« Regis sah hinunter und zeigte seinen vernarbten Arm vor. »Siehst du?«

Aber als er wieder aufschaute, war der Matrose verschwunden. Er war sofort zu der Kajüte des Kapitäns gerannt.

»Jetzt bade das aus, Artemis Entreri!« flüsterte Regis.

Conyberrys ganzer Stolz

»Dort drüben sind die Bauernhöfe, von denen Malchor gesprochen hat«, sagte Wulfgar, als er mit Drizzt um eine Baumgruppe an der Grenze zu dem Wald bog. Weiter entfernt im Süden war ungefähr ein Dutzend Häuser zu sehen, die von weiten, hügeligen Feldern umgeben wurden.

Wulfgar trieb sein Pferd an, aber Drizzt hielt ihn jäh zurück.

»Das sind einfache Leute«, erklärte der Dunkelelf. »Bauern, die nach unzähligen abergläubischen Bräuchen leben. Sie würden einen Dunkelelfen nicht willkommen heißen. Laß uns am Abend in das Dorf reiten.«

»Vielleicht finden wir den Weg auch ohne ihre Hilfe«, schlug Wulfgar vor, der nicht noch viele Stunden eines weiteren Tages verschwenden wollte.

»Wahrscheinlicher ist, daß wir uns im Wald verirren«, erwiderte Drizzt, während er abstieg. »Ruh dich aus, mein Freund. Diese Nacht verspricht ein Abenteuer.«

»Sie nennt die Nacht ihre Zeit«, bemerkte Wulfgar, der sich an Malchors Worte über die Todesfee erinnerte.

Drizzt lächelte breit über das ganze Gesicht. »Nicht diese Nacht«, flüsterte er.

Wulfgar sah das vertraute Leuchten in den blauvioletten Augen des Dunkelelfen und schwang sich gehorsam aus dem Sattel. Drizzt machte sich bereits auf die Schlacht gefaßt, und seine gut trainierten Muskeln zuckten vor Aufregung. Aber so sehr Wulfgar auch den Fähigkeiten seines Gefährten vertraute, so konnte er doch den Schauder nicht verhindern, der ihm den Rücken hinunterlief, wenn er daran dachte, daß ihnen eine Begegnung mit einem untoten Monster bevorstand.

In der Nacht.

☆ ☆ ☆

Den Tag verbrachten sie mit friedlichem Dahindösen. Sie genossen die Rufe und Tänze der Vögel und Eichhörnchen, die bereits mit den Wintervorbereitungen beschäftigt waren, und den Schutz des Waldes. Aber als die Abenddämmerung über das Land zog, veränderte sich plötzlich die Stimmung im Wald Niewinter. Die Düsterkeit senkte sich zu behaglich zwischen die dichten Zweige der Bäume, und eine jähe Stille legte sich auf die Bäume, das beunruhigende Schweigen einer drohenden Gefahr.

Drizzt weckte Wulfgar und führte ihn in südliche Richtung. Sie hielten nicht einmal für eine kleine Mahlzeit an. Einige Minuten später führten sie ihre Pferde zu dem nächstgelegenen Bauernhaus. Glücklicherweise war in dieser Nacht der Mond nicht zu sehen, und nur eine genaue Untersuchung würde Drizzts Herkunft verraten.

»Sagt, was ihr wollt, oder verschwindet!« drohte eine Stimme von dem niedrigen Dach, noch bevor sie an die Haustür klopfen konnten.

Drizzt hatte mit einer solchen Begrüßung gerechnet. »Wir kommen, um eine Rechnung zu begleichen«, antwortete er, ohne zu zögern.

»Was für Feinde könntet ihr in Conyberry haben?« fragte die Stimme.

»In deinem schönen Dorf?« schreckte Drizzt zurück. »O nein, unser Kampf betrifft einen Feind, den ihr gut kennt.«

Von oben war ein Schlurfen zu hören, und dann erschienen zwei Männer mit Bögen in der Hand an den Ecke des Bauernhauses. Drizzt und Wulfgar ahnten, daß noch weitere Augenpaare – und zweifellos noch mehr Bögen – vom Dach und möglicherweise auch von den Seiten auf sie gerichtet waren. Für einfache Bauern waren die Männer für ihre Verteidigung erstaunlich gut ausgerüstet.

»Ein Feind, den wir kennen?« fragte einer der Männer an der Ecke. Es war derjenige, der zuvor vom Dach aus mit ihnen gesprochen hatte. »Von deiner Sorte haben wir hier noch keinen gesehen, Elf, und auch nicht von der deines Riesenfreundes!«

Wulfgar holte Aegisfang von der Schulter, was ein nervöses Scharren auf dem Dach hervorrief. »Wir sind ja auch noch nie durch eure schöne Stadt gekommen«, gab er streng zurück, da er überhaupt nicht erfreut war, als Riese bezeichnet zu werden.

Drizzt mischte sich schnell ein. »Ein Freund von uns wurde hier in der Nähe getötet, auf einem dunklen Pfad im Wald. Uns wurde gesagt, daß ihr uns den Weg weisen könnt.«

Plötzlich wurde die Tür des Bauernhauses aufgerissen, und eine alte Frau steckte ihren Kopf heraus. »Und was wollt ihr von dem Geist im Wald?« keifte sie wütend. »Er tut niemandem etwas zuleide, wenn man ihn in Ruhe läßt!«

Drizzt und Wulfgar sahen sich an. Beide waren verwirrt über diese unerwartete Meinung der alten Frau. Der Mann an der Ecke schien außerdem der gleichen Ansicht zu sein.

»Ja, laßt Agatha in Ruhe«, sagte er.

»Verschwindet!« fügte ein Mann vom Dach hinzu, den sie nicht sehen konnten.

Wulfgar befürchtete, daß diese Leute unter einem bösen Zauber standen, und umklammerte seinen Kriegshammer noch fester, aber Drizzt hörte aus ihren Stimmen etwas anderes heraus.

»Mir wurde erzählt, daß der Geist, diese Agatha, ein böser Geist sei«, erklärte Drizzt ihnen ruhig. »Ist es möglich, daß ich etwas Falsches gehört habe? Denn wie ich sehe, verteidigen ihn gute Menschen.«

»Pah, böse! Was ist schon böse?« fuhr die alte Frau ihn an, während sie mit ihrem zerfurchten Gesicht und abgemagerten Körper näher zu Wulfgar heranrückte. Vorsichtig trat der Barbar einen Schritt zurück, obwohl die gebeugte Gestalt der Frau ihm gerade bis an den Nabel reichte.

»Die Todesfee verteidigt ihr Haus«, fügte der Mann an der Ecke hinzu. »Und verflucht seien alle, die dorthin gehen!«

»Verflucht!« schrie die alte Frau, drängte sich noch näher heran und stieß Wulfgar einen knochigen Finger in die breite Brust.

Wulfgar hatte genug gehört. »Zurück!« brüllte er die Frau an und schlug Aegisfang auf seine freie Hand. Ein plötzlicher Blutschwall ließ seine Arme und Schultern noch stärker hervorquellen. Die Frau kreischte voller Entsetzen auf, verschwand im Haus und schlug die Tür hinter sich zu.

»Schade«, flüsterte Drizzt, obwohl er sehr gut verstand, was in Wulfgar gefahren war. Der Dunkelelf hechtete zur Seite und machte eine Rolle, als ein Pfeil vom Dach dort in den Boden einschlug, wo er gerade gestanden hatte.

Auch Wulfgar erwartete einen Pfeil und setzte sich in Bewegung. Statt dessen sah er den dunklen Umriß eines Mannes, der vom Dach auf ihn heruntersprang. Mit einer Hand fing der große Barbar den Angreifer in der Luft auf und hielt ihn in Schach, wobei dessen Stiefel einen Meter über dem Boden baumelten.

Im selben Augenblick hatte Drizzt seine Rolle vor den beiden Männern an der Ecke beendet und hielt ihnen seine Krummsäbel an die Kehle. Sie hatten nicht einmal Zeit, ihre Bögen zu spannen. Zu ihrem Entsetzen erkannten sie außerdem, wer Drizzt wirklich war, aber selbst wenn seine Haut so blaß gewesen wäre wie die seiner hellhäutigen Vettern, hätte das Feuer in seinen Augen ihnen jegliche Kraft geraubt.

Einige lange Sekunden verstrichen, und die einzige Bewegung war das sichtbare Beben der drei bedrohten Bauern.

»Ein bedauerliches Mißverständnis«, sagte Drizzt zu den Männern. Er trat zurück und steckte seine Krummsäbel ein. »Laß ihn herunter«, wies er Wulfgar an. »Aber vorsichtig!« fügte er schnell hinzu.

Wulfgar setzte den Mann auf dem Boden ab, aber der verängstigte Bauer fiel trotzdem in den Schmutz und sah zu dem riesigen Barbaren voller Ehrfurcht und Angst auf.

Wulfgar behielt seine Grimasse bei – nur um den Bauern eingeschüchtert zu halten.

Die Tür des Bauernhauses öffnete sich wieder. Diesmal war die kleine alte Frau sehr scheu, als sie erschien. »Ihr werdet die arme Agatha doch nicht töten, oder?« fragte sie.

»Hinter ihrer Tür stellt sie bestimmt keine Gefahr dar«, fügte der Mann an der Ecke hinzu, und seine Stimme zitterte bei jeder Silbe.

Drizzt sah Wulfgar an. »Nein«, antwortete der Barbar. »Wir werden Agatha einen Besuch abstatten und unsere Angelegenheit mit ihr regeln. Aber seid versichert, daß wir ihr nichts zuleide tun wollen.«

»Erklärt uns den Weg«, bat Drizzt.

Die beiden Männer an der Ecke zögerten.

»Nun!« brüllte Wulfgar dem Mann auf dem Boden zu.

»Zu den verwachsenen Birken!« antwortete der Mann hastig. »Dort ist der Pfad, und er verläuft zurück gen Osten. Er hat zwar unzählige Biegungen, ist aber frei von Gebüsch!«

»Leb wohl, Conyberry«, verabschiedete sich Drizzt höflich und verbeugte sich tief. »Wir würden gerne eine Zeitlang hier bleiben und eure Befürchtungen über uns zerstreuen. Aber wir haben viel zu erledigen, und vor uns liegt noch ein weiter Weg.« Wulfgar und er schwangen sich in den Sattel und ließen ihre Pferde wenden.

»So wartet doch!« rief die alte Frau ihnen nach. Ihre Pferde bäumten sich auf, als Drizzt und Wulfgar über die Schulter zurücksahen. »Sagt uns, furchtlose oder törichte Krieger, wer ihr seid!«

»Wulfgar, Sohn von Beornegar!« rief der Barbar zurück, wobei er versuchte, eine demütige Miene beizubehalten, während sich seine Brust vor Stolz schwellte, »und Drizzt Do'Urden!«

»Diese Namen habe ich schon gehört!« rief einer der Bauern in plötzlichem Wiedererkennen.

»Es sind Namen, die ihr auch wieder hören werdet!« versprach Wulfgar. Er blieb einen Moment stehen, während Drizzt weiterritt, dann wandte er sich ab, um seinen Freund einzuholen.

Drizzt war sich nicht sicher, ob es klug gewesen war, daß sie ihre Namen preisgaben, denn damit hatten sie gleichzeitig ihren Standort verraten, und Artemis Entreri sah sich sicher nach ihnen um. Aber als er das breite und stolze Lächeln auf Wulfgars Gesicht sah, behielt er seine Befürchtungen für sich und ließ Wulfgar seinen Spaß.

☆ ☆ ☆

Als die Lichter von Conyberry hinter ihnen zu Punkten verblaßt waren, wurde Wulfgar wieder ernst. »Sie scheinen nicht böse zu sein«, meinte er zu Drizzt, »und dennoch beschützen sie die Todesfee und haben ihr sogar einen Namen gegeben! Womöglich lassen wir ein Reich der Finsternis hinter uns zurück.«

»Keine Finsternis«, widersprach Drizzt. »Conyberry ist genau so, wie es auf den ersten Blick aussieht: ein einfaches Dorf mit guten und ehrlichen Bauern.«

»Aber Agatha!« erhob Wulfgar Einspruch.

»In dieser Gegend gibt es Hunderte von ähnlichen Dörfern«, erklärte Drizzt. »Viele sind ohne Namen und den Fürsten des Landes unbekannt. Aber vermutlich haben alle Dörfer und sogar Tiefwassers Fürsten von Conyberry und dem Geist im Wald Niewinter gehört.«

»Agatha bringt ihnen also Ruhm«, überlegte Wulfgar.

»Und zweifellos einen gewissen Schutz«, fügte Drizzt hinzu.

»Denn welcher Bandit würde sich angesichts eines Geistes, der das Land heimsucht, auf der Straße nach Conyberry auf die Lauer legen?« Wulfgar lachte. »Dennoch kommt mir diese Verbindung seltsam vor.«

»Das ist aber nicht unsere Angelegenheit«, sagte Drizzt und hielt sein Pferd an. »Da sind die verwachsenen Birken, von denen der Mann gesprochen hat.« Er zeigte auf eine Gruppe ineinander verschlungener Birken. Dahinter ragte düster und geheimnisvoll der Wald Niewinter auf.

Wulfgars Pferd legte die Ohren an. »Wir sind in der Nähe«, stellte der Barbar fest und glitt aus dem Sattel. Sie banden ihre Tiere an und gingen in das Birkenwäldchen hinein. Drizzt bewegte sich lautlos wie eine Katze, aber Wulfgar, der für die eng nebeneinander wachsenden Bäume zu groß war, raschelte bei jedem Schritt.

»Hast du vor, dieses Wesen zu töten?« fragte er Drizzt.

»Nur, wenn es sein muß«, antwortete der Dunkelelf. »Wir sind nur wegen der Maske hier, und wir haben den Bewohnern von Conyberry unser Wort gegeben.«

»Ich glaube nicht, daß Agatha uns freiwillig ihre Schätze aushändigen wird«, gab Wulfgar zu bedenken. Er ließ die letzten Birken hinter sich und trat neben dem Dunkelelfen vor den düsteren Eingang zu dem dichten Eichenwald.

»Sei jetzt still«, flüsterte Drizzt. Er zog Blaues Licht, und mit dessen Hilfe fanden sie sich in der Dunkelheit zurecht.

Die Bäume schienen immer dichter an sie heranzurücken. In der Totenstille des Waldes hörten sie das Nachhallen ihrer Schritte um so deutlicher. Selbst Drizzt, der Jahrhunderte in den tiefsten Höhlen verbracht hatte, spürte den Einfluß dieses finsteren Bereichs von Niewinter auf seinen Schultern. Hier brütete das Böse, und falls er und Wulfgar Zweifel an der Legende von der Todesfee gehegt hatten, dann wußten sie es jetzt besser. Drizzt zog eine dünne Kerze aus seiner Gürteltasche, brach sie entzwei und gab Wulfgar eine Hälfte.

»Stopf sie dir in die Ohren«, erklärte er in einem gehauchten Flüsterton und wiederholte Malchors Warnung. »Man stirbt, wenn man ihre Totenklage hört.«

Selbst in der tiefen Dunkelheit war der Pfad nicht schwer zu finden, denn die Ausstrahlung des Bösen lastete mit jedem Schritt schwerer auf ihnen. Nach einigen hundert Schritten kam der Schein eines Feuers in Sicht. Unwillkürlich duckten sich beide, um ihre Umgebung aus der Deckung zu prüfen.

Vor ihnen lag eine Kuppel aus Zweigen, eine Höhle aus Bäumen. Es war das Heim der Todesfee. Der einzige Eingang war ein kleines Loch, gerade noch groß genug, daß ein Mensch hindurchkriechen konnte. Der Gedanke, auf Händen und Knien die beleuchtete Höhle betreten zu müssen, behagte den beiden überhaupt nicht. Wulfgar hielt Aegisfang vor sich hin und deutete an, daß er eine größere Tür schlagen wollte. Kühn schritt er auf den Hügel zu.

Drizzt schlich sich neben dem Barbaren. Er hatte seine Zweifel, daß Wulfgars Idee so gut war. Er war überzeugt, daß eine Kreatur, die so lange und erfolgreich überlebt hatte, gegen solche augenfälligen Taktiken gut geschützt war. Aber dem Dunkelelfen fiel im Augenblick auch nichts Besseres ein, und darum wich er zurück, als Wulfgar den Kriegshammer über seinen Kopf hob.

Der Barbar stellte sich breitbeinig hin, um das Gleichgewicht zu halten, und holte zur Beruhigung noch einmal tief Luft. Dann schmetterte er Aegisfang mit voller Wucht in sein Ziel. Die Kuppel erbebte unter seinem Hieb. Holz splitterte und flog durch die Luft, aber auch die Befürchtungen des Dunkelelfen bewahrheiteten sich. Denn als das hölzerne Gehäuse zerbrach, verfing sich Wulfgars Hammer in den Maschen eines versteckten Netzes. Bevor der Barbar den Hieb umkehren konnte, hatten sich Aegisfang und seine Arme völlig verheddert.

Drizzt sah, wie sich in der Höhle ein Schatten durch den Schein des Feuers bewegte. Er erkannte die Verwundbarkeit seines Freundes und zauderte keine Sekunde. Er sprang zwischen Wulfgars Beinen hindurch in die Höhle hinein. Dabei stieß und stach er mit seinen Krummsäbeln wild in alle Richtungen. Für den Bruchteil einer Sekunde schnitt sich Blaues Licht in etwas Körperloses, und Drizzt wußte, daß er die Kreatur aus der Unterwelt getroffen hatte. Aber da er von dem plötzlichen grellen Licht in der Höhle benommen war, hatte er Schwierigkeiten, einen sicheren Halt zu finden. Trotzdem behielt er einen kühlen Kopf, so daß er feststellen konnte, daß sich die Todesfee in den Schatten auf der anderen Seite davongemacht hatte. Er wälzte sich zu einer Wand, lehnte sich heftig atmend mit dem Rücken dagegen und rappelte sich auf, während er mit seiner Waffe Wulfgars Fesseln durchschnitt.

Auf einmal begann das Wehklagen.

Es durchdrang den schwachen Schutz des Kerzenwachses mit einer Heftigkeit, die ihnen in die Knochen fuhr. Es zehrte an ihren Kräften und ließ schwindelerregende Schwärze über sie sinken. Drizzt sackte benommen gegen die Wand, und Wulfgar, der sich endlich aus dem widerspenstigen Netz befreit hatte, taumelte in die schwarze Nacht hinaus und stürzte rücklings zu Boden.

Drizzt, der in der Höhle allein war, wußte, daß er in großer Gefahr schwebte. Er kämpfte gegen den Schwindel und seine pochenden Kopfschmerzen an und versuchte, sich auf den Feuerschein zu konzentrieren.

Aber vor seinen Augen tanzten zwei Dutzend Feuer und Lichter, die auch mit einem Kopfschütteln nicht verschwanden. Zuerst glaubte er, daß er an den Nachwirkungen der Totenklage litt, und es dauerte einen Augenblick, bis er die Wahrheit durchschaute.

Agatha war eine magische Kreatur, und magische Schutzvorrichtungen, verwirrende Illusionen von Spiegelbildern, bewachten ihr Heim. Plötzlich sah sich Drizzt an mehr als zwanzig Stellen dem verzerrten Gesicht einer vor langer Zeit verstorbenen Elfe gegenüber, deren verwelkte Haut sich über ein eingefallenes Gesicht spannte und deren Augen jeglicher Farbe und jedes Lebensfunkens beraubt waren.

Aber diese Augen konnten sehen – deutlicher als jeder andere in diesem trügerischen Gewirr. Und Drizzt erkannte, daß Agatha genau wußte, wo er sich befand. Sie schwenkte ihre Arme in kreisförmigen Bewegungen und grinste ihr Opfer an.

Drizzt wußte auch, daß diese Bewegungen der Todesfee der Beginn eines Zaubers waren. Immer noch im Netz ihrer Illusionen gefangen, hatte der Dunkelelf nur eine Chance. Er rief die Fähigkeiten auf, die er seiner dunklen Rasse verdankte – und hoffte verzweifelt, daß er den Standort des echten Feuers richtig eingeschätzt hatte. Dort zauberte er eine schwarze Kugel über die Flammen. In der Baumhöhle wurde es pechschwarz, und Drizzt ließ sich auf den Bauch fallen.

Ein blauer Blitz zuckte durch die Dunkelheit und schoß über den Dunkelelfen, der immer noch am Boden lag, hinweg durch die Wand. Die Luft um ihn herum wurde glühendheiß, und sein schneeweißes Haar kräuselte sich an den Spitzen.

Agathas heftiger Blitz, der draußen im dunklen Wald einschlug, riß Wulfgar aus seiner Betäubung. »Drizzt!« stöhnte er und kämpfte sich auf die Füße. Sein Freund war vielleicht schon tot, und außerdem war es hinter dem Eingang für menschliche Augen zu dunkel. Aber trotzdem taumelte Wulfgar furchtlos und ohne sich um die eigene Sicherheit zu scheren, zu der Kuppel zurück.

Drizzt kroch in der Dunkelheit an der Wand entlang und ließ sich von der Wärme des Feuers leiten. Mit einem Krummsäbel tastete er seine Umgebung ab, aber außer Luft und der Wand der Baumhöhle konnte er nichts ertasten.

Plötzlich war die herbeigezauberte Dunkelheit verschwunden, und er stand mitten an der Wand, links vom Ausgang, jedem Gegner preisgegeben. Das boshaft grinsende Bild von Agatha, die bereits mit dem nächsten Zauber beschäftigt war, verfolgte ihn von allen Seiten. Drizzt sah sich nach einem Fluchtweg um und stellte dabei fest, daß Agatha ihn nicht zu beachten schien.

Auf der gegenüberliegenden Seite des Raums, wo ein echter Spiegel sein mußte, erblickte Drizzt ein anderes Bild: Wulfgar, wie er schutzlos durch den niedrigen Eingang kroch.

Wieder konnte sich Drizzt kein Zögern erlauben. Allmählich durchschaute er den Aufbau der Illusionen und konnte ungefähr die Position der Todesfee bestimmen. Er ging auf die Knie, hob eine Handvoll Sand auf und warf ihn in weitem Bogen durch den Raum.

Alle Bilder reagierten gleich und gaben Drizzt keinen Hinweis darauf, wo sich sein Gegner befand. Aber die echte Agatha, wo immer sie auch war, spuckte Sand aus. Drizzt hatte sie bei ihrem Zauber unterbrochen.

Wulfgar kam wieder auf die Beine und schmetterte sofort seinen Hammer durch die Wand rechts von der Tür, dann kehrte er den Schwung um und richtete Aegisfang auf das Bild gegenüber der Tür, direkt über dem Feuer. Wieder senkte sich Aegisfang in die Wand und schlug eine Öffnung in den nächtlichen Wald.

Drizzt, der seinen Dolch auf ein Bild ihm gegenüber warf, ohne etwas zu bewirken, fing ein verräterisches Flackern dort auf, wo er Wulfgars Spiegelbild gesehen hatte. Nachdem Aegisfang in Wulfgars Hände zurückgekehrt war, sprang Drizzt in den hinteren Teil des Raumes. »Zeig mir den Weg!« schrie er. Er hoffte nur, daß seine Stimme laut genug war, um von Wulfgar gehört zu werden.

Wulfgar hatte ihn verstanden. Er brüllte: »Tempus!«, um den Dunkelelfen zu warnen, und warf Aegisfang noch einmal.

Drizzt rollte sich blitzschnell zusammen, und der Hammer schwirrte über seinen Rücken und schlug in den Spiegel ein. Die Hälfte der Spiegelbilder in dem Raum verschwanden, und Agatha kreischte zornig auf. Aber Drizzt wurde in seiner Bewegung nicht langsamer. Er sprang über das zerbrochene Spiegelgestell und die Glasscherben.

Und er landete direkt in Agathas Schatzkammer.

Der Schrei der Todesfee verwandelte sich in ein Wehklagen, und die tödlichen Töne senkten sich wieder auf Drizzt und Wulfgar. Aber diesmal wurden sie davon nicht überrascht und konnten sich daher dem Einfluß des Klageliedes besser entziehen. Drizzt kroch zu den Schätzen hinüber und warf Gold und Edelsteine in einen Sack. Wulfgar lief in zerstörerischer Raserei in der Höhle herum. Wo einst Wände gestanden hatten, war bald nur noch Brennholz übrig, und aus mehreren Kratzern zogen sich winzige Blutströme über seine riesigen Unterarme. Aber der Barbar spürte keinen Schmerz, sondern nur wilde Wut.

Sein Sack war fast voll, und Drizzt wollte sich gerade umdrehen und fliehen, als sein Blick auf einen besonderen Gegenstand fiel. Er war fast erleichtert gewesen, daß er ihn nicht gefunden hatte, und ein Teil von ihm wünschte sich insgeheim, daß er nicht da wäre. Aber sie lag da – eine unscheinbare Maske mit nichtssagenden Gesichtszügen und einem Band, um sie vor das Gesicht des Trägers zu halten. Drizzt wußte, daß es sich nur um die Maske handeln konnte, von der Malchor gesprochen hatte, und falls er daran dachte, sie jetzt zu übersehen, verwarf er diesen Gedanken ganz schnell wieder. Regis brauchte ihn, und um schnell zu Regis zu gelangen, brauchte Drizzt die Maske. Trotzdem konnte der Dunkelelf einen Seufzer nicht zurückhalten, als er sie hochhob und ihre prickelnde Kraft spürte. Ohne einen weiteren Gedanken zu verlieren, verstaute er sie in dem Sack.

Agatha wollte sich nicht so einfach von ihren Schätzen trennen, und der Geist, der Drizzt gegenübertrat, als dieser über den zerbrochenen Spiegel sprang, war nur zu wirklich. Blaues Licht leuchtete jedesmal grell auf, wenn Drizzt Agathas hektische Schläge abwehrte.

Wulfgar vermutete, daß Drizzt dringend seine Hilfe brauchte, und ließ von seiner wilden Wut in der Erkenntnis ab, daß in dieser Notlage ein klarer Kopf vonnöten war.

Langsam ließ er seinen Blick durch den Raum schweifen und hob Aegisfang zu einem weiteren Wurf. Aber der Barbar mußte feststellen, daß er das Muster der Illusionszauber immer noch nicht vollständig durchschaut hatte, und die Verwirrung über die vielen Spiegelbilder und die Angst, Drizzt zu treffen, hielten ihn zurück.

Mühelos tänzelte Drizzt um die wütende Todesfee herum und drängte sie in die Schatzkammer hinein. Er hätte sie mehrmals mit seiner Klinge treffen können, aber er hatte ja den Bauern von Conyberry sein Wort gegeben.

Schließlich hatte er sie dort, wo er sie haben wollte. Er stieß Blaues Licht nach vorn und ging mit zwei Schritten auf sie los. Fauchend wich Agatha zurück, stolperte über die zerbrochene Spiegelhalterung und zog sich in die Dunkelheit zurück. Drizzt wirbelte herum und stürzte zur Tür.

Wulfgar, der die echte Agatha ebenfalls beobachtete und sah, wie die anderen Bilder verschwanden, folgte ihrem Stöhnen und verstand schließlich den Aufbau der Höhle. Er bereitete Aegisfang auf den tödlichen Schlag vor.

»Laß es gut sein!« rief Drizzt ihm zu, als er an ihm vorbeistürzte, und schlug Wulfgar mit der flachen Seite seiner Waffe auf den Rücken, um ihn an ihre Aufgabe und ihr Versprechen zu erinnern.

Wulfgar wirbelte in dieselbe Richtung davon, aber der flinke Dunkelelf war bereits in der dunklen Nacht verschwunden. Wulfgar wandte sich Agatha zu, die sich mit gefletschten Zähnen und geballten Händen vor ihm erhob.

»Entschuldige unser Eindringen«, sagte er höflich und verbeugte sich tief – tief genug, um seinem Freund nach draußen in die Sicherheit zu folgen. Er lief den dunklen Pfad hinunter und folgte dem blauen Licht von Drizzts magischem Krummsäbel.

Dann setzte das dritte Wehklagen der Todesfee ein. Es suchte sie auf dem Pfad heim. Drizzt befand sich außerhalb seines schmerzhaften Einflußbereichs, aber Wulfgar wurde von ihm mit voller Wucht erfaßt und verlor das Gleichgewicht. Blind taumelte er weiter, und das selbstgefällige Lächeln war plötzlich aus seinem Gesicht verschwunden.

Drizzt drehte sich um und wollte ihn aufhalten, aber der große Mann stieß den Dunkelelfen beiseite und lief weiter.

Mit dem Gesicht in einen Baum.

Bevor Drizzt ihn erreicht hatte, um ihm zu helfen, war Wulfgar schon wieder auf und davon, zu verängstigt und verlegen, um vor Schmerzen stöhnen zu können.

Hinter ihnen jammerte Agatha hilflos weiter.

☆ ☆ ☆

Als das erste der drei Wehklagen von Agatha vom Nachtwind nach Conyberry getragen wurde, wußten die Dorfbewohner, daß Drizzt und Wulfgar ihre Höhle gefunden hatten. Alle, sogar die Kinder, versammelten sich vor ihren Häusern und lauschten aufmerksam, als zwei weitere Klagen durch die Nachtluft hallten. Aber was noch verwirrender war, das waren die nicht endenden jammernden Rufe der Todesfee, die zum Schluß zu ihnen drangen.

»So viel zu den Fremden«, kicherte ein Mann.

»Nein, du irrst dich«, widersprach die alte Frau, die den feinen Unterschied aus Agathas Gejammer heraushörte. »Das ist die Klage des Verlustes. Sie haben sie geschlagen! Sie haben es geschafft und sind verschwunden!«

Die anderen saßen still da und lauschten angestrengt Agathas Schreien, und bald mußten sie der alten Frau recht geben. Sie sahen sich ungläubig an.

»Wie waren ihre Namen?« fragte ein Mann.

»Wulfgar«, antwortete ein anderer. »Und Drizzt Do'Urden. Ich habe schon von ihnen gehört.«

Die Stadt des Glanzes

Noch vor Tagesanbruch waren sie wieder auf der Hauptstraße und stürmten nach Tiefwasser. Da der Besuch bei Malchor und das Geschäft mit Agatha erledigt waren, richteten Drizzt und Wulfgar ihre Gedanken wieder auf den Weg, der vor ihnen lag, und sie erinnerten sich an die Gefahr, der ihr Halblingfreund ausgesetzt war, wenn sie bei seiner Befreiung scheiterten. Ihre Pferde rasten, unterstützt von Malchors verzauberten Hufen, in unerhörtem Tempo vorwärts. Die Landschaft flog wie hinter einem Nebelschleier an ihnen vorbei, so schnell stürmten sie vorwärts.

Sie hielten auch nicht an, als die Dämmerung hinter ihnen lag, und legten auch keine Pause ein, als die Sonne immer höher in den Himmel stieg.

»Wir werden genügend Ruhe haben, wenn wir an Bord gehen und in den Süden segeln«, sagte Drizzt zu Wulfgar.

Der Barbar war so fest entschlossen, Regis zu retten, daß er nicht angetrieben werden mußte.

Wieder senkte sich die Nacht über sie, und das Donnern ihrer Hufe hörte nicht auf. Als der zweite Morgen in ihrem Rücken anbrach, wurde die Luft von einer salzigen Brise erfüllt, und die hohen Türme von Tiefwasser, der Stadt des Glanzes, tauchten am westlichen Horizont auf. Die zwei Reiter hielten auf dem hohen Felsen an, der die östliche Grenze zu dieser märchenhaften Stadt bildete. Wenn Wulfgar vor Monaten sprachlos gewesen war, als er zum ersten Mal auf Luskan geschaut hatte, das fünfhundert Meilen die Küste hinauf lag, dann war er jetzt völlig erschlagen. Denn Tiefwasser, das Juwel des Nordens, der größte Hafen in allen Welten, war zehnmal größer als Luskan. Innerhalb seiner hohen Mauern erstreckte es sich träge und endlos an der Küste entlang, und seine Türme ragten im Meeresdunst über das Blickfeld der Gefährten hinaus empor.

»Wie viele Einwohner leben hier?« japste Wulfgar.

»Hundert von deinen Stämmen könnten in dieser Stadt Zuflucht finden«, erklärte der Dunkelelf. Voller Sorge fiel ihm auf, wie unruhig Wulfgar war. Das Leben in Städten lag jenseits der Erfahrungen des jungen Mannes, und ihr kurzer Aufenthalt in Luskan hatte beinahe mit einer Katastrophe geendet. Und jetzt Tiefwasser, wo zehnmal soviel Menschen lebten, und das zehnmal soviel Anreize – und zehnmal soviel Ärger – bot.

Wulfgar faßte sich ein wenig, und Drizzt blieb nichts anderes übrig, als auf sein Vertrauen in den jungen Krieger zu bauen. Der Dunkelelf stand vor eigenen Problemen, einem persönlichen Kampf, den er nun mit sich abzumachen hatte. Zaudernd holte er die magische Maske aus seiner Gürteltasche hervor.

Wulfgar verstand den Grund für die zögernden Bewegungen des Dunkelelfen und betrachtete seinen Freund mit aufrichtigem Mitgefühl. Er wußte nicht, ob er so tapfer sein könnte – selbst wenn Regis' Leben von solch einer Entscheidung abhing.

Drizzt drehte die nichtssagende Maske in seinen Händen und machte sich Gedanken über die Grenzen ihrer Magie. Er konnte spüren, daß sie kein gewöhnlicher Gegenstand war. Unter seinen empfindsamen Fingern fühlte er ihre prikkelnde Kraft. Würde sie ihn einfach nur seines Aussehens berauben? Oder würde sie ihm auch sein Wesen nehmen? Er hatte von anderen, angeblich nützlichen magischen Gegenständen gehört, die man nicht mehr entfernen konnte, sobald man sie einmal aufgesetzt hatte.

»Vielleicht werden sie dich so nehmen, wie du bist«, meinte Wulfgar hoffnungsvoll.

Drizzt seufzte und lächelte. Er hatte seinen Entschluß gefaßt. »Nein«, seufzte er. »Die Soldaten in Tiefwasser werden keinen Dunkelelfen in die Stadt lassen, und kein Kapitän wird mich auf die Fahrt in den Süden mitnehmen.« Ohne weiter zu zögern, legte er die Gesichtsmaske an.

Einen Augenblick lang geschah gar nichts, und Drizzt fragte sich schon, ob all seine Sorgen umsonst gewesen waren und ob die Maske nicht in Wirklichkeit eine Täuschung war. »Nichts«, kicherte er nervös nach einigen weiteren Sekunden mit einer zaghaften Erleichterung in der Stimme. »Sie funk...« Drizzt brach mitten im Satz ab, als er Wulfgars verblüfften Gesichtsausdruck sah.

Wulfgar stöberte in seinem Rucksack und holte einen glänzenden Metallbecher hervor. »Überzeuge dich selbst«, forderte er Drizzt auf und reichte ihm den behelfsmäßigen Spiegel.

Drizzt nahm den Becher mit zitternden Händen entgegen – Hände, die noch mehr zitterten, als er sah, daß sie nicht mehr schwarz waren – und hob ihn vor das Gesicht. Das Spiegelbild war dürftig – im Morgenlicht für die Nachtaugen des Dunkelelfen noch dürftiger –, aber Drizzt konnte das Bild nicht verkennen. Seine Gesichtszüge waren unverändert geblieben, aber seine schwarze Haut hatte jetzt den goldenen Ton der oberirdischen Elfen. Und sein wallendes Haar, einst schneeweiß, war jetzt von glänzendem Gelb, so leuchtend, als hätte es die Sonnenstrahlen erfaßt und festgehalten.

Aber die Farbe seiner Augen war geblieben, dieses tiefgründige, leuchtende Blauviolett. Keine Magie konnte ihren Glanz trüben, und Drizzt verspürte eine gewisse Erleichterung, daß seine Seele offensichtlich von der äußeren Veränderung unberührt geblieben war.

Aber dennoch wußte er nicht, wie er mit diesem Wechsel umgehen sollte. Verlegen sah er Wulfgar an und suchte bei ihm Zustimmung.

Wulfgar hatte einen säuerlichen Gesichtsausdruck bekommen. »Nach allen mir bekannten Maßstäben bist du jetzt ein gutaussehender Elfenkrieger«, antwortete er. »Und bestimmt werden ein oder auch zwei Mädchen erröten und die Augen abwenden, wenn du an ihnen vorbeigehst.«

Drizzt sah zu Boden und versuchte, sein Unbehagen über diese Beurteilung zu verbergen.

»Aber es gefällt mir nicht«, fuhr Wulfgar aufrichtig fort, »überhaupt nicht.« Drizzt sah unsicher, fast schüchtern zu ihm hinüber.

»Und der Ausdruck auf deinem Gesicht, dieses Unbehagen, das dich offenbar erfüllt, gefällt mir noch weniger«, sprach Wulfgar weiter, der offensichtlich ziemlich verwirrt war. »Ich bin ein Krieger, der es furchtlos mit Riesen und Drachen aufgenommen hat. Aber ich würde allein bei der Vorstellung erbleichen, gegen Drizzt Do'Urden kämpfen zu wollen. Vergiß nicht, wer du bist, edler Dunkelelf.«

Ein Lächeln fand seinen Weg auf Drizzts Gesicht. »Ich danke dir, mein Freund«, sagte er. »Von allen Herausforderungen, denen ich begegnet bin, ist diese wohl die härteste.«

»Du gefällst mir besser ohne dieses Ding«, erklärte Wulfgar.

»Mir auch«, ertönte eine Stimme hinter ihnen. Sie drehten sich um und erblickten einen kräftigen, großen Mann mittleren Alters, der auf sie zukam. Sein Gang war lässig, er war einfach gekleidet und trug stolz einen ordentlich geschnittenen, schwarzen Bart. Auch seine Haare waren schwarz, allerdings zogen durch sie silberne Fäden.

»Ich grüße euch, Wulfgar und Drizzt Do'Urden«, begrüßte er sie mit einer eleganten Verbeugung. »Ich bin Khelben, ein Mitarbeiter von Malchor. Dieser hervorragende Harpell bat mich, auf eure Ankunft vorbereitet zu sein.«

»Ein Zauberer?« fragte Wulfgar, der seine Gedanken eigentlich nicht laut äußern wollte.

Khelben zuckte mit den Achseln. »Eher ein Förster«, antwortete er, »mit einer Liebe für die Malerei, obwohl ich gestehen muß, daß ich darin nicht sehr gut bin.«

Drizzt musterte Khelben eindringlich, da er keiner von dessen Behauptungen Glauben schenkte. Den Mann umgab eine Ausstrahlung von Würde, eine vornehme Art und ein

Selbstvertrauen, das eher zu einem Fürsten paßte. Nach Drizzts Einschätzung war es wahrscheinlicher, daß Khelben Malchor zumindest gleichrangig war. Und falls er wirklich gerne malte, dann beherrschte er diese Kunst nach Drizzts Überzeugung wie jeder andere im Norden bestimmt perfekt. »Ein Führer durch Tiefwasser?« fragte Drizzt.

»Ein Führer zu eurem Führer«, antwortete Khelben. »Ich habe von eurer Suche und euren Nöten erfahren. Eine Überfahrt auf einem Schiff ist in dieser späten Jahreszeit keine einfache Angelegenheit, falls man nicht weiß, wo man nachfragen kann. Kommt jetzt zum Südtor. Wir werden dort jemanden treffen, der es weiß.« Sein Pferd war nicht weit entfernt, und dann führte er sie in leichtem Trab in Richtung Süden.

Sie passierten die steile, etwa dreißig Meter hohe Felswand, die den östlichen Rand der Stadt beschützte. Wo diese zum Meer abfiel, stießen sie auf eine weitere Stadtmauer. Hier schwenkte Khelben von der Stadt fort, obwohl das Südtor jetzt in Sicht war, und zeigte auf einen grasbewachsenen Hügel, auf dem sich eine Weide emporreckte.

Ein kleiner Mann sprang hinter dem Baum hervor, als sie den Hügel erreichten. Seine dunklen Augen huschten nervös in alle Richtungen. Seiner Kleidung nach war er nicht arm, aber er wirkte unsicher, als sie zu ihm herantraten, was Drizzt nur in seiner Vermutung bestätigte, daß Khelben mehr war, als er zu sein vorgab.

»Orlpar. Schön, daß du gekommen bist«, begrüßte ihn Khelben lässig. Drizzt und Wulfgar tauschten ein wissendes Lächeln. Dem Mann war offensichtlich gar nichts anderes übriggeblieben, als zu kommen.

»Ich grüße euch«, erwiderte Orlpar schnell, der die Angelegenheit so problemlos wie möglich erledigen wollte. »Die Überfahrt ist gesichert. Hast du das Geld?«

»Wann?« fragte Khelben.

»In einer Woche«, erwiderte Orlpar. »Die *Küstentänzer* sticht in einer Woche in See.«

Khelben entgingen nicht die besorgten Blicke, die Drizzt und Wulfgar daraufhin tauschten. »Das dauert zu lange«, erklärte er Orlpar. »Jeder Kapitän im Hafen schuldet dir einen Gefallen. Meine Freunde können nicht warten.«

»Diese Verhandlungen nehmen aber Zeit in Anspruch«, wandte Orlpar mit lauter Stimme ein. Aber dann, als fiele ihm plötzlich wieder ein, mit wem er sprach, schrak er zusammen und senkte den Blick.

»Zu lange«, wiederholte Khelben gelassen.

Orlpar fuhr sich mit einer Hand über das Gesicht, während er nach einer Lösung suchte. »Deudermont«, sagte er und sah Khelben hoffnungsvoll an. »Kapitän Deudermont geht noch heute abend mit der *Seekobold* in See. Einen besseren Mann wirst du nicht finden. Ich weiß allerdings nicht, wie weit in den Süden er reisen will. Und der Preis wird hoch sein.«

»Ach«, Khelben lächelte, »fürchte dich nicht, mein kleiner Freund. Ich habe heute ein wunderschönes Tauschobjekt für dich.«

Orlpar sah ihn mißtrauisch an. »Du hast von Gold geredet.«

»Besser als Gold«, erwiderte Khelben. »Meine Freunde haben von Langsattel bis hierher drei Tage gebraucht, aber ihre Pferde sind von keinem Tropfen Schweiß bedeckt gewesen!«

»Pferde?« schrie Orlpar.

»Nein, nicht die Pferde«, erklärte Khelben. »Ihre Hufeisen. Magische Hufeisen, mit denen sich ein Pferd wie der Wind bewegt!«

»Ich habe geschäftlich nur mit Seeleuten zu tun!« protestierte Orlpar so heftig, wie er wagte. »Was soll ich mit Hufeisen anfangen?«

»Beruhige dich, Orlpar«, tröstete Khelben ihn mit einem Augenzwinkern. »Vergiß nur nicht die peinliche Lage deines Bruders. Du wirst schon einen Weg finden, magische Hufeisen in Gold zu verwandeln, davon bin ich überzeugt.«

Orlpar holte tief Luft, um seine Wut auszustoßen. Khelben hatte ihn offensichtlich in die Enge getrieben. »Schick die zwei in die Meerjungfrau«, sagte er. »Ich will sehen, was sich machen läßt.« Damit wandte er sich um und trottete den Hügel hinunter auf das Südtor zu.

»Du bist mit ihm ja problemlos fertig geworden«, stellte Drizzt fest.

»Ich habe alle Vorteile auf meiner Seite«, erklärte Khelben. »Orlpars Bruder unterhält in der Stadt ein Freudenhaus. Zuweilen erweist sich dieser Umstand für Orlpar als äußerst günstig. Aber andererseits ist es eine Behinderung, denn er muß vorsichtig sein, daß er seine Familie in der Öffentlichkeit nicht in Verlegenheit bringt. Aber genug davon. Ihr könnt mir eure Pferde überlassen. Geht jetzt zum Südtor. Die Wachen werden euch den Weg zur Hafenstraße zeigen, und von dort habt ihr keine Schwierigkeiten, die Taverne Zur Meerjungfrau zu finden.«

»Kommst du nicht mit?« fragte Wulfgar, während er sich aus dem Sattel schwang.

»Ich habe andere Geschäfte zu erledigen«, erklärte Khelben. »Es ist besser, wenn ihr allein geht. Ihr werdet dort gut aufgehoben sein. Orlpar wird mich nicht reinlegen, und Kapitän Deudermont ist mir als ehrlicher Seemann bekannt. Fremde sind nichts Außergewöhnliches in Tiefwasser, insbesondere nicht im Hafenbezirk.«

»Aber Fremde, die von Khelben, dem Maler, begleitet werden, könnten Aufmerksamkeit erregen«, überlegte Drizzt mit gutgemeinter Ironie.

Khelben lächelte, gab aber keine Antwort.

Drizzt stieg vom Pferd. »Die Pferde werden nach Langsattel zurückgeschickt?«

»Natürlich.«

»Wir danken dir, Khelben«, sagte Drizzt. »Du hast unserer Sache sehr geholfen.« Drizzt dachte einen Augenblick nach, während er prüfend die Pferde betrachtete. »Du mußt wissen, daß der Zauber, mit dem Malchor die Eisen versehen hat, nicht von Dauer ist. Orlpar wird aus dem Geschäft, das er heute macht, keinen Gewinn ziehen können.«

»Gerechtigkeit«, kicherte Khelben. »Er hat schon viele unehrliche Geschäfte abgeschlossen, das versichere ich dir. Vielleicht wird ihn diese Erfahrung Demut lehren und die Augen über seine eigenen Methoden öffnen.«

»Vielleicht«, gab Drizzt zurück, und mit einer Verbeugung machte er sich mit Wulfgar auf den Weg.

»Seid wachsam, aber bewahrt die Ruhe!« rief Khelben ihnen nach. »Grobiane sind im Hafenviertel nichts Ungewöhnliches, aber die Polizei ist immer zugegen. Viele Fremde verbringen die erste Nacht in den Stadtverliesen!« Er beobachtete die zwei, wie sie den Hügel hinuntergingen, und dachte, wie schon Malchor sich vor ihm erinnert hatte, an jene Tage vor langer Zeit, als er es war, der auf der Suche nach Abenteuern in die Ferne gewandert war.

»Er hat den Mann aber gewaltig eingeschüchtert«, bemerkte Wulfgar, als er und Drizzt außer Hörweite waren. »Ein einfacher Maler?«

»Eher ein Zauberer – ein mächtiger Zauberer«, erwiderte Drizzt. »Und wieder sind wir Malchor zu Dank verpflichtet, daß er uns mit seinem Einfluß unsere Reise erleichtert hat. Denke an meine Worte, er ist kein einfacher Maler, wenn er Leute wie Orlpar bändigt.«

Wulfgar schaute zu dem Hügel zurück, aber Khelben und die Pferde waren nicht mehr zu sehen. Selbst mit seinem begrenzten Wissen über die schwarzen Künste begriff Wulfgar, daß Khelben und die drei Pferde nur mit magischer Hilfe so schnell verschwunden sein konnten. Lächelnd schüttelte er den Kopf und staunte wieder darüber, was für ausgefallene Menschen er in der großen weiten Welt traf.

☆ ☆ ☆

Nachdem sie den Anweisungen gefolgt waren, die sie von den Wachen am Südtor erhalten hatten, schlenderten Drizzt und Wulfgar bald die Hafenstraße hinunter, eine lange Straße, die sich auf der südlichen Seite der Stadt am Hafen entlangzog. Fischgeruch und Salzluft stiegen ihnen in die Nase, Möwen beklagten sich über ihren Köpfen, und Seeleute und Söldner aus allen Teilen der Welten wanderten herum. Einige waren mit ihrer Arbeit beschäftigt, aber die meisten genossen ihren letzten Aufenthalt an Land, bevor sie ihre weite Reise zu südlichen Zielen antraten.

Die Hafenstraße war für derartige Unterhaltungen und Belustigungen gut gerüstet: An allen Ecken waren Tavernen zu finden. Aber anders als Luskans Hafenviertel, das die Herrscher der Stadt vor langer Zeit dem Pöbel überlassen hatten, war die Hafenstraße von Tiefwasser kein übler Ort. Tiefwasser war eine Stadt der Gesetze und Vorschriften, und Angehörige von Tiefwassers berühmter Stadtwache schienen allgegenwärtig zu sein.

Verwegene Abenteurer waren zahlreich vorhanden, kampferfahrene Krieger, die ihre Waffen mit kaltblütiger Ungezwungenheit trugen. Trotzdem fiel es Drizzt und Wulfgar auf, daß viele Augen auf ihnen ruhten, und fast jeder wandte den Kopf nach ihnen um, wenn sie vorbeigingen. Drizzt tastete nach seiner Maske, da er zuerst befürchtete, daß sie ihm irgendwie vom Gesicht gefallen sein könnte und den verblüfften Betrachtern seine wahre Herkunft preisgegeben war. Seine Ängste verflogen jedoch schnell, denn seine Hände zeigten immer noch den goldenen Glanz der oberirdischen Elfen.

Drizzt hätte jedoch fast laut aufgelacht, als er sich zu Wulfgar umdrehte, um von ihm die Bestätigung zu erhalten, daß die Maske richtig saß. Denn in diesem Augenblick begriff er, daß nicht er der Gegenstand der Gaffer war. In den wenigen gemeinsamen Jahren war er mit dem jungen Barbaren so vertraut geworden, daß er sich an Wulfgars körperliche Statur gewöhnt hatte. Über zwei Meter groß und mit Muskeln, die jedes Jahr dicker wurden, schritt Wulfgar mit der unbekümmerten Miene aufrichtiger Zuversicht die Hafenstraße entlang, während Aegisfang lässig von einer Schulter baumelte. Selbst unter den größten Kriegern in den Welten würde dieser junge Mann auffallen.

»Zum ersten Mal scheint es, daß nicht ich das Ziel all dieser Blicke bin«, stellte Drizzt fest.

»Nimm deine Maske ab, Dunkelelf«, erwiderte Wulfgar, dessen Gesicht rot angelaufen war. »Und erlöse mich von ihren Blicken!«

»Das würde ich ja, wenn es nicht um Regis ginge«, erwiderte Drizzt mit einem Augenzwinkern.

Die Taverne Zur Meerjungfrau unterschied sich nicht im geringsten von den zahlreichen anderen Tavernen, die diesen Teil von Tiefwasser belebten. Rufe und Gelächter wurden nach draußen getragen, und in der Luft lag der schwere Geruch von billigem Bier und Wein. Eine Gruppe Grobiane, die sich gegenseitig anstießen und herumschubsten und den Männern, die sie Freunde nannten, Flüche und Verwünschungen zuriefen, hatte sich vor der Tür versammelt.

Drizzt sah Wulfgar besorgt an. Der junge Mann war bisher nur einmal an einem solchen Ort gewesen – im Entermesser in Luskan –, und dort hatte er bei einer Schlägerei die ganze Taverne und die meisten Stammgäste auseinandergenommen. Mit seinen Idealen von Ehre und Mut war Wulfgar in der gewissenlosen Welt der Hafentavernen fehl am Platz.

Orlpar kam aus der Meerjungfrau heraus und schlängelte sich geschickt durch die Menge der Grobiane. »Deudermont steht an der Theke«, flüsterte er aus dem Mundwinkel. Er ging an Drizzt und Wulfgar vorbei, ohne offen Notiz von ihnen zu nehmen. »Groß, blaue Jacke und blonder Bart«, fügte er hinzu.

Wulfgar wollte ihm antworten, aber Drizzt schob ihn weiter, da er erkannte, daß Orlpar Vertraulichkeit vorzog.

Die Menge teilte sich, als Drizzt und Wulfgar durchgingen,

und alle Blicke waren unverzüglich auf Wulfgar gerichtet. »Bungo wird sich den vorknöpfen wollen«, flüsterte einer, nachdem die beiden Gefährten das Wirtshaus betreten hatten.

»Und das Schauspiel wird sich lohnen«, kicherte ein anderer.

Die scharfen Ohren des Dunkelelfen hatten die Unterhaltung mitgehört. Wieder sah er auf seinen großen Freund und dachte, daß Wulfgar wegen seiner Größe Schwierigkeiten anzuziehen schien.

Das Innere der Taverne bot keine Überraschungen. Die Luft war dick vom Rauch exotischer Tabake und dem Geruch von abgestandenem Bier. Einige betrunkene Matrosen lagen mit dem Gesicht auf den Tischen, während andere herumtaumelten und ihre Getränke verschütteten – häufig auf Gäste, die noch nüchterner waren und sich rächten, indem sie die Übeltäter zu Boden schubsten. Wulfgar fragte sich, wie viele dieser Männer wohl die Abfahrt ihrer Schiffe verpaßt hatten. Würden sie hier herumwanken, bis ihnen das Geld ausgegangen war, um dann auf die Straße hinausgeworfen zu werden? Würden sie dort den kommenden Winter ohne einen Pfennig und ohne Zuflucht verbringen müssen? »Zweimal war ich in einer Stadt gewesen«, flüsterte Wulfgar Drizzt zu, »und beide Male wurde ich daran erinnert, wie schön es doch draußen in der Natur ist.«

»Bei den Goblins und Drachen?« fragte Drizzt fröhlich, während er Wulfgar zu einem leeren Tisch in der Nähe der Theke lotste.

»Eine bessere Gesellschaft als diese hier«, gab Wulfgar zurück.

Eine Serviererin trat an ihren Tisch, noch bevor sie Platz genommen hatten. »Was wollt ihr?« fragte sie geistesabwesend, da sie schon vor langer Zeit das Interesse an ihren Kunden verloren hatte.

»Wasser«, antwortete Wulfgar mürrisch.

»Und Wein«, fügte Drizzt schnell hinzu und reichte ihr ein Goldstück, um ihren plötzlich finsteren Gesichtsausdruck zu vertreiben.

»Das muß Deudermont sein«, sagte Wulfgar und lenkte von jeglicher Rüge über sein Verhalten dem Mädchen gegenüber ab. Er zeigte auf einen großen Mann, der über die Theke gebeugt dastand.

Drizzt erhob sich sofort, da er es für klüger hielt, ihre Angelegenheit hinter sich zu bringen und so schnell wie möglich die Taverne zu verlassen. »Bleib hier am Tisch«, sagte er zu Wulfgar.

Kapitän Deudermont war alles andere als der Durchschnittsgast der Meerjungfrau. Groß und aufrecht wie er war, war er ein vornehmer Mann, daran gewöhnt, mit Fürsten und Fürstinnen zu speisen. Aber wie es bei allen Schiffskapitänen der Fall war, die im Hafen von Tiefwasser anlegten, verbrachte Deudermont besonders am letzten Tag vor der Abreise die meiste Zeit an Land und hatte ein wachsames Auge auf seine wertvolle Mannschaft. Er versuchte zu verhindern, daß sie in Tiefwassers überfüllten Gefängnissen landeten.

Drizzt zwängte sich neben den Kapitän und tat den fragenden Blick des Barmanns mit einer Handbewegung ab. »Wir haben einen gemeinsamen Freund«, sprach Drizzt leise Deudermont an.

»Ich würde Orlpar kaum zu meinen Freunden zählen«, erwiderte der Kapitän lässig. »Aber ich sehe, daß er mit der Größe und Stärke deines jungen Freundes nicht übertrieben hat.«

☆ ☆ ☆

Deudermont war nicht der einzige, der von Wulfgar Notiz genommen hatte. Wie in jeder anderen Taverne in diesem Teil von Tiefwasser – und in den meisten in den Welten – gab es in der Meerjungfrau einen berüchtigten Schläger. Etwas weiter entfernt an der Theke hatte ein massiger, ungeschlachter Kerl namens Bungo Wulfgar vom selben Augenblick an beobachtet, in dem der junge Barbar durch die Tür getreten war. Bungo gefiel Wulfgars Aussehen überhaupt nicht. Mehr als seine starken Muskeln offenbarten Wulfgars Gang und die Leichtigkeit, mit der er seinen großen Kriegshammer trug, einen Grad an Erfahrung, die über sein Alter hinausging.

Voller Vorfreude auf die Schlägerei scharten sich Bungos Anhänger um ihn. Ihr verzerrtes Grinsen und ihr biergeschwängerter Atem spornten ihren Meister zum Handeln an. Obwohl er normalerweise sehr selbstbewußt war, mußte Bungo mit sich ringen, seine Besorgnis unter Kontrolle zu halten. Während seiner siebenjährigen Herrschaft in der Taverne hatte er viele Schläge einstecken müssen. Seine Gestalt war jetzt gebeugt, und er hatte sich unzählige Knochen gebrochen und Muskeln zerrissen. Bei dem furchteinflößenden Anblick von Wulfgar fragte sich Bungo aufrichtig, ob er diesen Kampf vielleicht in seiner Jugend, als er noch gesünder war, gewonnen hätte.

Aber die Stammgäste in der Meerjungfrau sahen zu ihm auf. Dies war ihr Reich, und er war ihr Meister. Sie versorgten ihn mit Essen und Trinken – Bungo durfte sie nicht enttäuschen.

Er leerte seinen vollen Krug in einem Zug und stieß sich von der Theke ab. Mit einem letzten Knurren, das seine Anhänger beruhigen sollte, schubste Bungo gefühllos jeden Zuschauer zur Seite und ging auf Wulfgar zu.

Wulfgar hatte die Absicht der Gruppe erkannt, bevor sich diese überhaupt in Bewegung gesetzt hatte. Dieser Anblick war dem jungen Barbaren nur allzu vertraut. Er hatte auch schon damit gerechnet, daß man ihn wegen seiner Größe wieder aussuchen würde, so wie es im Entermesser in Luskan der Fall gewesen war.

»Was hast du hier zu suchen?« fragte Bungo mit einem Zischen, nachdem er sich mit den Händen in den Hüften vor dem sitzenden Barbaren aufgebaut hatte. Die anderen Grobiane breiteten sich um den Tisch herum aus und schlossen Wulfgar in einen Kreis ein.

Wulfgars Instinkte verlangten danach, er solle aufstehen und den anmaßenden Kerl dort, wo er stand, zu Boden schlagen. Um Bungos acht Freunde machte er sich keine Sorgen. Das waren lediglich Feiglinge, die ihren Anführer zum Ansporn brauchten. Wenn ein einziger Schlag Bungo zu Boden werfen würde – und Wulfgar wußte, daß dies kein Problem war –, dann würden die anderen zögern, bevor sie zuschlagen würden, und dieser Aufschub würde ihnen bei einem Mann wie Wulfgar teuer zu stehen kommen.

Aber in den vergangenen Monaten hatte Wulfgar gelernt, seinen Zorn zu mäßigen, und er hatte eine tiefere Einsicht über den Begriff der Ehre bekommen. Er zuckte mit den Achseln und vermied jede Bewegung, die einer Bedrohung gleichkam. »Ich sitze hier und trinke etwas«, erwiderte er ruhig. »Und wer bist du?«

»Ich heiße Bungo«, antwortete der Kerl und verspritzte bei jedem Wort seinen Speichel. Stolz warf er sich in die Brust, als müsse dieser Name Wulfgar etwas bedeuten.

Wieder mußte Wulfgar seinen Drang zu kämpfen, widerstehen, während er sich Bungos Spucke aus dem Gesicht wischte. Er und Drizzt hatten dringlichere Geschäfte zu erledigen, ermahnte er sich.

»Wer hat dir überhaupt gesagt, daß du mein Wirtshaus betreten darfst?« knurrte Bungo, der dachte – und hoffte –, daß er Wulfgar in die Defensive gedrängt habe. Er sah zu seinen Freunden hinüber, die sich dichter über Wulfgar beugten, um diesem Einschüchterungsversuch Nachdruck zu verleihen.

Sicherlich würde Drizzt die Notwendigkeit einsehen, diesen Kerl zu Boden zu werfen, überlegte Wulfgar, dessen Fäuste sich an seinen Seiten verkrampften. »Ein Schlag«, murmelte er leise und sah auf die erbärmliche Gruppe – eine Gruppe, die sicherlich besser aussah, wenn sie bewußtlos auf dem Boden lag.

Wulfgar rief sich ein Bild von Regis vor Augen, um gegen seine aufsteigende Wut ankämpfen zu können, aber er konnte die Tatsache nicht außer acht lassen, daß seine Hände sich jetzt am Tischrand festklammerten und die Knöchel weiß anliefen.

»Die Vereinbarungen?« fragte Drizzt.

»Alles in Ordnung«, antwortete Deudermont. »Ich habe auf der *Seekobold* Platz für euch, und ich freue mich über zusätzliche Hilfe – und Klingen – insbesondere von solch erfahrenen Abenteurern. Aber ich habe den Verdacht, daß ihr eure Abfahrt verpaßt.« Er faßte Drizzt an der Schulter und drehte ihn zu Wulfgars Tisch um, wo sich Ärger zusammenbraute.

»Tavernenschläger und seine Kumpane«, erklärte Deudermont, »obwohl ich auf deinen Freund setzen würde.«

»Das Geld wäre gut angelegt«, erwiderte Drizzt, »aber wir haben keine Zeit...«

Deudermont lenkte Drizzts Blick auf eine dunkle Ecke in der Taverne, wo vier Männer ruhig dasaßen und interessiert den wachsenden Tumult beobachteten. »Die Wache«, sagte Deudermont. »Ein Kampf wird deinem Freund eine Nacht in den Verliesen einbringen. So lange kann ich nicht warten.«

Drizzt sah sich in der Taverne um und suchte nach einem Ausweg. Alle Augen waren in Erwartung eines Kampfes gespannt auf Wulfgar und die Grobiane geheftet. Dem Dunkelelfen war klar, daß er die Schlägerei auslösen würde, wenn er jetzt zum dem Tisch hinüberging.

☆ ☆ ☆

Bungo streckte seinen Bauch nur wenige Zentimeter von Wulfgars Gesicht entfernt vor, um einen breiten Gürtel zur Schau zu stellen, der an unzähligen Stellen Kerben aufwies. »Eine für jeden Mann, den ich besiegt habe«, prahlte er. »Hält mich beschäftigt, wenn ich die Nacht im Gefängnis verbringe.« Er zeigte auf einen großen Einschnitt neben der Gürtelschnalle. »Diesen habe ich getötet. Hab' seinen Kopf wirklich gut zerquetscht. Brachte mir fünf Nächte ein.«

Wulfgar lockerte seinen Griff. Er war zwar nicht beeindruckt, aber angesichts der möglichen Folgen seiner Taten sehr vorsichtig. Sie mußten ein Schiff kriegen.

»Vielleicht bin ich wegen Bungo gekommen«, meinte er, verschränkte die Arme und lehnte sich in seinem Stuhl zurück.

»Dann nimm ihn dir!« knurrte einer der Grobiane.

Bungo beäugte Wulfgar bösartig. »Du bist wegen eines Kampfes gekommen?«

»Nein, nicht doch«, gab Wulfgar zurück. »Ein Kampf? Nein, ich bin doch nur ein Junge, der die große weite Welt kennenlernen möchte.«

Bungo konnte seine Verwirrung nicht verbergen. Er sah zu seinen Freunden hinüber, die als Antwort nur die Schultern hochziehen konnten.

»Setz dich«, lud Wulfgar ihn ein. Bungo machte keine Anstalten.

Der Grobian, der hinter Wulfgar stand, stieß ihn hart in die Schultern und knurrte: »Warum bist du hier?«

Wulfgar mußte seine Hand festhalten, damit sie nicht nach hinten schoß und die dreckigen Finger des Grobians zerquetschte. Aber er hatte sich jetzt unter Kontrolle. Er beugte sich näher zu dem großen Anführer vor. »Nicht um zu kämpfen, nur um zu beobachten«, erklärte er ruhig. »Eines Tages werde ich mich vielleicht für würdig halten, Männer wie Bungo herauszufordern, und an diesem Tag werde ich zurückkehren, denn zweifellos wirst du dann immer noch der

Meister in dieser Taverne sein. Aber dieser Tag liegt in sehr ferner Zukunft, fürchte ich. Ich muß noch so viel lernen.«

»Warum bist du dann aber gekommen?« wollte Bungo wissen, dessen Selbstvertrauen jetzt übersprudelte. Er beugte sich bedrohlich dicht zu Wulfgar hinunter.

»Ich bin gekommen, um zu lernen«, erwiderte Wulfgar. »Zu lernen, indem ich den härtesten Kämpfer von Tiefwasser beobachte. Um zu sehen, wie Bungo auftritt und seine Angelegenheiten in die eigene Hand nimmt.«

Bungo richtete sich auf und sah auf seine Freunde, die sich voller Unruhe so dicht nach vorn gebeugt hatten, daß sie fast über den Tisch fielen. Bungo ließ das zahnlose Grinsen aufblitzen, das er immer zeigte, bevor er einen Gegner fertigmachte, und die Grobiane spannten sich an. Aber dann überraschte ihr Meister sie, denn er schlug Wulfgar hart auf die Schulter – es war der Schlag eines Freundes.

Nicht zu überhörende Laute des Unmuts drangen aus allen Richtungen der Taverne zu ihnen herüber, als Bungo einen Stuhl heranzog, um mit dem eindrucksvollen Fremden etwas zu trinken.

»Verschwindet!« brüllte der Kerl seine Kumpane an. Ihre Gesichter verzerrten sich vor Enttäuschung und Verwirrung, aber sie wagten nicht, ungehorsam zu sein. Der Mann hinter Wulfgar schubste ihn noch einmal, bevor er mit den anderen zur Theke zurückging.

☆ ☆ ☆

»Ein kluger Schritt«, sagte Deudermont zu Drizzt.

»Für beide«, erwiderte der Dunkelelf, der sich an der Theke entspannte.

»Habt ihr in der Stadt noch etwas zu erledigen?« fragte der Kapitän.

Drizzt schüttelte den Kopf. »Nein. Bring uns sofort zum Schiff«, bat er. »Ich befürchte, daß Tiefwasser uns nur Schwierigkeiten bringt.«

☆ ☆ ☆

Eine Million Sterne füllten den Himmel in dieser wolkenlosen Nacht. Sie reichten von der samtenen Himmelskuppel hinunter und vereinigten sich mit den fernen Lichtern von Tiefwasser. Wulfgar fand Drizzt auf dem Deck. Er saß da und genoß das beruhigende Brausen der See.

»Ich würde gerne zurückkehren«, sagte Wulfgar und folgte dem Blick seines Freundes auf die ferne Stadt.

»Um mit einem betrunkenen Grobian und seinen erbärmlichen Freunden eine Rechnung zu begleichen«, setzte Drizzt den Gedanken fort.

Wulfgar lachte, brach aber jäh ab, als Drizzt sich zu ihm umdrehte.

»Zu welchem Zweck?« fragte Drizzt. »Würdest du denn seine Stelle als Meister in der Meerjungfrau einnehmen wollen?«

»Das ist ein Leben, um das ich ihn nicht beneide«, erwiderte Wulfgar, dessen Kichern diesmal nervös klang.

»Dann überlaß es Bungo«, sagte Drizzt und wandte sich wieder der glitzernden Stadt zu.

Wieder verschwand Wulfgars Lächeln.

Sekunden und auch Minuten verstrichen, und das einzige Geräusch kam von den Wellen, die gegen den Bug der *Seekobold* schlugen. Unwillkürlich holte Drizzt Blaues Licht hervor. Der kunstvoll gearbeitete Krummsäbel wurde in seiner Hand lebendig. Die Klinge funkelte im Sternenlicht, wie es ihrem Namen und ihrer Verzauberung entsprach.

»Die Waffe paßt gut zu dir«, fand Wulfgar.

»Ein hervorragender Gefährte«, stimmte Drizzt zu und betrachtete die komplizierten Muster näher, die in die gebogene Klinge eingegraben waren. Er erinnerte sich an den anderen magischen Krummsäbel, den er einst besessen hatte. Jene Klinge hatte er in der Höhle eines Drachen gefunden, den er einst mit Wulfgar erschlagen hatte. Auch sie war ein hervorragender Gefährte gewesen. Mit der Magie des Eises geschmiedet, war der Krummsäbel ein Fluch für die Kreaturen des Feuers und machte seinen Träger gegen deren Flammen unempfindlich. Er hatte Drizzt gut gedient und ihn auch vor dem sicheren und schmerzhaften Tod durch das Feuer eines Dämons bewahrt.

Drizzt warf Wulfgar einen Blick zu. »Ich dachte gerade an unseren ersten Drachen«, erklärte er auf den fragenden Blick des Barbaren. »Du und ich allein in der Eishöhle gegen den Eisigen Tod. Er war ein beachtlicher Gegner.«

»Er hätte uns beinahe erwischt«, fügte Wulfgar hinzu, »wäre da nicht der glückliche Umstand gewesen, daß dieser große Eiszapfen genau über seinem Rücken hing.«

»Glück?« fragte Drizzt. »Vielleicht. Aber ich wage zu behaupten, daß Glück in vielen Fällen einfach der Vorteil ist, den ein wahrer Krieger gewinnt, wenn er richtig handelt.«

Wulfgar nahm das Kompliment entgegen; er war es gewesen, der den Eiszapfen von der Decke gelöst und den Drachen getötet hatte.

»Eine Schande, daß ich den Krummsäbel aus der Höhle

des Drachen nicht mehr habe. Er würde gut zu Blaues Licht passen«, sagte Drizzt.

»Das stimmt«, erwiderte Wulfgar und lächelte, als er sich an seine früheren Abenteuer mit dem Dunkelelfen erinnerte. »Aber leider ist er mit Bruenor in Garumns Schlucht gefallen.«

Drizzt schwieg und blinzelte, als hätte man ihm kaltes Wasser ins Gesicht geschüttet. Plötzlich erschien ein Bild vor seinem geistigen Auge, das Gedanken in ihm wachrief, die hoffnungsvoll und erschreckend zugleich waren. Das Bild von Bruenor Heldenhammer, wie er auf dem Rücken eines brennenden Drachen langsam in die Tiefen der Schlucht trieb.

Auf einem brennenden Drachen!

Es war das erste Mal, daß Wulfgar ein Zittern in der Stimme seines sonst so gleichmütigen Freundes vernahm, als Drizzt heiser hervorstieß: »Bruenor hatte meine Klinge?«

Asche

Der Raum war leer, und das Feuer brannte niedrig. Er wußte, daß sich in der Nebenkammer hinter der halb geöffneten Tür Dunkelzwerge, Duergar, aufhielten. Aber er mußte das Risiko auf sich nehmen. In diesem Abschnitt der Anlage wimmelte es von dem Abschaum, so daß er sich ohne Verkleidung nicht mehr weiter in den Tunneln bewegen konnte.

Er stahl sich von dem Hauptkorridor hinein und ging auf Zehenspitzen an der Nebentür vorbei zur Feuerstelle. Dort kniete er sich nieder und legte seine prächtige Mithrilaxt an seine Seite. Die glühende Asche ließ ihn unwillkürlich zusammenzucken, obwohl er keinen Schmerz empfand, als er einen Finger hineinsteckte.

Einige Sekunden später hörte er, wie die Nebentür aufgestoßen wurde, und rieb sich eine letzte Handvoll Asche ins Gesicht. Er hoffte, daß sein verräterischer roter Bart und die blasse Haut seiner langen Nase gut bedeckt waren.

»Was machst du da?« krächzte jemand hinter ihm.

Der mit Asche beschmierte Zwerg blies in die Glut, und eine kleine Flamme züngelte auf. »Ein bißchen kalt«, antwortete er. »Ich muß mich ausruhen.« Mit der Mithrilaxt in der Hand erhob er sich und drehte sich um.

Zwei Dunkelzwerge kamen heran und bauten sich vor ihm auf. Ihre Waffen ließen sie sorglos in ihren Scheiden stecken. »Wer bist du?« fragte einer. »Du bist nicht vom Clan McUduck, und du gehörst auch nicht zu diesen Tunneln.«

»Tuktuk vom Clan Trilk«, log der Zwerg, wobei er den Namen eines Dunkelzwerges verwendete, den er am Morgen zuvor niedergeschlagen hatte. »Ich war auf Patrouille und habe mich verlaufen! Ich bin froh, daß ich einen Raum mit einer Feuerstelle gefunden habe!«

Die zwei Dunkelzwerge sahen sich und dann wieder den Fremden argwöhnisch an. Sie hatten in den vergangenen Wochen genug Berichte gehört – seitdem Trübschimmer, der Schattendrache, der ihre Gottesfigur gewesen war, umgekommen war –, Berichte über ermordete Duergar, die in den äußeren Tunneln aufgefunden worden waren und die fast immer geköpft worden waren. Und warum war dieser allein? Wo waren die anderen Mitglieder seiner Patrouille? Die Dunkelzwerge des Clans Trilk wußten genau, daß sie sich von den Tunneln des Clans McUduck fernhalten sollten.

Und warum, wunderte sich einer, war an dem Bart dieses Zwerges ein roter Fleck zu sehen?

Der Zwerg erkannte unverzüglich, daß sie Verdacht geschöpft hatten und daß er diese Farce nicht mehr lange aufrechterhalten konnte. »Ich habe zwei von meinem Clan verloren«, erklärte er. »An einen Dunkelelfen.« Er lächelte, als er sah, wie die Duergar die Augen aufrissen. Die bloße Erwähnung eines Dunkelelfen brachte Dunkelzwerge immer aus dem Gleichgewicht – und das verschaffte dem Zwerg ein paar zusätzliche Sekunden. »Aber es hat sich gelohnt, wirklich!« verkündete er und hielt die Mithrilaxt hoch. »Ich bin an diese Klinge gekommen! Seht mal!«

Als sich der eine Duergar, von der glänzenden Waffe neugierig gemacht, nach vorne beugte, warf ihm der rotbärtige Zwerg einen forschenden Blick zu und stieß ihm die Klinge tief ins Gesicht. Der andere Duergar schaffte es gerade noch, eine Hand um den Griff seines Schwertes zu legen, als er von einem Rückhandschlag getroffen wurde, mit dem ihm das Ende des Axtgriffes ins Auge getrieben wurde. Er stolperte und taumelte zurück. Aber trotz des Schmerzensschleiers, der über ihn fiel, erkannte er einen Augenblick lang, daß es um ihn geschehen war. Dann schnitt die Mithrilaxt durch seinen Hals.

Zwei weitere Duergar stürmten mit gezogenen Waffen aus dem Vorraum herein. »Hol Hilfe!« schrie einer von ihnen und stürzte sich in den Kampf. Der andere rannte zur Tür.

Wieder stand dem rotbärtigen Zwerg das Glück zur Seite. Mit dem Fuß stieß er heftig gegen einen Gegenstand, der vor ihm auf dem Boden lag. Der rollte in Richtung auf den fliehenden Duergar, während der Zwerg den ersten Hieb seines neuen Gegners mit einem goldenen Schild abwehrte.

Der fliehende Duergar war nur noch wenige Schritte vom Korridor entfernt, als etwas zwischen seine Beine rollte. Er strauchelte und wurde zu Boden gestreckt. Er kam zwar schnell wieder hoch, zögerte aber, da er gegen Übelkeit ankämpfen mußte, als er sah, worüber er gestolpert war.

Es war der Kopf eines Verwandten.

Der rotbärtige Zwerg wich einem weiteren Hieb aus und eilte durch den Raum, um dem jetzt knieenden Duergar einen Schlag mit dem Schild zu versetzen, worauf die glücklose Kreatur gegen die Steinwand krachte.

Aber der Zwerg hatte durch die Wucht seines Ansturms das Gleichgewicht verloren und war auf die Knie gesunken, als der übriggebliebene Duergar jetzt auf ihn zukam. Der Eindringling schwang seinen Schild über sich zurück, um das nach unten gerichtete Schwert des Duergar abzuwehren, und konterte mit einer schwungvollen Bewegung seiner Axt, die auf die Knie seines Gegners zielte.

Der Duergar sprang gerade noch rechtzeitig zurück und wurde nur geringfügig am Bein verletzt. Aber bevor er sich wieder erholen und zum Gegenschlag ausholen konnte, war der rotbärtige Zwerg auf und bereit.

»Deine Knochen sind für die Aasgeier!« knurrte der Zwerg.

»Wer bist du?« fragte der Duergar. »Du gehörst nicht zu uns, das steht fest!«

Ein Lächeln zog sich über das mit Asche bedeckte Gesicht des Zwerges. »Heldenhammer ist mein Name«, fauchte er und zeigte auf seinen Schild – auf den überschäumenden Krug als Zeichen seiner Sippe. »Bruenor Heldenhammer, rechtmäßiger König von Mithril-Halle!«

Bruenor kicherte leise, als er sah, wie blaß das Gesicht des Dunkelzwerges wurde. Der Duergar taumelte zur Tür des Vorraums zurück. Er wußte nur zu gut, daß er diesem mächtigen Feind keineswegs ebenbürtig war. Voller Verzweiflung wollte er die Flucht ergreifen, wirbelte herum und versuchte, die Tür hinter sich zuzuschlagen.

Aber Bruenor erriet die Absicht des Duergar und konnte einen seiner schweren Stiefel in den Türspalt schieben, bevor der sich schloß. Der mächtige Zwerg knallte mit der Schulter gegen das harte Holz und schleuderte den Duergar in den kleinen Raum hinein, wo er einen Tisch und einen Stuhl umwarf.

Bruenor schritt zuversichtlich auf ihn zu. Bei gleichen Chancen hatte er nie ein schlechtes Gefühl.

Jeder Fluchtmöglichkeit beraubt, stürzte der Dunkelzwerg wütend auf ihn los. Den Schild hielt er vor sich und das Schwert über den Kopf. Bruenor wehrte mühelos den nach unten gerichteten Hieb ab, dann hieb er seine Axt in den Schild des Duergar. Aber der war ebenfalls aus Mithril, und Bruenors Axt konnte ihn nicht durchdringen. Aber so heftig war Bruenors Schlag gewesen, daß die Ledergurte entzweirissen und der Arm des Duergar wie gelähmt herabhing. Er schrie entsetzt auf und hielt sein Kurzschwert vor seine Brust, um sich zu schützen.

Bruenor zielte jetzt mit dem Schild auf den Schwertarm des

Duergar und stieß ihn in den Ellbogen seines Gegners, so daß dieser das Gleichgewicht verlor. Blitzschnell setzte Bruenor seine Axt ein und führte die tödliche Klinge über die vorgebeugte Schulter des Duergar.

Der Duergar sank zu Boden.

Bruenor brummte erleichtert und ging in den größeren Raum zurück. Der Duergar neben der Tür kam gerade wieder zu Bewußtsein. Bruenor ging auf ihn zu und schlug ihn wieder mit dem Schild gegen die Wand. »Zweiundzwanzig«, murmelte er vor sich hin, da er genaue Übersicht über die Zahl der Dunkelzwerge, die er in den vergangenen Wochen getötet hatte, behielt.

Bruenor spähte in den dunklen Korridor hinaus. Die Luft war rein. Er schloß leise die Tür und ging zu der Feuerstelle zurück, um seine Tarnung zu verbessern.

Während des wilden Fluges auf dem Rücken des brennenden Drachen hatte Bruenor das Bewußtsein verloren. Er war völlig verblüfft gewesen, als er die Augen wieder aufgeschlagen hatte. Mit einem Blick hatte er erkannt, daß der Drache tot war, aber er konnte nicht fassen, warum er, der immer noch auf dem qualmenden Kadaver lag, nicht auch verbrannt war.

In Garumns Schlucht war es ruhig und dunkel gewesen. Er hatte nicht einmal Vermutungen anstellen können, wie lange er da ohnmächtig gelegen hatte. Aber er wußte, daß seine Freunde ihren Weg durch den Hinterausgang in die Sicherheit genommen hatten, wenn sie wirklich entkommen waren.

Und Drizzt lebte! Das Bild der blauvioletten Augen des Dunkelelfen, wie er von der Felswand auf ihn gestarrt hatte, als der Drache in die Schlucht stürzte, blieb fest in Bruenors

Erinnerung haften. Auch jetzt, Wochen später, soweit er es beurteilen konnte, rief er sich das Bild des unbezähmbaren Drizzt Do'Urden wieder ins Gedächtnis zurück, um gegen seine aufsteigende Mutlosigkeit in dieser aussichtslosen Situation anzukämpfen. Denn angesichts der Wände, die sich steil und glatt erhoben, konnte er unmöglich aus der Schlucht gelangen. Seine einzige Möglichkeit war der Tunnel, der von der Sohle der Schlucht abzweigte. Er konnte versuchen, sich dort durch die unteren Minen zu schlagen.

Und durch eine Armee von Dunkelzwergen – Duergar, die jetzt erst recht in Alarmbereitschaft waren, denn der Drache Trübschimmer, den Bruenor getötet hatte, war ihr Herrscher gewesen.

Er war weit gekommen, und jeder Schritt hatte ihm die Freiheit ein wenig näher gebracht. Aber jeder Schritt führte ihn auch näher an die Hauptarmee der Duergar heran. Schon jetzt konnte er das Trommeln der Öfen in der großen Unterstadt hören, wo es zweifellos von dunklem Abschaum wimmelte. Bruenor wußte, daß er dort hindurch mußte, um zu den Tunneln zu gelangen, die zu den höheren Ebenen führten.

Schon hier, in der Dunkelheit der Minen, konnte seine Verkleidung einer näheren Untersuchung nicht standhalten. Wie würde es ihm da in der grell beleuchteten Unterstadt ergehen, wo Tausende von Dunkelzwergen herumliefen?

Bruenor verdrängte diesen Gedanken und rieb sich noch mehr Asche ins Gesicht. Erst einmal wollte er sich darüber keine Sorgen machen. Er würde schon einen Weg finden. Er hob Axt und Schild auf und steuerte auf die Tür zu.

Dort angekommen, schüttelte er lächelnd den Kopf, denn

der zähe Duergar neben der Tür wurde gerade wieder wach und versuchte aufzustehen.

Bruenor schlug ihn ein drittes Mal gegen die Wand und ließ seine Axt lässig auf seinen Kopf niedersausen, als er umfiel. Jetzt würde er sicher nicht mehr aufwachen. »Dreiundzwanzig«, zählte der mächtige Zwerg grimmig, als er in den Korridor hinaustrat.

Das Zuschlagen der Tür hallte in der Dunkelheit wider, und als es erstarb, hörte Bruenor wieder das Trommeln der Öfen.

Die Unterstadt – seine einzige Chance.

Er beruhigte sich mit einem tiefen Atemzug. Dann schlug er entschlossen seine Axt gegen seinen Schild und stapfte den Korridor hinunter auf das lockende Geräusch zu.

Es war Zeit, daß er es hinter sich brachte.

Der Korridor krümmte und schlängelte sich und endete schließlich in einem niedrigen Bogengang, der in die hell erleuchtete Höhle führte.

Zum ersten Mal seit fast zweihundert Jahren erblickte Bruenor Heldenhammer wieder die große Unterstadt von Mithril-Halle. Sie war in einer riesigen Schlucht gelegen und von Wänden umgeben, in die reihenweise Stufen gehauen waren, die zu reich verzierten Türen führten. Einst hatte dieser gewaltige Saal die ganze Sippe Heldenhammer beherbergt, wobei noch viele Räume frei gewesen waren.

Alles war auch jetzt noch so, wie der Zwerg es in Erinnerung hatte, und auch jetzt, wie in den verflossenen Jahren seiner Jugend, brannten die Öfen, und auf dem Boden wimmelte es von gebeugten Gestalten, von Zwergenarbeitern. Wie oft hatte der junge Bruenor mit seinen Freunden auf diesen prächtigen Platz hinuntergeschaut und dem Geklimper der Schmiedehämmer und dem tiefen Seufzen der großen Blasebälge gelauscht?

Bruenor verscheuchte diese schönen Erinnerungen, als ihm wieder einfiel, daß diese gebückt dastehenden Arbeiter böse Dunkelzwerge waren und nicht seine Verwandten. Er richtete seine Gedanken wieder auf die Gegenwart und die Aufgabe, die vor ihm lag. Irgendwie mußte er diese offene Schlucht durchqueren und zu den Türreihen auf der anderen Seite gelangen, zu einem Tunnel, der in die höheren Ebenen der Anlage führte.

Das schlurfende Geräusch von Stiefeln ließ ihn in den Schatten des Tunnels zurückweichen. Seine Hand spannte sich um den Griff seiner Axt, und er wagte nicht einmal mehr, Luft zu holen. Er fragte sich, ob der Augenblick einer letzten Ruhmestat ihn schließlich eingeholt hatte. Eine Patrouille schwerbewaffneter Duergar marschierte durch den Bogengang. Glücklicherweise warfen sie nur einen flüchtigen Blick in den Tunnel.

Bruenor seufzte tief und schalt sich selbst für seine Trödelei. Er konnte sich keine Verzögerung erlauben, und jeder Augenblick, den er dort verweilte, war ein gefährliches Spiel. Schnell wog er seine Möglichkeiten ab: Er befand sich an einer Wand fünf Reihen vom Boden entfernt. Die oberste Reihe führte zu einer Brücke, die sich über die Schlucht spannte, aber die wurde bestimmt schwer bewacht. Er würde verdächtig wirken, wenn er dort allein hinaufging, fern von dem geschäftigen Treiben auf dem Boden.

Der Weg über dem belebten Grund der Schlucht schien besser zu sein. Die Tunnel, die an der Wand ihm direkt gegenüber abzweigten, würde ihn zum westlichen Ende der Minenanlage führen, zurück zu der Halle, die er bei seiner Rückkehr nach Mithril-Halle zuerst betreten hatte, und zum dahinterliegenden Tal der Hüter. Nach seiner Einschätzung war dies der beste Weg – falls es ihm gelang, die offene Schlucht zu durchqueren.

Er spähte unter dem Bogengang nach Anzeichen, daß die Patrouille zurückkam, hervor. Zufrieden, daß alles ruhig war, erinnerte er sich daran, daß er der König war, der rechtmäßige König dieses Ortes, und trat kühn hervor. Die nächsten Stufen nach unten befanden sich rechts von ihm, aber die Patrouille hatte diesen Weg eingeschlagen, und Bruenor hielt es für klüger, außerhalb von deren Reichweite zu bleiben.

Seine Zuversicht wuchs mit jedem Schritt. Er kam an einigen Dunkelzwergen vorbei und beantwortete ihren flüchtigen Gruß mit einem schnellen Kopfnicken. Dabei behielt er sein zügiges Tempo bei.

Er ging die nächste Reihe hinunter und dann noch eine, und bevor er überhaupt Zeit hatte, über sein Vorwärtskommen nachzudenken, wurde er schon in das grelle Licht der riesigen Öfen getaucht. Jetzt war er nur noch vier Meter vom Boden entfernt. Unter dem gleißenden Schein kauerte er sich unwillkürlich zusammen, aber dann erkannte er, daß die Helligkeit eigentlich sein Verbündeter war. Die Duergar waren Kreaturen der Nacht. Sie waren nicht an das Licht gewöhnt und mochten es auch nicht. Jene, die unten am Boden arbeiteten, hatten sich zum Schutz für ihre Augen die Kapuzen tief ins Gesicht gezogen, und Bruenor folgte ihrem Beispiel, um so seine Verkleidung zu verbessern. Angesichts der offensichtlich sehr ungeordneten Rührigkeit am Boden machte sich bei ihm die Hoffnung breit, daß das Durchqueren der Schlucht ein einfaches Spiel sein könnte.

Zuerst ging er langsam vorwärts und wurde dann immer schneller. Aber er blieb in seiner gebückten Haltung. Den Kragen seines Umhangs hatte er hoch über die Wangen und seinen verbeulten, einhörnigen Helm tief in die Stirn gezogen. Um einen ungezwungenen Eindruck zu machen, ließ er den Schildarm an der Seite hängen. Aber die andere Hand ruhte entspannt an seinem Gürtel, wo seine Axt befestigt war. Bruenor wollte auf jeden Fall vorbereitet sein, wenn es zu einer Auseinandersetzung kommen sollte.

Er ging an den drei Hauptschmieden – und den dort versammelten Duergar – vorbei, ohne Aufsehen zu erregen. Dann wartete er geduldig, um eine kleine Karawane von Schubkarren voller Erze vorbeiziehen zu lassen. Bruenor blieb bemüht, seine ungezwungene Haltung beizubehalten, und nickte der Gruppe zu, obwohl ihm die Galle hochkam, als er die Mithrilladung in den Karren sah – in ihm kochte es bei dem Gedanken, daß dieser dunkle Abschaum das wertvolle Metall in den Minen seiner heiligen Heimat abbaute.

»Dafür werdet ihr noch büßen!« murmelte er in seinen Bart. Er rieb sich mit dem Ärmel über die Stirn. Er hatte vergessen, wie heiß es hier unten war, wenn die Öfen brannten. Wie bei den anderen auch, lief ihm bald der Schweiß in Strömen übers Gesicht.

Zuerst berührte Bruenor diese Unannehmlichkeit nicht, aber dann warf ihm der letzte der vorbeifahrenden Minenarbeiter einen neugierigen Seitenblick zu.

Bruenor bückte sich noch tiefer und trat schnell beiseite, als ihm bewußt wurde, welche Wirkung die Schweißbäche auf seine schwache Tarnung haben mochten. Als er die erste Stufe auf der anderen Seite der Schlucht erreicht hatte, war sein Gesicht streifig, und der Bart zeigte an einigen Stellen seine richtige Farbe.

Noch immer war er überzeugt, daß er es schaffen konnte. Aber mitten auf der Treppe schlug das Unglück zu. Bruenor, der sich krampfhaft darauf konzentrierte, sein Gesicht zu verbergen, traf zufällig einen Duergarsoldaten, der zwei Stufen über ihm stand. Unwillkürlich schaute Bruenor auf, und seine Augen begegneten denen des Duergar.

Bei dem verblüfften Blick des Dunkelzwerges wußte Bruenor, daß sein Spiel endgültig vorbei war. Der Dunkelzwerg griff nach seinem Schwert, aber Bruenor hatte keine Zeit für einen Zweikampf. Er stieß seinen Kopf zwischen die Knie des Duergar, zerschmetterte ihm dabei eine Kniescheibe mit dem Horn seines Helms, hievte ihn hoch und ließ ihn schließlich die Stufen hinunterpurzeln.

Bruenor schaute sich um. Nur wenige Dunkelzwerge hatten den Zwischenfall bemerkt, aber unter den Duergarsippen waren Kämpfe an der Tagesordnung. Lässig stieg er weiter die Stufen hinauf.

Aber der Soldat war noch bei Bewußtsein, als er auf dem Boden landet und noch klar genug, mit einem Finger auf die obere Reihe zeigen zu können und zu rufen: »Haltet ihn auf!«

Bruenor verlor jede Hoffnung, unbemerkt zu bleiben. Er zog seine Mithrilaxt und lief die Stufen hinauf. Überall in der Schlucht wurden Alarmrufe laut. Eine allgemeine Unruhe machte sich breit, Schubkarren wurden umgeworfen, Waffen klirrten, und gestiefelte Füße stampften auf. Gerade als er die nächste Treppe erklimmen wollte, sprangen zwei Wachen auf ihn zu.

»Was ist los?« schrie einer von ihnen, verwirrt darüber, daß dieser eine Zwerg, dem sie gegenüberstanden, die Ursache der Unruhe sein sollte. Als Bruenor seine Axt der einen Wache ins Gesicht schleuderte und die andere mit der Schulter von der Felsstufe stieß, erkannten sie voller Entsetzen, wen sie vor sich hatten.

Dann sprang er die Stufen weiter hinauf, nur um wieder umkehren zu müssen, als am oberen Treppenabsatz eine Patrouille auftauchte. Hunderte von Dunkelzwergen rannten überall in der Unterstadt herum, und immer größere Aufmerksamkeit war auf Bruenor gerichtet.

Bruenor fand eine andere Treppe und erreichte den zweiten Absatz.

Aber dort mußte er anhalten. Er saß in der Falle. Ein Dutzend Duergarsoldaten rückte mit gezogenen Waffen aus beiden Richtungen auf ihn zu.

Bruenors Blicke durchstreiften verzweifelt die Umgebung. Der Aufruhr hatte mehr als hundert Dunkelzwerge veranlaßt, auf die erste Treppe, die er gerade erst hinter sich gebracht hatte, loszustürmen und hinaufzusteigen.

Ein breites Lächeln flog über das Gesicht des Zwerges, als er einen verzweifelten Plan faßte. Er sah wieder auf die heranrückenden Soldaten und wußte, daß ihm nichts anderes übrigblieb. Er salutierte vor den heranstürmenden Gruppen, richtete seinen Helm und sprang plötzlich von dem Felsvorsprung mitten in die Menge hinein, die sich auf der Ebene unter ihm versammelt hatte. Ohne seinen Schwung zu verlieren, setzte Bruenor seine Bewegung zum Rand hin fort, wobei er mehrere glücklose Dunkelzwerge nach unten auf die Gruppe am Boden mit sich riß.

Bruenor erhob sich blitzschnell und kämpfte sich mit der Axt den Weg frei. Die überraschten Duergar in der Menge kletterten übereinander, um außer Reichweite des wilden Zwerges und seiner tödlichen Axt zu gelangen, und schon nach wenigen Sekunden lief Bruenor ungehindert über den Boden.

Bruenor blieb stehen und sah sich um. Wohin sollte er jetzt gehen? Dutzende von Duergar standen zwischen ihm und jedem Ausgang aus der Unterstadt, und mit jeder Sekunde wurden ihre Reihen geordneter.

Ein Soldat stürmte auf ihn los, nur um mit einem einzigen Schlag niedergemacht zu werden. »Dann kommt schon!« schrie Bruenor trotzig. Er war entschlossen, so viele Duergar wie möglich mit in seinen sicheren Tod zu nehmen. »Kommt schon, so viele wie möglich! Ihr werdet den Zorn des wahren Königs von Mithril-Halle kennenlernen!«

Ein Armbrustgeschoß schlug in seinen Schild ein und minderte erheblich die Wirkung seiner Prahlerei. Eher unwillkürlich als bewußt flitzte der Zwerg plötzlich in die einzige unbewachte Richtung – auf die tosenden Öfen zu. Er wurde nicht langsamer, als er die Mithrilaxt in seiner Gürtelschlaufe verstaute. Auf dem Rücken des sterbenden Drachen hatte ihm Feuer nichts ausgemacht, und auch die heiße Asche, die er sich ins Gesicht gerieben hatte, hatte seiner Haut nicht geschadet.

Als Bruenor mitten im Ofen stand, konnte er auch jetzt feststellen, daß er von den Flammen verschont blieb. Er hatte keine Zeit, über dieses Rätsel nachzudenken, und er konnte sich nur erklären, daß dieser Feuerschutz eine Eigenschaft der magischen Rüstung war, die er bei seiner Ankunft in Mithril-Halle angezogen hatte.

Aber in Wahrheit war es die Wirkung von Drizzts verlorenem Krummsäbel, den der Zwerg ordentlich unter seinen Rucksack geschnallt und dann völlig vergessen hatte, der ihm wieder einmal das Leben rettete.

Das Feuer zischte aus Protest auf und begann schwächer zu brennen, als es mit der magischen Klinge in Berührung kam. Aber sobald Bruenor den Kamin hochgeklettert war, flammte es heftig wieder auf. Er hörte die Rufe der verblüfften Duergar hinter sich und ihre Schreie, man solle das Feuer löschen. Doch dann erhob sich über die anderen eine Stimme in befehlendem Ton. »Räuchert ihn aus!« kreischte sie.

Lappen wurden naß gemacht und in die Flammen geworfen. Grauer Rauch blähte sich auf und hüllte Bruenor ein. Ruß verklebte seine Augen, und er bekam kaum noch Luft. Aber es blieb ihm nichts anderes übrig, als seinen Weg fortzusetzen. Blind suchte er nach Spalten, wo er sich mit seinen Fingern festhalten und sich mit seiner ganzen Kraft hochziehen konnte.

Er wußte, daß ihm der Tod sicher war, wenn er diese Luft in die Lungen bekam, aber er mußte atmen, und seine Brust brannte bereits vor Schmerzen.

Unerwartet fand er ein Loch in der Wand und stürzte bei seinem Schwung fast hinein. Ein Nebentunnel? fragte er sich erstaunt. Dann fiel ihm wieder ein, daß alle Kamine der Unterstadt miteinander verbunden waren, um die Reinigung zu erleichtern.

Bruenor rollte sich von dem Rauch fort und kauerte sich in

dem neuen Tunnel zusammen. Während seine Lungen dankbar einen tiefen Atemzug aufnahmen, versuchte er, sich den Ruß aus den Augen zu wischen, aber mit seinem rußverschmierten Ärmel verschlimmerte er nur die Schmerzen. Er konnte das Blut nicht sehen, das ihm über die Hände floß, aber er konnte sich das Ausmaß seiner Verletzungen aufgrund der stechenden Schmerzen an den Fingernägeln auch so vorstellen.

Obwohl er völlig erschöpft war, wußte er, daß er sich keine Ruhepause gönnen konnte. Er kroch durch den kleinen Tunnel und hoffte, daß der Ofen unter dem nächsten Kamin, auf den er stoßen würde, nicht in Betrieb war.

Der Boden fiel vor ihm ab, und Bruenor stürzte fast den nächsten Schacht hinunter. Er bemerkte keinen Rauch und fand eine Wand, die zerbrochen und gut zu besteigen war wie die erste. Er überprüfte seine Ausrüstung, richtete seinen Helm noch einmal und zog sich zentimeterweise weiter hoch. Blind tastete er nach Spalten, um sich festzuhalten, und achtete nicht auf die Schmerzen in seinen Schultern und Fingern. Und schon bald bewegte er sich gleichmäßig weiter.

Aber Sekunden kamen dem erschöpften Zwerg wie Minuten vor und Minuten wie Stunden, und er ertappte sich dabei, daß er sich genausolange ausruhte, wie er kletterte. Sein Atem kam nur noch in mühseligen Zügen. Während einer solchen Pause glaubte Bruenor, ein Scharren über sich zu hören. Er hielt inne, um dem Geräusch auf den Grund zu gehen. Diese Schächte waren doch eigentlich nicht mit höher gelegenen Nebengängen oder der Oberstadt verbunden, dachte er, sondern führten direkt nach oben ins Freie. Angestrengt versuchte er, mit seinen rußverschmierten Augen etwas zu erkennen. Er war sicher, daß er ein Geräusch gehört hatte.

Das Rätsel war plötzlich gelöst, als sich eine riesenhafte Gestalt den Schacht zu Bruenors unsicherem Standort hinunterschob und große, haarige Beine nach ihm langten. Der Zwerg erkannte die Gefahr sofort.

Eine Riesenspinne.

Zangen, aus denen Gift troff, krallten sich in Bruenors Unterarm. Er achtete nicht auf den Schmerz und die möglichen Folgen der Verletzung, sondern reagierte mit derselben Wildheit. Er schob sich in den Schacht hoch, schlug seinen Kopf in den wulstigen Körper der niederträchtigen Kreatur und stieß sich mit ganzer Kraft von der Wand ab.

Die Spinne krallte ihre tödliche Zangen um einen seiner schweren Stiefel und schlug mit so vielen Beinen auf ihn ein, wie sie einsetzen konnte, während sie sich mit den anderen festhielt.

Nur eine Angriffstaktik schien dem verzweifelten Zwerg erfolgversprechend: die Spinne aus ihrer Stellung zu werfen. Er wand sich herum und griff nach den haarigen Beinen, um sie auszureißen oder zumindest von ihrer Umklammerung an der Wand zu lösen. Sein Arm schmerzte von dem Gift, und sein Fuß war verbogen und wahrscheinlich gebrochen, obwohl der Stiefel die Zangen abgewehrt hatte.

Aber er hatte keine Zeit, auf seine Schmerzen zu achten. Mit einem Knurren griff er nach dem nächsten Bein und riß es ab.

Dann stürzten sie in die Tiefe.

Die Spinne – ein dummes Ding – rollte sich zusammen und löste ihre Umklammerung von dem Zwerg. Ihr Flug nach unten wurde von einem lauten Rauschen begleitet, und Bruenor spürte, daß sie sich dicht an der Wand bewegten. Er konnte nur hoffen, daß der Schacht breit genug war und sie vor scharfen Ecken und Kanten schützte. Er kletterte so weit wie möglich auf die Spinne, damit er auf ihrem massigen Körper vor der Wucht des bevorstehenden Aufpralls geschützt war.

Sie klatschten laut auf. Die Luft wurde aus Bruenors Lungen herausgepreßt, aber da er auf der Spinne lag, zog er sich bei dem feuchten Aufprall keine ernsthaften Verletzungen zu. Er konnte immer noch nichts sehen, nahm aber an, daß er wieder auf der Bodenebene der Unterstadt sein mußte. Glücklicherweise war er in einem weniger belebten Bereich gelandet, denn er hörte keine Alarmschreie. Benommen, aber unverzagt, erhob sich der unbeugsame Zwerg und wischte sich die Spinnenflüssigkeit von den Händen.

»Sicherlich wird es morgen in Strömen gießen«, murmelte er, als ihm ein alter zwergischer Aberglaube über das Töten von Spinnen wieder einfiel. Erneut machte er sich auf den Weg durch den Schacht hinauf und verbannte die Schmerzen in den Händen, den Rippen, Füßen und von den Brandwunden an seinem vergifteten Unterarm aus seinen Gedanken.

Und jeden Gedanken an andere Spinnen, die möglicherweise oben lauerten.

Stundenlang kletterte er so, legte stur eine Hand vor die andere und zog sich hoch. Das schleichende Spinnengift strömte durch seinen Körper, ließ Übelkeit in ihm aufsteigen und schwächte seine Arme. Aber Bruenor war zäher als Gebirgsstein. Vielleicht würde er an seinen Verletzungen sterben, aber wenn das der Fall sein sollte, dann nur draußen an der frischen Luft, unter den Sternen oder der Sonne.

Er würde Mithril-Halle entkommen.

Ein kalter Windstoß schüttelte die Erschöpfung von ihm ab. Er sah hoffnungsvoll auf, konnte aber nichts erkennen – vielleicht war es Nacht dort draußen. Er lauschte dem Pfeifen des Windes und wußte, daß er von seinem Ziel nicht mehr weit entfernt war. Mit neuem Schwung erreichte er den Kaminausgang – und das Eisengitter, mit dem er abgesperrt war.

»Verflucht! Bei Moradins Hammer!« fauchte Bruenor. Er drückte sich von der Wand weg und packte mit seinen blutenden Fingern die Gitterstangen. Sie verbogen sich unter seinem Gewicht, gaben aber nicht nach.

»Wulfgar könnte das zerbrechen«, murmelte Bruenor, dessen Bewußtsein vor Erschöpfung fast getrübt war. »Leih mir deine Kraft, mein großer Freund!« rief er in die Dunkelheit hinaus, während er am Gitter zog und zerrte.

Hunderte von Meilen entfernt, gefangen in Alpträumen von seinem toten Mentor Bruenor, warf sich Wulfgar in seiner Koje auf der *Seekobold* unruhig hin und her. Vielleicht kam in diesem verzweifelten Augenblick der Geist des jungen Barbaren Bruenor zur Hilfe, aber es war wohl eher die unnachgiebige Dickköpfigkeit des Zwerges, die stärker war als das Eisen. Eine Gitterstange bog sich so tief nach unten, daß sie sich aus der Steinwand löste, und Bruenor hatte sie bald entfernt.

Bruenor, der mit einer Hand am Gitter hing, ließ die Stange nach unten in die Leere fallen. Mit einem gehässigen Lächeln wünschte er sich, daß gerade in diesem Augenblick ein Duergarschuft unten am Kamin stand, die tote Spinne untersuchte und auf der Suche nach Gründen nach oben schaute.

Bruenor zog sich halb durch die kleine Öffnung, aber er hatte nicht mehr die Kraft, auch seine Hüften und den Gürtel hochzuziehen. Völlig erschöpft fand er sich mit seiner Stellung ab, auch wenn seine Beine in einen über dreihundert Meter tiefen Schacht hinabhingen.

Er legte den Kopf auf die Eisenstangen und verlor das Bewußtsein.

Baldurs Tor

»Über die Reling! Über die Reling!« kreischte eine Stimme.

»Schmeißt sie rüber!« stimmte eine andere ein. Die aufgebrachten Matrosen drängten sich dicht heran und schwangen Krummschwerter und Keulen.

Entreri ließ diesen Tumult gelassen über sich ergehen, während Regis an seiner Seite nervös von einem Fuß auf den anderen trat. Der Meuchelmörder verstand den plötzlichen Zornesausbruch der Mannschaft nicht, vermutete aber, daß der hinterlistige Halbling dahintersteckte. Er hatte seine Waffen noch nicht gezogen, denn er wußte, daß er jederzeit Dolch und Säbel griffbereit hatte, wenn er sie brauchte, und die Matrosen hatten trotz ihrer großen Töne und Drohungen bisher einen Abstand von drei Metern gewahrt.

Der Schiffskapitän, ein vierschrötiger Mann mit watschelndem Gang und dichten grauen Bartstoppeln, perlweißen Zähnen und Augen, die zu einem ewigen Schielen erstarrt waren, trat aus seiner Kabine, um den Grund für die Unruhe herauszufinden.

»Zu mir, Rotauge!« befahl er dem schmutzigen Matrosen, der als erster von dem Gerücht erfahren hatte, daß die Passagiere von einer entsetzlichen, ansteckenden Krankheit befallen wären, und der die Geschichte offenbar bei dem Rest der Mannschaft verbreitet hatte. Rotauge gehorchte unverzüglich und folgte seinem Kapitän durch den Mob, der sich vor ihnen teilte. Sie bauten sich vor Entreri und Regis auf.

Der Kapitän holte langsam seine Pfeife heraus und stopfte sie. Dabei sah er Entreri unentwegt mit einem durchdringenden Blick an.

»Schmeißt sie über Bord!« ertönte gelegentlich ein Ruf, aber jedesmal brachte der Kapitän den Sprecher mit einer Handbewegung zum Schweigen. Bevor er Maßnahmen ergriff, wollte er zu einem genauen Urteil über die Fremden gelangen, und geduldig ließ er viel Zeit verstreichen, während er seine Pfeife anzündete und einen tiefen Zug nahm.

Entreri zuckte weder mit der Wimper, noch wendete er den Blick von dem Kapitän ab. Er schob seinen Umhang hinter die Waffen am Gürtel zurück und verschränkte die Arme. In dieser ruhigen und zuversichtlichen Haltung waren seine Hände nicht einmal einen Zentimeter von den Griffen seiner Waffen entfernt.

»Du hättest es mir vorher sagen müssen«, begann der Kapitän schließlich.

»Deine Worte sind genauso überraschend wie das Verhalten deiner Mannschaft«, antwortete Entreri gelassen.

»Freilich«, gab der Kapitän zurück und sog wieder an der Pfeife.

Einige Matrosen waren nicht so geduldig wie ihr Kapitän. Ein Mann mit gewölbter Brust, dicken Muskeln und Tätowierungen an den Armen wurde des Spiels überdrüssig. Kühn trat er hinter den Meuchelmörder. Er hatte vor, ihn über Bord zu werfen, um diese Angelegenheit endlich zu erledigen.

Gerade als der Matrose nach den schlanken Schultern des Meuchelmörders greifen wollte, bewegte sich auch Entreri plötzlich, wirbelte herum und kehrte so schnell in seine Haltung mit den verschränkten Armen zurück, daß die Matrosen, die ihn beobachteten, versuchten, die Sonne aus den Augen wegzublinzeln, und sich fragten, ob er sich überhaupt bewegt hatte.

Der Mann mit der gewölbten Brust sackte auf die Knie und fiel mit dem Gesicht auf das Deck. Im Bruchteil einer Sekunde war seine Kniescheibe von einem Absatz zertrümmert worden, und ein juwelenbesetzter Dolch, der bereits wieder an der Hüfte des Meuchelmörders verstaut war, hatte sich in sein Herz gebohrt.

»Das entspricht dem Ruf, der dir vorausgeht«, stellte der Kapitän fest, der nicht zusammengezuckt war.

»Ich bitte zu bedenken, daß ich gerecht gehandelt habe«, erwiderte Entreri mit einer spöttischen Verbeugung.

»Freilich«, meinte der Kapitän. Er zeigte auf den gestürzten Mann. »Dürfen seine Freunde ihm helfen?«

»Er ist bereits tot«, versicherte Entreri dem Kapitän. »Falls einer seiner Freunde wirklich wünscht, zu ihm zu gehen, dann soll er vortreten.«

»Sie haben Angst«, erklärte der Kapitän. »Sie haben schon viele schreckliche Krankheiten in den Häfen an der Schwertküste gesehen.«

»Krankheit?« wiederholte Entreri.

»Dein Gefährte hat darüber geplaudert«, sagte der Kapitän.

Ein Lächeln flog über Entreris Gesicht, denn auf einmal wurde ihm alles klar. Blitzschnell riß er Regis den Umhang herunter, ergriff sein Handgelenk und zog ihn vom Boden hoch. Dann schenkte er dem entsetzten Halbling einen funkelnden Blick, der einen langsamen und qualvollen Tod versprach. Sofort erkannte Entreri die Narben auf Regis' Arm.

»Brandwunden?« staunte er.

»Ja, so hat es der Kleine erklärt!« schrie Rotauge und wich hinter den Kapitän zurück, als sich Entreris wütender Blick auf ihn richtete. »Brandwunden aus dem Inneren!«

»Es sieht aber eher nach Brandwunden von einer Kerze aus«, gab Entreri zurück. »Schau dir doch selber die Wunden an«, sagte er zu dem Kapitän. »Es ist keine Krankheit, sondern nur der verzweifelte Trick eines Diebes, der in die Enge getrieben wurde.« Er ließ Regis auf das Deck fallen.

Regis lag ganz still da und wagte nicht einmal zu atmen. Die Situation hatte sich nicht so entwickelt, wie er es sich erhofft hatte.

»Schmeißt sie über Bord!« schrie eine Stimme von hinten.

»Kein Risiko eingehen!« kreischte eine andere.

»Wie viele Männer brauchst du für dein Schiff?« fragte Entreri den Kapitän. »Wie viele kannst du entbehren?«

Der Kapitän hatte den Meuchelmörder in Aktion gesehen und kannte seinen Ruf. Daher mußte er nicht einen Augenblick darüber nachdenken, ob diese einfachen Fragen müßige Drohungen waren. Außerdem sagte ihm der Blick von Entreri, der sich nun auf ihn heftete, daß er zweifellos das erste Ziel sein würde, wenn seine Mannschaft sich gegen den Meuchelmörder erheben sollte.

»Ich verlasse mich auf dein Wort«, sagte er herrisch, um dem Murren seiner nervösen Mannschaft Einhalt zu gebieten. »Es besteht keine Notwendigkeit, die Wunden zu untersuchen. Aber Krankheit oder nicht, unsere Abmachung gilt nicht mehr.« Er sah auf den toten Matrosen, um seine Worte näher zu erklären.

»Ich habe nicht vor, nach Calimhafen zu schwimmen«, zischte Entreri.

»Natürlich«, erwiderte der Kapitän. »In zwei Tagen legen wir in Baldurs Tor an. Dort wirst du sicher ein anderes Schiff finden.«

»Und du wirst mir jedes Goldstück zurückzahlen«, sagte Entreri ruhig.

Der Kapitän sog lange an seiner Pfeife. Dies war eine Schlacht, auf die er sich nicht einlassen wollte. »Natürlich«, stimmte er genauso ruhig zu. Er drehte sich um, und auf dem Weg zu seiner Kajüte befahl er seinen Matrosen, sie sollten ihre Stationen wieder einnehmen.

☆ ☆ ☆

Er erinnerte sich an die wunderbar faulen Sommertage am Ufer vom Maer Dualdon in Eiswindtal. Wie viele Stunden hatte er dort verbracht, versucht, die schwer zu fangenden Knöchelkopfforellen zu angeln, oder sich einfach in der in Eiswindtal so seltenen Wärme der Sommersonne geaalt. Wenn Regis auf seine Jahre in Zehn-Städte zurückblickte, konnte er den Verlauf, den sein Schicksal jetzt genommen hatte, kaum fassen.

Er hatte geglaubt, seine Nische, ein behagliches Leben mit dem einträglichen Beruf des Schnitzers gefunden zu haben, der die elfenbeingleichen Knochen der Knöchelkopfforelle in wunderschöne kleine Schmuckstücke verwandeln konnte, ein Leben, das mit der Hilfe des gestohlenen Rubinanhängers noch behaglicher wurde. Aber dann war der verhängnisvolle Tag gekommen, als Artemis Entreri in Bryn Shander auftauchte, in der Stadt, die Regis im Laufe der Zeit immer mehr als seine Heimat angesehen hatte. Hals über Kopf hatte sich der Halbling davongemacht und war seinen Freunden gefolgt, die sich in ein Abenteuer begeben hatten.

Aber nicht einmal Drizzt, Bruenor, Catti-brie und Wulfgar waren in der Lage gewesen, ihn vor Entreri zu schützen.

Die Erinnerungen trösteten ihn ein wenig in den vielen grausamen Stunden der Einsamkeit in der verriegelten Kabine. Regis hätte sich am liebsten vollständig in die angenehmen Erinnerungen seiner Vergangenheit vergraben, aber immer wieder kehrten seine Gedanken in die schreckliche Gegenwart zurück, und immer wieder fragte er sich, welche Bestrafung ihm für seine mißlungene Täuschung bevorstand. Entreri war nach dem Zwischenfall auf dem Deck gelassen, ja sogar belustigt gewesen. Er hatte Regis in die Kabine gebracht und war, ohne ein weiteres Wort zu verlieren, wieder verschwunden.

Zu gelassen, fand Regis.

Aber das gehörte zu seinem rätselhaften Wesen. Niemand kannte Artemis Entreri gut genug, um ihn als Freund bezeichnen zu können, und kein Feind hatte die Möglichkeit, sich ein annähernd ausreichendes Bild von diesem Mann zu machen.

Regis wich an die Wand zurück, als Entreri schließlich zurückkehrte. Er rauschte durch die Tür auf den Tisch zu und würdigte den Halbling lediglich eines schnellen Seitenblikkes. Der Meuchelmörder nahm Platz, strich sich das pechschwarze Haar zurück und sah auf die Kerze, die auf dem Tisch brannte.

»Eine Kerze«, murmelte er belustigt. Er sah Regis an. »Du hast schon Eigenarten, Halbling«, kicherte er.

Regis lächelte nicht. Entreris Herz war sicher nicht plötzlich von Wärme erfüllt worden, und er wäre verdammt, wenn er die fröhliche Maske des Meuchelmörders heruntergerissen hätte.

»Ein ehrenwerter Zeitvertreib«, fuhr Entreri fort, »und so wirkungsvoll. Es kann eine Woche dauern, bis wir in Baldurs Tor ein anderes Schiff in den Süden bekommen. Eine zusätzliche Woche für deine Freunde, um wieder etwas aufzuholen. Ich habe nicht gedacht, daß du so mutig bist.«

Das Lächeln verschwand ganz plötzlich aus Entreris Gesicht, und seine Stimme war unüberhörbar voller Grausamkeit, als er hinzufügte: »Ich hätte nicht geglaubt, daß du so bereitwillig die Folgen auf dich nehmen würdest.«

Regis neigte den Kopf, um jede Bewegung des Mannes zu verfolgen. »Jetzt kommt es«, flüsterte er.

»Natürlich wird deine Tat Folgen für dich haben, du kleiner Narr. Ich begrüße deinen Versuch – und hoffe, daß du mir weiterhin Aufregung auf dieser langweiligen Reise verschaffst! Aber trotzdem muß ich dich bestrafen. Denn wenn ich es nicht täte, würde ich ja deiner Gaunerei den Wagemut und folglich die Aufregung nehmen.«

Er erhob sich vom Stuhl und ging um den Tisch herum. Regis unterdrückte einen Schrei und schloß die Augen. Er wußte, daß es kein Entkommen gab.

Das letzte, was er sah, war der juwelenbesetzte Dolch, den der Meuchelmörder langsam in der Hand drehte.

☆ ☆ ☆

Am nächsten Nachmittag erreichten sie den Fluß Chionthar und bewegten sich ruckartig gegen die Strömung, während eine starke Brise die Segel blähte. Bei Einbruch der Dunkelheit wurden am östlichen Horizont Teile von Baldurs Tor sichtbar, und als die letzten Spuren des Tageslichts am Himmel verschwanden, wurden sie von den Lichtern des großen Hafens geleitet. Aber die Stadt verbot nach Sonnenuntergang den Zugang zu den Anlegestellen, und daher ankerte das Schiff eine halbe Meile vor dem Hafen.

In dieser Nacht konnte Regis keinen Schlaf finden und hörte, daß Entreri in der Nacht plötzlich wach wurde. Der Halbling schloß die Augen und zwang sich zu gleichmäßigen, langsamen Atemzügen. Er hatte keine Ahnung, was Entreri beabsichtigte, aber was auch immer der Meuchelmörder vorhatte, Regis wollte nicht den geringsten Verdacht erregen, wach zu sein.

Entreri verschwendete keinen zweiten Gedanken an ihn. Lautlos wie eine Katze – lautlos wie der Tod – stahl sich der Meuchelmörder durch die Kabinentür davon. Die Mannschaft bestand aus fünfundzwanzig Männern, aber nach dem langen Arbeitstag und angesichts der Gewißheit, daß Baldurs Tor sie beim ersten Licht der Dämmerung erwartete, würden wohl nur vier Wache halten.

Der Meuchelmörder schlich sich durch den Schlafraum der

Mannschaft und folgte dem Licht einer einsamen Kerze am Heck des Schiffes. In der Kombüse bereitet der Koch in einem Kessel das Frühstück vor. Wie immer sang er bei der Arbeit und schenkte seiner Umgebung keine Aufmerksamkeit. Aber selbst wenn er still und wachsam gewesen wäre, hätte er die leisen Schritte hinter sich wohl nicht gehört.

Er starb mit dem Gesicht in der Suppe.

Entreri ging in den Schlafraum zurück, wo bald darauf zwanzig weitere Männer völlig geräuschlos starben. Dann schlich er hinauf aufs Deck.

In dieser Nacht hing der Mond voll am Himmel, aber selbst der Splitter eines Schattens hätte dem geübten Meuchelmörder genügt, und zudem kannte er die Gewohnheiten der Schiffswachen. Er hatte viele Nächte damit verbracht, die Bewegungen der Beobachtungsposten zu studieren, um immer auf das Schlimmste vorbereitet zu sein. Er bestimmte den richtigen Zeitpunkt anhand der Schritte der zwei Wächter auf Deck und kletterte mit dem juwelenbesetzten Dolch zwischen den Zähnen lautlos den Hauptmast hoch.

Dank seiner gut trainierten Muskeln sprang er mühelos in den Ausguck.

Zwei waren noch übrig.

Wieder auf Deck, ging Entreri ruhig und offen zur Reling. »Ein Schiff!« rief er und zeigte in die Dunkelheit. »Da kommt ein Schiff auf uns zu!«

Automatisch eilten die zwei Wächter an Entreris Seite und mühten sich ab, die Gefahr in der Dunkelheit ebenfalls zu erkennen – bis das Aufblitzen des Dolches sie über die Täuschung aufklärte.

Jetzt war nur noch der Kapitän am Leben.

Entreri hätte ohne weiteres das Schloß an dessen Kabinentür öffnen und den Mann im Schlaf töten können, aber er wollte einen dramatischeren Abschluß für seine Arbeit. Er wollte, daß der Kapitän den Untergang voll und ganz erkannte, von dem sein Schiff in dieser Nacht heimgesucht worden war. Entreri ging zu einer Tür, die auf das Deck hinausführte, und nahm sein Werkzeug und ein Stück dünne Schnur heraus.

Einige Minuten später war er in seiner Kabine und weckte Regis. »Ein Mucks, und ich schneide dir die Zunge ab«, warnte er den Halbling.

Regis begriff auf einmal, was geschehen war. Wenn die Mannschaft in Baldurs Tor angekommen wäre, hätte sie zweifellos Gerüchte über den unfehlbaren Mörder und seinen ›kranken‹ Freund verbreitet und Entreri so die Weiterfahrt gen Süden vereitelt.

So etwas durfte der Meuchelmörder auf keinen Fall zulassen, und Regis konnte später nicht anders, als sich für das Gemetzel in dieser Nacht verantwortlich zu fühlen.

Hilflos schlich er neben Entreri durch den Schlafraum. Ihm fiel auf, daß keiner schnarchte und daß es auch in der Kombüse still war. Sicherlich nahte bereits die Dämmerung, sicherlich hätte der Koch längst fleißig mit dem Frühstück beschäftigt sein müssen. Aber kein Gesang erscholl durch die halb geöffnete Kombüsentür.

In Tiefwasser hatte das Schiff Öl gebunkert, um für die ganze Fahrt nach Calimhafen versorgt zu sein, und im Laderaum standen noch genügend Fässer herum. Entreri schob die Klapptür auf und zog zwei von ihnen herauf. Er öffnete den Verschluß von einem der Fässer und stieß es mit dem Fuß an, so daß es durch den Schlafraum rollte und gleichmäßig Öl verteilte. Das andere trug er samt Regis, der vor Angst und Widerwillen erschlafft war, aufs Deck. Dort vergoß er das Öl völlig geräuschlos und achtete besonders darauf, daß es sich besonders um die Tür des Kapitäns herum verbreitete.

»Steig ein!« befahl er Regis und zeigte auf ein Ruderboot, das an der Steuerbordseite des Schiffes vertäut war. »Und nimm das!« Er reichte dem Halbling einen kleinen Beutel.

Übelkeit stieg in Regis auf, als er daran dachte, was sich in dem Beutel befand, aber er nahm ihn an sich, da er wußte, daß Entreri sich einen anderen holen würde, wenn er diesen verlor.

Der Meuchelmörder ging gelassen über das Deck und zündete dabei eine Fackel an. Regis beobachtete ihn voller Entsetzen und erschauerte bei dem eiskalten Gesichtsausdruck, mit dem er die Fackel in den öldurchtränkten Schlafraum warf. Auf grausige Weise zufriedengestellt, als die Flammen zu lodern begannen, lief Entreri über das Deck zurück zu der Tür des Kapitäns.

»Auf Wiedersehen!« waren die einzigen Worte, die er von sich gab, nachdem er an der Tür geklopft hatte. Mit zwei Schritten war er beim Ruderboot.

Das Kapitän sprang aus dem Bett und versuchte sich zurechtzufinden. Das Schiff war merkwürdig ruhig, abgesehen von einem verräterischen Knistern und einer kleinen Rauchwolke, die durch die Bodenbretter drang.

Mit einem Schwert in der Hand schob der Kapitän den Riegel zurück und stieß die Tür auf. Er sah sich verzweifelt um und rief nach seiner Mannschaft. Die Flammen hatten das Deck noch nicht erfaßt, aber ihm war klar – und das hätte auch den Wachen klar sein müssen –, daß das Schiff brannte. Langsam begann ihm die schreckliche Wahrheit zu dämmern, und nur im Nachthemd stürmte er hinaus.

Er spürte den Widerstand von dem Stolperdraht, und als die Schlinge tief in seinen nackten Knöchel schnitt, zog er eine Grimasse des Verstehens. Er stürzte mit dem Gesicht auf den Boden, und sein Schwert fiel ihm aus der Hand. Ein merkwürdiger Geruch stieg ihm in die Nase, und jetzt erkannte er die tödliche Wirkung der glitschigen Flüssigkeit, die sein Nachthemd durchtränkte. Er streckte sich und versuchte, an sein Schwert zu kommen. Vergeblich krallte er sich an dem Holzdeck fest, bis seine Finger bluteten.

Eine Flamme loderte zwischen den Bodenbrettern hervor.

In der leeren Dunkelheit der Nacht wälzten sich Geräusche besonders schaurig über das offene Meer. Ein Geräusch drang an Entreris und Regis' Ohr, als der Meuchelmörder das kleine Boot gegen die Strömung des Chionthar ruderte. Es übertönte sogar den Lärm aus den Tavernen, die eine halbe Meile entfernt die Docks von Baldurs Tor säumten.

Wie durch die stummen Protestschreie der toten Mannschaft verstärkt – und durch das sterbende Schiff selbst –, schrie eine einzige gequälte Stimme für alle.

Und dann war nur noch das Knistern des Feuers zu hören.

☆ ☆ ☆

Kurz nach Tagesanbruch betraten Entreri und Regis zu Fuß Baldurs Tor. Sie hatten das kleine Ruderboot einige hundert Meter flußabwärts in eine kleine Bucht gebracht und dort versenkt. Entreri wollte keinen Beweis zurücklassen, der ihn mit dem Unglück in der Nacht in Verbindung gebracht hätte.

»Es wird gut sein, nach Hause zu kommen«, neckte der Meuchelmörder Regis auf ihrem Weg an den Anlegestellen der unteren Stadt entlang. Er lenkte Regis' Blick auf ein großes Handelsschiff, das an einer der äußeren Piers lag. »Erinnerst du dich noch an die Flagge?«

Regis sah zu der Flagge hinauf, die am Mast des Schiffes flatterte. Es war ein goldgelbes Feld, durch das sich gekrümmte blaue Linien zogen, das Zeichen von Calimhafen. »Händler aus Calimhafen nehmen niemals Passagiere an Bord«, erinnerte er den Meuchelmörder. Er hoffte damit, dessen großspuriges Auftreten dämpfen zu können.

»Sie werden eine Ausnahme machen«, erwiderte Entreri. Er holte den Rubinanhänger unter seiner Lederjacke hervor und zeigte ihn Regis mit einem bösartigen Lächeln.

Regis verfiel wieder in Schweigen. Er kannte die Macht des Rubins zu gut, um die Behauptung des Meuchelmörders widerlegen zu können.

Mit sicheren und zielstrebigen Schritten, die verrieten, daß er schon häufig in Baldurs Tor gewesen war, führte Entreri Regis zum Büro des Hafenmeisters, einer kleinen Hütte unmittelbar neben den Landebrücken. Regis folgte gehorsam, obwohl seine Gedanken kaum auf die Gegenwart gerichtet waren. Er war noch in der alptraumhaften Tragödie der vergangenen Nacht gefangen und versuchte, sich über seine Rolle bei dem Tod der sechsundzwanzig Männer klarzuwerden. Von dem Hafenmeister nahm er kaum Notiz. Er verstand nicht einmal seinen Namen.

Schon nach wenigen Sekunden der Unterhaltung fiel Regis jedoch auf, daß Entreri den Mann völlig unter den hypnotischen Einfluß des Rubinanhängers gebracht hatte. Der Halbling hielt sich aus dem Gespräch heraus. Er war empört darüber, wie gut und schnell Entreri die Kräfte des Anhängers beherrschen gelernt hatte. Seine Gedanken wanderten wieder zu seinen Freunden und seiner Heimat zurück, obwohl er jetzt voller Trauer und ohne Hoffnung zurückschaute. Waren Drizzt und Wulfgar dem Entsetzen von Mithril-Halle wirklich entkommen? Hatten sie die Verfolgung aufgenommen? Angesichts von Entreris Taten und dem Wissen, daß er sich bald wieder innerhalb der Grenzen von Pooks Reich befand, hoffte Regis fest, daß sie ihm nicht folgten. Wieviel Blut sollte seine kleinen Hände noch beflecken?

Allmählich tauchte Regis wieder in die Gegenwart ein. Er redete sich ein, daß er vielleicht an wichtige Informationen kommen könnte, und lauschte der Unterhaltung mit halbem Ohr.

»Wann stechen sie in See?« fragte Entreri.

Regis spitzte die Ohren. Zeit war wichtig. Vielleicht konnten seine Freunde sie doch noch hier einholen, immerhin noch tausend Meilen von Pascha Pooks Hochburg entfernt.

»In einer Woche«, antwortete der Hafenmeister, der kein einziges Mal blinzelte und den Blick nicht von dem wirbelnden Edelstein abwandte.

»Zu spät«, brummte Entreri leise. Dann wandte er sich wieder an den Hafenmeister: »Ich wünsche ein Treffen mit dem Kapitän.«

»Das kann arrangiert werden.«

»Noch heute abend... hier.«

Der Hafenmeister zog zustimmend die Schultern hoch.

»Und noch etwas, mein Freund«, fuhr Entreri fort. »Verfolgst du jedes Schiff, das in den Hafen kommt?«

»Das gehört zu meinen Aufgaben«, erwiderte der Mann und starrte hypnotisiert weiter wie gebannt auf den Rubin.

»Und bestimmt hast du auch Augen, die an den Toren wachen?« fragte Entreri mit einem Zwinkern.

»Ich habe viele Freunde«, gab der Hafenmeister zur Antwort. »In Baldurs Tor geschieht nichts ohne mein Wissen.«

Entreri sah Regis an. »Gib ihn dem Hafenmeister«, befahl er.

Regis verstand ihn jedoch nicht und reagierte auf den Befehl mit einem verständnislosen Blick.

»Den Beutel«, erklärte der Meuchelmörder in dem gleichen unbeschwerten Ton, der seine zwanglose Unterhaltung mit dem hypnotisierten Hafenmeister gekennzeichnet hatte.

Regis kniff die Augen zusammen und rührte sich nicht. Es war ein Zeichen von Trotz, wie er es niemals zuvor seinem Ergreifer gegenüber gezeigt hatte.

»Den Beutel«, wiederholte Entreri, dessen Stimme jetzt tödlichen Ernst verriet. »Unser Geschenk an deine Freunde.« Regis zögerte nur eine weitere Sekunde, dann warf er dem Hafenmeister den winzigen Beutel zu.

»Erkundige dich nach jedem Schiff und jedem Reiter, der nach Baldurs Tor kommt«, wies Entreri den Hafenmeister an. »Es geht um eine Reisegruppe, um mindestens zwei Personen. Einer ist ein Elf, der sich wahrscheinlich sehr unauffällig bewegt, und der andere ist ein riesenhafter, blonder Barbar. Mache sie ausfindig, mein Freund. Finde den Abenteurer, der sich Drizzt Do'Urden nennt. Dieses Geschenk ist nur für seine Augen bestimmt. Sag ihm, daß ich ihn in Calimhafen erwarte.« Entreri warf Regis einen bösen Blick zu. »Mit weiteren Geschenken.«

Der Hafenmeister verstaute den kleinen Beutel in seiner Tasche und versicherte Entreri, daß er diese Aufgabe gewissenhaft erfüllen würde.

»Ich muß jetzt gehen«, sagte Entreri und schleifte Regis mit sich. »Wir sehen uns heute abend«, erinnerte er den Hafenmeister. »Eine Stunde nach Sonnenuntergang.«

☆ ☆ ☆

Regis wußte zwar, daß Pascha Pook nach Baldurs Tor Verbindungen hatte, aber es verblüffte ihn doch, wie gut sich der Meuchelmörder auskannte. In weniger als einer Stunde hatte Entreri ihr Zimmer gesichert und zwei Schläger gedungen, die über Regis wachen sollten, während der Meuchelmörder einigen Erledigungen nachging.

»Zeit für deine zweite List?« fragte er Regis verschlagen, bevor er aufbrach. Er sah auf die zwei Schläger, die an der gegenüberliegenden Wand des Zimmers standen und in eine alles andere als intelligente Unterhaltung über die angeblichen Vorzüge einer ortsansässigen ›Dame‹ vertieft waren.

»Du könntest dich an ihnen vorbeischleichen«, flüsterte Entreri Regis zu.

Der wandte sich ab, da ihm der makabre Humor des Meuchelmörders unverständlich war.

»Aber vergiß nicht, mein kleiner Dieb, wenn du erst einmal draußen bist, dann bist du auf der Straße – im Schatten der Gassen, wo du keine Freunde findest und wo ich auf dich warten werde.« Mit einem bösartigen Kichern wirbelte er herum und fegte durch die Tür.

Regis sah auf die beiden Schläger, deren Unterhaltung sich inzwischen zu einem hitzigen Streit gesteigert hatte. Genau in diesem Augenblick hätte er sicher unbemerkt das Zimmer verlassen können.

Mit einem resignierten Seufzer ließ er sich aufs Bett fallen und legte unbeholfen seine Hände hinter den Kopf. Der Schmerz in der einen Hand erinnerte ihn deutlich an den Preis für seinen Mut.

☆ ☆ ☆

Baldurs Tor war in zwei Bezirke aufgeteilt: die untere Stadt mit den Hafenanlagen und die obere Stadt hinter der inneren Mauer, wo die bedeutenderen Bürger lebten. Die Stadt war durch das stürmische Handelswachstum an der Schwertküste allmählich aus allen Nähten geplatzt. Die alte Mauer bildete eine nützliche Grenze zwischen den Matrosen auf der Durchreise und den Abenteurern einerseits und den alten Familien des Landes auf der anderen Seite. »Von der Mitte aus in alle Richtungen«, hieß ein bekanntes Sprichwort, das sich auf die ungefähr gleiche Entfernung der Stadt zu Tiefwasser im Norden und Calimhafen im Süden bezog, den zwei größten Städten an der Schwertküste.

In der allgemeinen Geschäftigkeit und Unruhe, die so eine geographische Lage mit sich brachte, erregte Entreri wenig Aufmerksamkeit, als er sich durch die Gassen zur Innenstadt bewegte. Er wollte zu einem Verbündeten, einem mächtigen Zauberer namens Oberon, der ebenfalls ein Mitarbeiter von Pascha Pook war. Entreri wußte, daß Oberon Pook treu ergeben war und daß der Zauberer mit dem Vorsteher der Diebesgilde in Calimhafen unverzüglich in Verbindung treten würde, um ihn über die Sicherstellung des Anhängers und Entreris bevorstehende Rückkehr zu informieren.

Aber Entreri kümmerte es wenig, ob Pook über sein Kommen informiert wurde oder nicht. Sein Ziel war Drizzt Do'Urden, der ihm folgte, und nicht Pook, der auf ihn wartete. Der Zauberer konnte ihm allerdings hilfreich sein, um ihn über den Verbleib seiner Verfolger in Kenntnis zu setzen.

Nach einem Besuch, der sich bis zum Nachmittag hinzog, verließ Entreri Oberons Turm und machte sich auf den Weg zum Hafenmeister, da bei ihm das Treffen mit dem Kapitän des Handelsschiffes aus Calimhafen stattfinden sollte. Entreris Gesichtsausdruck hatte seine entschlossene Zuversicht wiedergewonnen. Er hatte den unglücklichen Zwischenfall der vorherigen Nacht schon fast vergessen, und alles verlief wieder reibungslos. Er befingerte den Rubinanhänger, als er die Hütte erreichte.

Eine Woche Verzögerung war zu lang.

☆ ☆ ☆

Regis war kaum überrascht, als Entreri spät am Abend in das Zimmer zurückkehrte und verkündete, daß er den Kapitän des Schiffes aus Calimhafen ›überzeugt‹ habe, daß er seinen Zeitplan ändern müßte.

Sie würden in drei Tagen in See stechen.

Nachwort

Wulfgar zog und zerrte an den Seilen und versuchte, das Hauptsegel im lauen Seewind gebläht zu halten, während die Mannschaft der *Seekobold* ihm erstaunt zusah. Die Strömung des Chionthar trieb gegen das Schiff, und ein vernünftiger Kapitän hätte normalerweise geankert und einen günstigeren Wind abgewartet, um es in den Hafen zu bringen. Aber Wulfgar leistete unter der Anleitung eines alten Seemannes namens Mirky hervorragende Arbeit. Die Anlegestellen von Baldurs Tor waren in Sicht, und die *Seekobold* würde bald unter dem Jubel von einigen Dutzend Matrosen, die das imposante Manöver beobachteten, in den Hafen segeln können.

»Ich könnte zehn von ihm in meiner Mannschaft gebrauchen«, sagte Kapitän Deudermont zu Drizzt.

Der Dunkelelf lächelte. Auch ihn verblüffte die Kraft seines jungen Freundes immer von neuem. »Es scheint ihm Spaß zu machen. Ich hätte ihn mir nie als Matrosen vorstellen können.«

»Ich auch nicht«, pflichtete Deudermont ihm bei. »Ich habe lediglich gehofft, aus seiner Kraft Nutzen zu ziehen, falls wir es mit Piraten zu tun bekommen. Aber Wulfgar ist schnell seefest geworden.«

»Und er genießt diese Herausforderung«, fügte Drizzt hinzu. »Die weite See und die Anziehung des Wassers und des Windes stellen ihn auf eine Probe, wie er sie noch nie erfahren hat.«

»Er bewährt sich besser als manch anderer«, urteilte Deudermont schließlich. Der erfahrene Kapitän sah flußabwärts zum offenen Meer zurück. »Du und dein Freund, ihr seid nur auf einer kurzen Reise die Küste entlang. Ihr könnt die ungeheure Größe und die Kraft der weiten See noch gar nicht richtig einschätzen.«

Drizzt musterte Deudermont mit aufrichtiger Bewunderung und einem gewissen Neid. Der Kapitän war ein stolzer Mann, aber er mäßigte seinen Stolz, indem er einem vernünftigen Grundprinzip folgte. Deudermont achtete die See und ging davon aus, daß sie ihm überlegen war. Und diese Achtung, dieses tiefe Verständnis über seinen eigenen Platz in der Welt gab dem Kapitän den einzigen Vorteil, den ein Mensch gegenüber dem ungezähmten Ozean haben konnte. Drizzt folgte dem sehnsüchtigen Blick des Kapitäns und wunderte sich über die geheimnisvolle Anziehungskraft, die das offene Meer auf so viele auszuüben schien.

Er überdachte Deudermonts letzte Worte. »Eines Tages vielleicht«, sagte er ruhig.

Sie waren jetzt weit genug in den Hafen gekommen, und Wulfgar löste sich von seinem Halt und ließ sich erschöpft auf das Deck fallen. Die Mannschaft arbeitete schwer, bis das Schiff am Kai vertäut war, aber jeder hielt kurz inne, um dem großen Barbaren auf die Schulter zu klopfen. Wulfgar war jedoch zu müde, um darauf reagieren zu können.

»Wir werden ein oder zwei Tage hierbleiben«, teilte Deudermont Drizzt mit. »Eigentlich war eine Woche geplant, aber ich bin mir eurer Eile bewußt. Ich habe gestern abend mit der Mannschaft geredet, und alle haben zugestimmt, daß wir unverzüglich weitersegeln.«

»Wir danken ihnen und auch dir«, erwiderte Drizzt aufrichtig.

Im selben Augenblick kam ein drahtiger, elegant gekleideter Mann den Landungssteg hinunter. »Hallo, *Seekobold*?« rief er. »Ist Deudermont an Bord?«

»Pellmann, der Hafenmeister«, erklärte der Kapitän Drizzt. »Ja!« rief er dem Mann zu. »Und ich freue mich, Pellmann zu sehen!«

»Ich grüße dich, Kapitän!« rief Pellmann. »Ein herrliches Manöver, wie ich es noch nie zuvor gesehen habe! Wie lange bleibst du im Hafen?«

»Zwei Tage«, antwortete Deudermont. »Dann geht es weiter in Richtung Süden.«

Der Hafenmeister hielt einen Moment inne, als versuchte er, sich an etwas zu erinnern. Dann stellte er die Frage, die Entreri ihm eingegeben hatte und die er in den vergangenen Tagen jedem Schiff gestellt hatte. »Ich suche zwei Abenteurer!« rief er Deudermont zu. »Hast du sie vielleicht gesehen?«

Deudermont sah Drizzt an, da er genauso wie der Dunkelelf vermutete, daß diese Frage mehr als reiner Zufall war.

»Drizzt Do'Urden und Wulfgar heißen sie«, erklärte Pellmann. »Aber sie können auch unter anderen Namen reisen. Einer ist klein und geheimnisvoll – elfengleich – und der andere ein Riese und stärker als jeder lebende Mann.«

»Ärger?« fragte Deudermont.

»Keineswegs«, antwortete Pellmann. »Eine Botschaft.«

Wulfgar war neben Drizzt getreten und hatte den letzten Teil der Unterhaltung mitgehört. Deudermont sah Drizzt fragend an. »Ich überlasse es dir.«

Drizzt glaubte nicht, daß Entreri ihnen ernsthafte Schwierigkeiten bereiten wollte. Er wußte, daß der Meuchelmörder persönlich mit ihnen beiden oder zumindest mit ihm allein kämpfen wollte. »Wir werden mit dem Mann reden«, antwortete er.

»Sie sind bei mir!« rief Deudermont Pellmann zu. »Das ist Wulfgar«, sagte er mit einem Blick auf den Barbaren und blinzelte ihm zu. Dann wiederholte er Pellmanns eigene Beschreibung: »Stärker als jeder lebende Mann. Er hat das Schiff hereingebracht!«

Deudermont führte sie zur Reling. »Falls es Ärger gibt, werde ich alles Menschenmögliche unternehmen, um euch herauszuholen«, sagte er ruhig. »Wenn notwendig, können wir im Hafen auch zwei Wochen warten.«

»Und wieder danken wir dir«, erwiderte Drizzt. »Und Orlpar, daß er uns in Tiefwasser dir vorgestellt hat.«

»Sprich bloß den Namen von diesem Schuft nicht aus«, gab Deudermont zurück. »Selten habe ich ein solch gutes Ergebnis bei meinen Geschäften mit ihm erzielt! Lebt wohl. Wenn ihr wollt, könnt ihr auf dem Schiff schlafen.«

Drizzt und Wulfgar bewegten sich vorsichtig auf den Hafenmeister zu. Wulfgar ging voran, während Drizzt sich nach einem Hinterhalt umsah.

»Wir sind die zwei, die du suchst«, begann Wulfgar kühl. Er überragte den drahtigen Mann um Haupteslänge.

»Ich grüße euch«, sagte Pellmann mit einem entwaffnenden Lächeln. Er stöberte in seiner Tasche herum. »Ich habe einen Freund von euch getroffen«, erklärte er, »einen dunklen Mann mit einem Halblinglakaien.«

Drizzt trat neben Wulfgar, und die beiden tauschten besorgte Blicke.

»Das hat er für euch dagelassen«, fuhr Pellmann fort und reichte Wulfgar den kleinen Beutel, »und ich soll euch ausrichten, daß er euch in Calimhafen erwartet.«

Wulfgar hielt zaghaft den Beutel fest, als erwarte er, daß er vor seinem Gesicht explodieren könnte.

»Wir danken dir«, sagte Drizzt zu Pellmann, »und werden unserem Freund mitteilen, daß du deine Aufgabe großartig erfüllt hast.«

Pellmann nickte und verbeugte sich. Dann drehte er sich um und kehrte zu seinen Pflichten zurück. Aber zuerst, fiel ihm plötzlich ein, mußte er noch etwas anderes erledigen und einen Befehl ausführen, dem er sich nicht hatte widersetzen können. Wie Entreri angeordnet hatte, verließ der Hafenmeister die Anlegestellen und machte sich auf den Weg in den oberen Teil der Stadt.

Zum Haus von Oberon.

Drizzt führte Wulfgar zur Seite, so daß niemand sie beobachten konnte. Als er sah, wie bleich das Gesicht des Barbaren war, nahm er ihm den kleinen Beutel ab. Vorsichtig löste er das Zugband und hielt den Beutel weit von sich. Während Wulfgar vorsichtig zurücktrat, hielt Drizzt den Beutel mit einem Achselzucken nach unten und spähte hinein.

Wulfgar kam neugierig und besorgt näher, als Drizzt plötzlich die Schultern hängen ließ. Der Dunkelelf sah ihn hilflos und resigniert an, stülpte den Beutel um und zeigte ihm den Inhalt.

Den Finger eines Halblings.

BUCH II

Verbündete

Bewegungen

Als erstes fiel ihm auf, daß kein Wind wehte. Eine Stunde nach der anderen hatte er oben auf dem Kamingitter verbracht, und die ganze Zeit über hatte er in seinem halb bewußtlosen Zustand trotzdem die beständige Gegenwart des Windes wahrgenommen. Er hatte seine Gedanken nach Eiswindtal zurückgeführt, das beinahe zweihundert Jahre seine Heimat gewesen war. Aber Bruenor hatte keinen Trost in dem einsamen Heulen der Böen gefunden, da es ihn unaufhörlich an seine Notlage erinnerte und ihn glauben ließ, es sei das letzte Geräusch, das er hören werde.

Aber der Wind hatte aufgehört. Nur das Knistern eines Feuers in der Nähe drang durch die Stille. Bruenor hob schwer eines seiner Lider, starrte geistesabwesend in die Flammen und versuchte herauszufinden, wie es um ihn stand und wo er eigentlich war. Ihm war schön warm, und eine schwere Decke war schützend über seine Schultern gezogen. Und er war in einem Haus – die Flammen brannten in einem Kamin und nicht in der Kuhle eines Lagerfeuers.

Bruenors Blick wanderte vom Kamin aus weiter und blieb an einem ordentlich zusammengelegten Stoß von Ausrüstung hängen.

Seine Ausrüstung!

Der einhörnige Helm, Drizzts Krummsäbel, die Mithrilausrüstung, seine neue Streitaxt und sein glänzender Schild. Er selbst lag ausgestreckt unter einer Decke und trug nur ein seidenes Nachthemd.

Er fühlte sich plötzlich sehr verwundbar und stemmte sich auf einen Ellenbogen hoch.

Eine schwarze Woge wälzte sich über ihn, alles um ihn drehte sich. Von diesen abscheulichen Wirbeln benommen, ließ er sich auf den Rücken zurückfallen.

Einen Augenblick lang konnte er wieder sehen, lange genug, um die Gestalt einer großen, schönen Frau wahrzunehmen, die sich über ihn beugte. Ihr langes Haar, das im Schein des Feuers silbern glänzte, streifte sein Gesicht.

»Spinnengift«, sagte sie leise. »Es hätte jeden anderen getötet, aber nicht einen Zwerg.«

Dann wurde alles schwarz.

☆ ☆ ☆

Einige Stunden später wurde Bruenor wieder wach. Jetzt fühlte er sich kräftiger. Diesmal war er vorsichtiger. Er versuchte sich nicht zu bewegen, um keine Aufmerksamkeit zu erregen. Aus halb geöffneten Augen studierte er seine Umgebung. Zuerst sah er zu dem Stapel mit seiner Ausrüstung hinüber, und nachdem er voller Zufriedenheit festgestellt hatte, daß alles immer noch dort lag, drehte er langsam den Kopf herum.

Er befand sich in einem kleinen Raum, offenbar war es der einzige in diesem Haus, denn es gab nur eine Tür, und die schien nach draußen zu führen. Jene Frau, die er zuvor gesehen hatte – obwohl sich Bruenor bis zu diesem Augenblick nicht sicher gewesen war, ob er nicht vielleicht nur geträumt hatte –, stand neben der Tür und starrte aus dem einzigen Fenster in die Nacht hinaus. Ihr Haar war wirklich silbern. Bruenor konnte erkennen, daß die Farbe keine Täuschung durch den Schein des Feuers war. Und es war auch nicht das Silbergrau, das mit dem Alter kommt, sondern es war prachtvoll glänzend und von kraftvollem Leben.

»Entschuldigung, gute Frau«, krächzte der Zwerg, dessen Stimme bei jeder Silbe überschnappte. Die Frau wirbelte herum und sah ihn neugierig an.

»Kann ich etwas zu essen bekommen?« fragte Bruenor, der immer genau wußte, was jeweils am wichtigsten für ihn war.

Die Frau schwebte durch das Zimmer und half Bruenor, sich aufzurichten. Wieder wirbelte eine schwarze Woge über den Zwerg, aber diesmal gelang es ihm, sie gleich wieder zu vertreiben.

»Aber nicht einen Zwerg!« murmelte die Frau, die es offenbar immer noch nicht fassen konnte, daß Bruenor seine so schwere Prüfung überlebt hatte.

Bruenor wandte den Kopf zu ihr um. »Ich kenne dich irgendwie, Lady, aber mir fällt dein Name gerade nicht ein.«

»Das ist nicht wichtig«, erwiderte die Frau. »Du hast viel durchgemacht, Bruenor Heldenhammer.« Bei der Erwähnung seines Namens reckte er den Kopf noch höher und lehnte sich zurück, aber die Frau beruhigte ihn: »Ich habe deine Wunden versorgt, so gut ich konnte, obwohl ich befürchten mußte, daß ich zu spät gekommen bin, um die Verletzungen durch das Spinnengift zu heilen.«

Bruenor sah auf seinen verbundenen Unterarm und durchlebte noch einmal die schrecklichen Augenblicke mit der Riesenspinne. »Wie lange?«

»Wie lange du auf dem zerbrochenen Gitter gelegen hast, weiß ich nicht«, antwortete die Frau. »Aber hier hast du jedenfalls mehr als drei Tage geschlafen – zu lange für deinen protestierenden Bauch! Ich werde dir erst einmal etwas zu essen bereiten.« Sie erhob sich, aber Bruenor ergriff ihren Arm.

»Wo sind wir?«

Als die Frau lächelte, lockerte sich sein Griff. »In einer Lichtung nicht weit von dem Gitter entfernt. Ich hatte Bedenken gehabt, dich weit fortzubringen.«

Bruenor verstand das alles noch nicht. »Dein Haus?«

»O nein«, lachte die Frau und erhob sich. »Es ist eine Schöpfung, und auch nur eine vorübergehende. Falls du reisefähig bist, wird es mit dem Licht der Dämmerung verschwinden.«

Dieser Hinweis auf Magie löste bei Bruenor plötzliches Erkennen aus. »Du bist die Herrscherin von Silbrigmond!« platzte er heraus.

»Hellmond Alustriel«, bestätigte die Frau mit einer höflichen Verbeugung. »Ich grüße dich, edler König.«

»König?« wiederholte Bruenor voller Abscheu. »Meine Hallen sind doch in der Hand von diesem Abschaum.«

»Wir werden sehen«, sagte Alustriel.

Aber Bruenor überhörte diese Bemerkung völlig. Seine Gedanken waren nicht bei Mithril-Halle, sondern bei Drizzt, Wulfgar, Regis und insbesondere bei Catti-brie, der Freude seines Lebens. »Meine Freunde«, fragte er die Frau, »weißt du etwas über meine Freunde?«

»Sei unbesorgt«, antwortete Alustriel. »Sie sind den Hallen entkommen. Alle.«

»Auch der Dunkelelf?«

Alustriel nickte. »Es war Drizzt Do'Urden nicht bestimmt, in der Heimat seines besten Freundes zu sterben.«

Daß Alustriel so genau über Drizzt Bescheid wußte, löste bei dem Zwerg eine andere Erinnerung aus. »Du bist ihm schon zuvor begegnet«, sagte er, »auf unserer Reise nach Mithril-Halle. Du hast uns den Weg gewiesen. Und daher kennst du meinen Namen.«

»Und ich wußte, wo ich dich suchen mußte«, fügte Alustriel hinzu. »Deine Freunde halten dich für tot und sind in tiefer Trauer. Aber ich bin als Zauberin nicht unbegabt und kann mit anderen Welten in Verbindung treten, die oft überraschende Enthüllungen zu bieten haben. Als der Geist von Morkai, einem alten Freund, der vor einigen Jahren aus dieser Welt verschied, mir ein Bild von einem gestürzten Zwerg zukommen ließ, der zur Hälfte aus einer Öffnung an einer Felswand herausragte, wußte ich, wie es wirklich um Bruenor Heldenhammer stand. Ich konnte nur hoffen, nicht zu spät zu kommen.«

»Pah! Gesund wie immer!« schnaubte Bruenor und schlug sich mit der Faust gegen die Brust. Als er sein Gewicht verlagerte, ließ ihn ein stechender Schmerz am Gesäß zusammenzucken.

»Ein Armbrustgeschoß«, erklärte Alustriel.

Bruenor dachte einen Augenblick nach. Daran fehlte ihm jede Erinnerung, obwohl er von seiner Flucht aus der Unterstadt ansonsten alles wußte. Er zog die Schultern hoch und erklärte sich seine Gedächtnislücke damit, daß er im Eifer des Gefechts schmerzunempfindlich gewesen war. »Also hat mich einer von diesem dunklen Abschaum doch noch erwischt...«, begann er, aber dann errötete er und wandte die

Augen ab, als er daran dachte, daß diese Frau ihm das Geschoß aus dem Gesäß entfernt hatte.

Alustriel war taktvoll genug, das Thema zu wechseln. »Iß und ruh dich aus«, wies sie ihn an. »Deine Freunde sind in Sicherheit... jedenfalls zur Zeit.«

»Wo...«

Alustriel unterbrach ihn mit einer Handbewegung. »Mein Wissen in dieser Angelegenheit ist unzureichend«, erklärte sie. »Du wirst früh genug eine Antwort finden. Morgen früh bringe ich dich nach Langsattel, wo sich Catti-brie aufhält. Sie kann dir mehr erzählen als ich.«

Bruenor wäre am liebsten unverzüglich aufgebrochen. Er hatte das Mädchen einst nach einem Goblinüberfall in den Ruinen aufgelesen und wie seine Tochter aufgezogen. Er wollte sie an sich drücken und ihr sagen, daß alles in Ordnung sei. Aber er erinnerte sich daran, daß er nicht geglaubt hatte, Catti-brie je wiederzusehen, und daher würde er auch eine weitere Nacht ohne sie aushalten können.

Jegliche Befürchtung, daß er von gespannter Unruhe heimgesucht werden könnte, löste sich nur wenige Minuten, nachdem er sein Mahl beendet hatte, in die Ruhe eines erschöpften Schlafes auf. Alustriel wachte über ihn, bis sein zufriedenes Schnarchen durch ihre magische Zufluchtsstätte hallte.

Beruhigt, da nur ein gesunder Schläfer so laut schnarchen konnte, lehnte sich die Herrscherin von Silbrigmond gegen die Wand und schloß die Augen.

Es waren drei lange Tage gewesen.

☆ ☆ ☆

Bruenor beobachtete verwundert, wie sich beim ersten Licht der Dämmerung das Haus um ihn herum auflöste, als hätte die Dunkelheit der Nacht das Material für diesen Bau zur Verfügung gestellt. Er drehte sich zu Alustriel um und wollte ihr etwas sagen, sah aber, daß sie in einen Zauberspruch vertieft war. Sie blickte zum Himmel empor, der sich zu röten begann, und streckte ihre Hände aus, als versuchte sie, die Sonnenstrahlen zu fangen.

Sie ballte die Hände, führte sie an ihren Mund und flüsterte den Zauber in sie hinein. Dann warf sie das eingefangene Licht vor sich auf den Boden und rief die letzten Worte ihres Zaubers: »Equine aflame!« Eine rotglühende Kugel schlug auf die Steine und entlud sich in einem Feuerregen, der sich gleich darauf in einen lodernden Streitwagen und zwei Pferde verwandelte. Ihre Umrisse bewegten sich mit dem Feuer, das ihnen ihre Gestalt verlieh, aber sie sengten keinen Grashalm am Boden an.

»Such deine Sachen zusammen«, wies die Herrscherin Bruenor an. »Es ist Zeit zum Aufbruch.«

Bruenor blieb einen Augenblick regungslos stehen. Er hatte Magie noch nie geschätzt, abgesehen von der Magie, mit der Waffen und Rüstungen verstärkt wurden, aber andererseits hatte er auch nie ihren möglichen Nutzen geleugnet. Er sammelte seine Ausrüstung zusammen, verschwendete keine Zeit, die Rüstung anzuziehen, und trat zu Alustriel hinter den Wagen. Er folgte ihr etwas zaghaft in das Gefährt hinein, aber es brannte nicht, sondern fühlte sich so fest an wie Holz.

Alustriel nahm einen der Zügel aus Feuer in die schlanke Hand und rief den Pferden etwas zu. Mit einem Satz wurden sie in den Morgenhimmel befördert, schwenkten westlich um das Gebirge herum und preschten dann gen Süden.

Der Zwerg war wie gelähmt. Er ließ seine Ausrüstung vor seine Füße fallen, während sein Kinn fast auf die Brust rutschte, und klammerte sich an der Seite des Streitwagens fest. Unter ihm zogen die Berge dahin. Er sah die Ruinen von Siedelstein, der uralten Zwergenstadt, die jetzt tief unter ihnen lag, und nur eine Sekunde später schon weit hinter ihnen. Der Wagen schoß über das offene Grasland und dann westlich am nördlichen Rand des Trollmoors entlang. Bruenor hatte sich inzwischen so weit erholt, daß er einen Fluch ausstoßen konnte, als sie über die Stadt Nesme flogen, da er sich an die unfreundliche Behandlung erinnerte, die ihm und seinen Freunden von einer Patrouille dieser Stadt zuteil geworden war. Sie überquerten das Flußnetz des Dessarin, der sich wie eine glänzende Schlange durch die Felder wand. Schließlich erblickte Bruenor weiter nördlich ein großes Barbarenlager.

Alustriel lenkte den feurigen Streitwagen weiter gen Süden, und nur wenige Minuten später kam das berühmte Efeu-Herrenhaus auf dem Harpell-Hügel in Langsattel in Sicht.

Eine Menge von neugierigen Zauberern versammelte sich auf dem Hügel, um die Ankunft des Streitwagens zu beobachten. Sie jubelte gedämpft – da sie versuchte, eine vornehme Miene zu wahren – wie immer, wenn Herrscherin Alustriel sie mit ihrer Anwesenheit beehrte. Ein Gesicht in der Menge erbleichte, als der rote Bart, die spitze Nase und der einhörnige Helm von Bruenor Heldenhammer sichtbar wurden.

»Aber... du... bist... doch... äh... tot... äh... gestürzt«, stammelte Harkle Harpell, als Bruenor vom Streitwagen sprang.

»Wie schön, dich wiederzusehen«, erwiderte Bruenor, der nur mit dem Nachthemd und seinem Helm bekleidet war. Er nahm seine Ausrüstung aus dem Streitwagen und ließ alles vor Harkles Füße fallen. »Wo ist mein Mädchen?«

»Ja, ja... das Mädchen... Catti-brie... o wo? O da«, redete Harple drauflos, während er mit den Fingern einer Hand nervös auf seine Unterlippe trommelte. »Komm mit, ja komm!« Er nahm Bruenor an die Hand und führte ihn zum Efeu-Herrenhaus.

Sie schnitten Catti-brie den Weg ab, als diese, gerade aus dem Bett gestiegen, leicht bekleidet einen langen Korridor hinunterschlurfte. Die junge Frau riß die Augen auf, als sie Bruenor erkannte, der auf sie zurannte. Das Handtuch fiel ihr aus der Hand, und ihre Arme sackten ihr schlaff an der Seite hinunter. Bruenor vergrub das Gesicht in ihrem Haar und schlang die Arme so fest um ihre Taille, daß sie keine Luft mehr bekam. Sobald sie sich von ihrem Schock erholt hatte, erwiderte sie die Umarmung zehnmal so fest.

»Meine Gebete«, stammelte sie, und ihre Stimme bebte von Schluchzern. »Bei den Göttern, ich dachte, du bist tot!«

Bruenor versuchte sich zu beruhigen, konnte aber nicht antworten. Seine Tränen durchtränkten Catti-bries Morgenrock, und er spürte die Augen von mehreren Harpells auf seinem Rücken. Verlegen schob er die nächste Tür an seiner Seite auf und überraschte in dem Raum einen halbnackten Harpell.

»Entschuldigt...«, begann der Zauberer, aber Bruenor

packte ihn an der Schulter und dirigierte ihn in den Korridor, während er gleichzeitig Catti-brie in den Raum hineinschob. Die Tür schlug vor dem verdutzten Gesicht des Zauberers zu, als dieser sich zu seinem Zimmer umdrehte. Er sah hilflos auf seine Verwandten, aber ihr breites Lächeln und das ausbrechende Gelächter sagten ihm, daß er sich von ihnen keinen Beistand erhoffen konnte. Mit einem Schulterzucken zog sich der Zauberer weiter an, als sei nichts Ungewöhnliches geschehen.

Es war das erste Mal, daß Catti-brie den gleichmütigen Zwerg wirklich weinen sah. Bruenor war es egal, und er hätte es sowieso nicht verhindern können. »Auch meine Gebete«, flüsterte er seiner geliebten Tochter zu, dem Menschenkind, das er vor mehr als fünfzehn Jahren aufgenommen hatte.

»Wenn wir das gewußt hätten«, begann Catti-brie, aber Bruenor legte ihr sanft einen Finger auf die Lippen, um sie zum Schweigen zu bringen. Es war unwichtig. Bruenor wußte, daß Catti-brie und die anderen ihn niemals zurückgelassen hätten, wenn sie nur den leisesten Verdacht gehegt hätten, daß er noch am Leben sein könnte.

»Jedenfalls weiß ich nicht einmal, wieso ich überhaupt überlebt habe«, erwiderte der Zwerg. »Meine Haut hat von dem Feuer nichts abbekommen.« Er erschauderte bei der Erinnerung an seine einsamen Wochen in den Minen von Mithril-Halle. »Aber reden wir nicht mehr über diesen Ort«, bat er. »Er liegt hinter mir, und weit hinter mir bleibt er auch!«

Catti-brie, die wußte, daß Armeen heranrückten, um die Zwergenheimat zurückzuerobern, schüttelte den Kopf, aber Bruenor wußte nicht, was das zu bedeuten hatte.

»Meine Freunde?« fragte er die junge Frau. »Ich habe die

Augen des Dunkelelfen gesehen, als ich hinuntergestürzt bin.«

»Drizzt lebt«, antwortete Catti-brie, »und auch der Meuchelmörder, der hinter Regis her war. Er ist den Vorsprung hinaufgeklettert, gerade als du gestürzt bist, und hat den Kleinen weggeschleppt.«

»Knurrbauch?« stöhnte Bruenor auf.

»Ja, und auch die Katze vom Dunkelelfen.«

»Tot...«

»Nein, soviel ich weiß, ist er das nicht«, erwiderte Catti-brie schnell. »Noch nicht. Drizzt und Wulfgar sind ihnen in den Süden gefolgt, weil sie wissen, daß sein Ziel Calimhafen ist.«

»Ein weiter Weg«, murmelte Bruenor. Er sah Catti-brie verwirrt an. »Aber ich war mir sicher, daß du bei ihnen bist.«

»Ich habe ein anderes Ziel«, erwiderte Catti-brie, und ihr Gesicht wurde plötzlich ernst. »Eine Schuld, die es zurückzuzahlen gilt.«

Bruenor verstand sie sofort. »Mithril-Halle?« würgte er. »Du wolltest zurückkehren, um mich zu rächen?«

Catti-brie nickte ungerührt.

»Du bist verrückt, Mädchen!« sagte Bruenor. »Und der Dunkelelf hätte dich allein ziehen lassen?«

»Allein?« wiederholte Catti-brie. Nun war es an der Zeit, den rechtmäßigen König zu informieren. »Nein, so töricht bin ich auch nicht, mein Leben so zu beenden. Einhundert Verwandte sind auf dem Weg aus dem Norden und aus dem Westen«, berichtete sie ihm, »mit einer ansehnlichen Zahl von Wulfgars Leuten an ihrer Seite.«

»Das reicht nicht«, erwiderte Bruenor. »Eine ganze Armee

von diesem Duergarabschaum hat sich in den Hallen breitgemacht.«

»Und achttausend Mann von der Zitadelle Adbar aus dem Norden und Osten«, fuhr Catti-brie grimmig fort, ohne den Faden zu verlieren. »König Habromm von Adbar hat versprochen, daß er sich darum kümmert, daß die Hallen befreit werden! Und auch die Harpells haben ihre Hilfe zugesagt.«

Bruenor stellte sich die anrückenden Armeen vor – Zauberer, Barbaren, ein sich dahinwälzendes Meer von Zwergen –, und Catti-brie an ihrer Spitze. Ein dünnes Lächeln verbannte den finsteren Ausdruck von seinem Gesicht. Er sah zu seiner Tochter auf, und in seinem Blick zeigte sich mehr als nur Achtung, wie er sie ihr stets erwiesen hatte. Seine Augen füllten sich wieder mit Tränen.

»Sie hätten mich nicht geschlagen«, fauchte Catti-brie. »Mein Ziel war es, deine gemeißelte Büste in der Halle der Könige zu sehen und deinen Namen an einem angemessenen Ehrenplatz anbringen zu lassen!«

Bruenor ergriff sie und drückte sie mit ganzer Kraft an sich. Von allen Titeln und Lorbeeren, die er in den zurückliegenden Jahren erhalten hatte und die er in den kommenden Jahren noch erhalten würde, paßte nichts so gut oder freute ihn mehr als ›Vater‹.

☆ ☆ ☆

Von Ernst erfüllt stand Bruenor an diesem Abend am südlichen Hang des Hügels und betrachtete die letzten verblassenden Farben am westlichen Himmel und die Leere der hügeligen Ebene im Süden. Seine Gedanken waren bei seinen Freunden, insbesondere bei Regis, Knurrbauch, dem lästigen Halbling, der unbestreitbar eine weiche Stelle im harten Herzen des Zwerges gefunden hatte.

Mit Drizzt würde alles in Ordnung sein – mit Drizzt war immer alles in Ordnung –, und mit dem mächtigen Wulfgar an seiner Seite mußte schon eine ganze Armee anrücken, um sie zur Strecke zu bringen.

Aber Regis.

Bruenor hatte nie daran gezweifelt, daß der Halbling mit seiner sorglosen Lebenseinstellung einmal so tief im Dreck stecken würde, daß er mit seinen kurzen Beinen nicht mehr herauskäme. Knurrbauch war ein Narr gewesen, daß er den Rubinanhänger des Vorstehers der Diebesgilde gestohlen hatte.

Aber einfach zu sagen ›verdienter Lohn‹, brachte nichts, sein Mitgefühl für die Notlage seines Freundes oder seine Wut über seine Unfähigkeit, ihm zu helfen, zu zerstreuen. Er war der König von Mithril-Halle, und sein Platz war hier. Er würde die Armeen, die sich gesammelt hatten, ruhmreich in den Sieg führen, die Duergar zermalmen und in Mithril-Halle wieder Wohlstand einführen. Sein neues Königreich würde den ganzen Norden vor Neid erblassen lassen, und die herrlich geschmiedeten Kunstwerke würden es mit den Arbeiten aus alten Zeiten aufnehmen können und würden ihren Weg überall hin in die Welten finden.

Das war sein Traum gewesen, sein Lebensziel seit dem schrecklichen Tag vor zweihundert Jahren, als die Sippe Heldenhammer beinahe ausgelöscht und die wenigen Überlebenden, überwiegend Kinder, aus ihrer Heimat in die mageren Minen von Eiswindtal vertrieben worden waren.

Bruenors lebenslanger Traum war diese Rückkehr gewesen, aber wie hohl kam ihm dieser Traum jetzt vor, da sich seine Freunde auf einer verzweifelten Jagd durch den Süden befanden.

Das letzte Tageslicht schwand am Himmel, und die Sterne funkelten. Nachtzeit, dachte Bruenor und spürte ein wenig Trost.

Die Zeit des Dunkelelfen.

Doch die ersten Anzeichen eines Lächelns lösten sich wieder auf, als Bruenor die tiefer werdende Dunkelheit plötzlich in einem anderen Licht sah. »Nachtzeit«, sagte er laut.

Die Zeit des Meuchelmörders.

Eine schlichte braune Verpackung

Das einfache Holzgebäude am Ende der Gaunergasse wirkte selbst für dieses baufällige Viertel in Calimhafen betont unauffällig. Die wenigen Fenster waren mit Brettern vernagelt oder vergittert, und es gab weder eine Terrasse noch einen Balkon. Außerdem wies das Gebäude keine Beschriftung und nicht einmal eine Hausnummer auf. Aber jeder in der Stadt kannte es und merkte es sich gut, denn hinter den eisenbeschlagenen Türen veränderte sich der Eindruck schlagartig. Während die Fassade nur das verwitterte Braun von altem Holz zeigte, beeindruckte das Innere durch eine Vielfalt von leuchtenden Farben, Gobelins, dicken, geknüpften Teppichen und Statuen aus purem Gold. Hier war die Diebesgilde untergebracht, und ihre Residenz konnte es mit dem Herrscherpalast an Reichtum und Ausstattung aufnehmen.

Von der Straße aus waren nur drei Stockwerke sichtbar, aber zwei weitere waren im Keller verborgen. Das oberste war mit fünf Zimmern das schönste – es bestand aus einem achteckigen mittleren Saal und vier Vorräumen, die von ihm abzweigten –, war und alles war nur für das Wohlergehen und die Bequemlichkeit eines einzigen Mannes eingerichtet: für Pascha Pook. Er war der Vorsteher der Diebesgilde, der Schöpfer einer komplizierten Verbrecherorganisation. Und er vergewisserte sich stets, daß er als erster in den Genuß der Früchte ihrer Arbeit kam.

Pook schritt in der mittleren Halle des obersten Stockwerks, seinem Empfangssaal, auf und ab. Nach jeder Runde hielt er an und strich über das glänzende Fell des Leoparden, der neben seinem großen Sessel lag. Eine merkwürdige Besorgnis war in das runde Gesicht des Vorstehers eingegraben, und er spielte nervös mit den Fingern, wenn er nicht gerade sein exotisches Lieblingstier streichelte.

Seine Kleidung war aus feinster Seide, aber abgesehen von einer Brosche, die seine Gewänder zusammenhielt, trug er keines der zahlreichen Schmuckstücke, die bei anderen Vertretern seines Standes normalerweise zu sehen waren – abgesehen von seinen Zähnen. Sie waren aus purem Gold. Pook wirkte eher wie die halbgroße Ausgabe eines der vier Eunuchen, allesamt Bergriesen, die die Halle säumten – seine Erscheinung war recht unauffällig für einen redegewandten Gildenvorsteher, der Sultane auf die Knie gezwungen hatte und dessen Name allein schon den brutalsten aller Grobiane, die in den Straßen zu Hause waren, in dunkle Löcher huschen ließ.

Pook zuckte fast zusammen, als ein lautes Klopfen an der Haupttür erscholl, die zu den unteren Etagen führte. Er zögerte einen langen Augenblick und redete sich ein, daß sich der andere Mann wegen der Wartezeit krümmte – obwohl er es eigentlich war, der die Zeit brauchte, um sich zu sammeln. Schließlich gab er geistesabwesend einem Eunuchen ein Zeichen, bewegte sich zu dem hochgepolsterten Thron gegenüber der Tür und fuhr mit einer Hand wieder über seine verwöhnte Katze.

Ein schlaksiger Krieger trat ein, dessen schmales Rapier im Takt zu seinem stolzen Gang hin und her schwang. Er trug einen schwarzen Umhang, der am Hals zusammengebunden war und hinter ihm her wallte. Sein dickes braunes Haar verschwand zum Teil unter dem Kragen oder kräuselte sich darüber. Seine Kleidung war dunkel und einfach; Gurte und Gürtel waren über sie gebunden, von denen ein Beutel und ein Dolch oder eine ähnliche, ungewöhnliche Waffe hingen. Seine hohen, völlig abgetragenen Lederstiefel gaben nur das Geräusch seiner regelmäßigen raschen Schritte wieder.

»Ich grüße dich, Pook«, begann er ungezwungen.

Pooks Augen verengten sich sofort bei dem Anblick des Mannes. »Rassiter«, erwiderte er der Werratte.

Rassiter ging auf den Thron zu und verbeugte sich halbherzig, während er dem liegenden Panther einen Blick voller Widerwillen zuwarf. Mit einem hastigen, verkommenen Lächeln, das seine niedrige Herkunft verriet, stellte er einen Fuß auf den Stuhl und beugte sich vor, um den Gildenvorsteher seinen warmen Atem spüren zu lassen.

Pook blickte erst auf den schmutzigen Stiefel auf seinem wunderschönen Stuhl und dann mit einem derart entwaffnenden Lächeln auf den Mann, daß es selbst dem ungeschlachten Rassiter auffiel. In jäher Erkenntnis, daß er bei seinem Partner mit seiner Vertraulichkeit zu weit gegangen war, nahm Rassiter den Fuß wieder weg und trat einen Schritt zurück.

Pooks Lächeln verschwand, aber er war zufrieden. »Ist es erledigt?« fragte er den Mann.

Rassiter tänzelte im Kreis herum und hätte beinahe laut aufgelacht. »Selbstverständlich«, antwortete er und zog eine Perlenkette aus einem Beutel.

Pook schaute finster drein. Er hatte jetzt genau den Gesichtsausdruck, den der listige Krieger erwartet hatte. »Mußt du denn unbedingt alle töten?« zischte der Gildenvorsteher.

Rassiter zuckte mit den Achseln und verstaute die Kette wieder. »Du hast gesagt, sie soll entfernt werden. Also ist sie entfernt worden.«

Pook umklammerte die Armlehnen des Throns. »Ich habe gesagt, daß ich sie von den Straßen haben will, bis die Aufgabe erledigt ist!«

»Sie wußte zuviel«, erwiderte Rassiter und betrachtete seine Fingernägel.

»Sie war ein wertvolles Frauenzimmer«, schnaubte Pook, der sich wieder unter Kontrolle hatte. Nur wenige Männer konnten Pascha Pooks Zorn so sehr erregen wie Rassiter, und noch weniger würden den Saal lebend verlassen.

»Eine von vielen«, kicherte der schlaksige Krieger.

Eine andere Tür wurde geöffnet, und ein älterer Mann trat ein. Seine purpurrote Robe war mit goldenen Sternen und

Viertelmonden bestickt, und ein großer Diamant hielt seinen hohen Turban fest. »Ich muß...«

Pook warf ihm einen Seitenblick zu. »Nicht jetzt, LaValle.«

»Aber Meister...«

Pooks Augen verengten sich wieder bedrohlich und entsprachen jetzt beinahe den Linien seiner zusammengepreßten Lippen. Der alte Mann verbeugte sich entschuldigend und verschwand wieder, wobei er die Tür sorgfältig und leise hinter sich verschloß.

Rassiter lachte über die Szene. »Gut gemacht!«

»Du solltest dir ein Beispiel an LaValles Manieren nehmen«, sagte Pook zu ihm.

»Ach komm, Pook, wir sind doch Partner«, erwiderte Rassiter. Er schlenderte zu einem der zwei Fenster des Raumes hinüber, zu dem Fenster mit Südblick auf die Docks und den weiten Ozean. »Heute abend ist Vollmond«, sagte er aufgeregt und wirbelte zu Pook herum. »Du solltest dich zu uns gesellen, Pascha! Wir veranstalten ein großes Festessen!«

Pook erschauderte bei dem Gedanken an den makabren Tisch, den Rassiter und die anderen Werratten decken würden. Vielleicht war die Frau doch noch nicht tot...

Er verscheuchte diese Gedanken rasch wieder. »Leider muß ich absagen«, entschuldigte er sich ruhig.

Rassiter verstand. Er hatte absichtlich Pooks Widerwillen hervorgelockt. Er tänzelte zurück, stellte einen Fuß auf den Thron und zeigte Pook wieder sein verdorbenes Lächeln. »Du weißt nicht, was dir entgeht«, sagte er. »Aber die Entscheidung liegt bei dir, das war ja unsere Abmachung.« Er wirbelte herum und verbeugte sich tief. »Und du bist der Meister.«

»Eine Abmachung, die dir und mir guttut«, erinnerte ihn Pook.

Rassiter drehte seine Handflächen in einer Geste nach außen, die andeutete, daß er Pook zustimmen mußte, dann schlug er sie zusammen. »Ich kann nicht widersprechen, daß es meiner Gilde besser geht, seitdem du uns ins Geschäft gebracht hast.« Wieder verbeugte er sich. »Verzeih mir meine Überheblichkeit, mein teurer Freund, aber ich kann die Freude über mein Glück noch nicht fassen. Und noch dazu ist heute abend Vollmond!«

»Dann geh zu deinem Fest, Rassiter.«

Der schlaksige Kerl verbeugte sich wieder, warf dem Leoparden einen letzten finsteren Blick zu und verließ das Zimmer.

Nachdem sich die Tür geschlossen hatte, fuhr Pook sich mit den Fingern über die Stirn und durch die modisch verfilzten Überreste seines einst so dicken, schwarzen Haarschopfes. Dann ließ er sein Kinn hilflos in seine plumpe Hand fallen und dachte kichernd über sein Unbehagen nach, mit Rassiter, der Werratte, Geschäfte zu machen.

Er sah zur Haremstür und fragte sich, ob ihm nicht ein wenig Ablenkung von diesen Gedanken an seine Mitarbeiter guttäte. Aber dann fiel ihm LaValle ein. Der Zauberer hätte ihn nicht gestört, und ganz bestimmt nicht, wenn er mit Rassiter in einem Raum war, wenn er keine wichtigen Neuigkeiten für ihn hätte.

Er kraulte sein Schoßtier ein letztes Mal am Kinn und schritt durch das Zimmer zu der südöstlichen Tür, die zu dem schwach beleuchteten Quartier des Zauberers führte. LaValle starrte so aufmerksam in seine Kristallkugel, daß er

Pooks Eintreten gar nicht bemerkte. Da Pook den Zauberer nicht stören wollte, nahm er leise Platz und wartete, während er sich über die merkwürdigen Verzerrungen amüsierte, die LaValles spärlicher grauer Bart bei seinen Bewegungen in der Kristallkugel hervorrief.

Schließlich blickte LaValle auf. Er konnte deutlich die Anspannung in Pooks Gesicht sehen, was nach einem Besuch der Werratte nicht überraschend war. »Sie haben sie also getötet?« fragte er, obwohl er die Antwort bereits kannte.

»Ich verabscheue ihn«, murmelte Pook.

LaValle nickte zustimmend. »Aber du kannst nicht leugnen, daß du durch Rassiter Macht gewonnen hast.«

Der Zauberer sagte die Wahrheit. In den zwei Jahren, seit sich Pook mit den Werratten verbündet hatte, war seine Gilde die berühmteste und mächtigste in der ganzen Stadt geworden. Allein von dem Zehnten, den ihm die Händler im Hafen als Schutzgeld zahlten – ein Schutz vor seiner eigenen Gilde –, konnte er ein gutes Leben führen. Sogar die Kapitäne vieler Handelsschiffe, die hier auf der Durchreise anlegten, wußten so viel, daß sie Pooks Kassierer nicht wegschickten, wenn sie ihm auf den Kaianlagen begegneten.

Und jene, die es noch nicht wußten, lernten es schnell.

Nein, Pook konnte nicht abstreiten, daß er durch Rassiter und seine Männer große Vorteile hatte. Aber der Gildenvorsteher hatte für diese erbärmlichen Kreaturen, die tagsüber Menschen waren, aber in der Nacht tierische Züge annahmen und sich in eine Mischung von Mensch und Ratte verwandelten, nichts übrig. Und ihm gefielen die Methoden nicht, wie sie ihre Geschäfte erledigten.

»Genug davon«, sagte Pook und ließ die Hände auf LaValles schwarze Samttischdecke fallen. »Ich bin mir sicher, daß ich zwölf Stunden im Harem brauche, um mich von diesem Besuch zu erholen.« Sein Grinsen zeigte, daß ihm dieser Gedanke allerdings nicht unangenehm war. »Aber was wolltest du von mir?«

Ein breites Lächeln huschte über das Gesicht des Zauberers. »Ich habe heute mit Oberon in Baldurs Tor gesprochen«, begann er mit einem gewissen Stolz. »Ich habe etwas erfahren, was dich in bezug auf deine Unterhaltung mit Rassiter alles vergessen lassen wird.«

Pook wartete geduldig und erlaubte LaValle, seine theatralische Szene weiterzuspielen. Der Zauberer war ein hervorragender und treuer Mitarbeiter, und einen engeren Freund hatte der Gildenvorsteher nicht.

»Dein Meuchelmörder ist auf dem Heimweg!« verkündete LaValle plötzlich.

Pook brauchte einen Augenblick, bis er die Bedeutung und die Folgen der Worte des Zauberers verarbeitet hatte. Aber dann verstand er alles und sprang vom Tisch auf. »Entreri?« keuchte er schwer atmend.

LaValle nickte und mußte beinahe auflachen.

Pook fuhr sich mit der Hand durchs Haar. Drei Jahre. Entreri, der Gefährlichste aller Gefährlichen, kehrte nach drei langen Jahren zu ihm zurück. Er sah den Zauberer neugierig an.

»Er hat den Halbling«, beantwortete LaValle die unausgesprochene Frage. Pooks Gesicht strahlte in einem breiten Lächeln auf. Er beugte sich gespannt vor, und seine goldenen Zähne funkelten im Kerzenlicht.

LaValle war wirklich glücklich, daß er seinen Gildenvorsteher erfreuen und ihm die Neuigkeiten übermitteln konnte, auf die er seit so langer Zeit gewartet hatte. »Und den Rubinanhänger!« verkündete der Zauberer und schlug mit der Faust auf den Tisch.

»Ja!« knurrte Pook und brach in Gelächter aus. Sein Edelstein, sein wertvollster Besitz! Mit dessen hypnotischen Kräften würde er zu noch größerem Wohlstand und noch größerer Macht aufsteigen können. Er würde nicht nur alle beherrschen, mit denen er zusammentraf, sondern sie dabei obendrein glücklich machen. »Ach, Rassiter«, murmelte Pook, dem plötzlich einfiel, welche Macht er bald über seinen Partner gewinnen würde. »Unsere Beziehung wird sich in Kürze ändern, mein Nagetierchen.«

»Inwiefern wirst du ihn noch nötig haben?« fragte LaValle.

Pook zuckte mit den Schultern und sah zur anderen Seite des Zimmers hinüber, wo ein kleiner Vorhang hing.

Dort war der Tarostreifen.

LaValle erbleichte bei dem bloßen Gedanken. Der Tarostreifen war ein mächtiges Relikt, das seinen Besitzer oder dessen Feinde auf andere Existenzebenen befördern konnte. Aber seine Anwendung hatte ihren Preis. Er war von Bösartigkeit durchdrungen, und bei den wenigen Malen, als LaValle ihn benutzt hatte, hatte er immer gespürt, wie ein Teil von ihm aufgebraucht worden war, als würde der Tarostreifen ihm langsam die Lebenskraft rauben. LaValle haßte Rassiter, aber er hoffte, daß der Gildenvorsteher eine bessere Lösung finden würde als den Tarostreifen.

Der Zauberer wandte seinen Blick ab und bemerkte, daß Pook ihn anstarrte. »Erzähl mir mehr!« drängte der Gildenvorsteher eifrig.

LaValle zuckte hilflos mit den Schultern und legte eine Hand auf die Kristallkugel. »Ich habe bisher noch keinen Blick auf sie werfen können«, sagte er. »Artemis Entreri war schon immer in der Lage, sich meiner Wahrsagekugel zu entziehen. Aber nach Oberons Worten sind sie nicht weit entfernt. Sie sind auf einem Schiff nur wenig nördlich von Calimshan, falls sie die Grenze noch nicht passiert haben. Und sie fahren mit einem guten Wind, Meister. Ein oder zwei Wochen wird es noch dauern, nicht länger.«

»Und Regis ist bei ihm?« wollte Pook noch einmal wissen.

»Ja.«

»Lebendig?«

»Sehr lebendig«, antwortete der Zauberer.

»Gut!« knurrte Pook. Wie sehr er sich danach sehnte, den verräterischen Halbling wiederzusehen! Dann würde er endlich seine plumpen Hände um Regis' kleinen Hals legen können! Die Gilde hatte harte Zeiten durchgemacht, nachdem Regis mit dem magischen Anhänger davongelaufen war. Im Grunde rührten die meisten Probleme aus Pooks eigener Unsicherheit her, denn er konnte kaum noch ohne den Stein mit Personen verhandeln, nachdem er ihn so lange benutzt hatte. Ein Problem war auch seine besessene – und kostspielige – Jagd nach dem Halbling. Aber für Pook lag die ganze Schuld allein bei Regis. Er gab ihm sogar die Schuld für sein Bündnis mit der Gilde der Werratten, denn mit dem Anhänger hätte er Rassiter nicht nötig gehabt.

Aber jetzt würde sich alles zum Besten wenden, das wußte Pook. Im Besitz des Anhängers und mit Einfluß über die Werratten konnte er sogar daran denken, mit seinen hypnotisierten Mitarbeitern und den verbündeten Werratten seine

Macht über Calimhafen hinaus auszudehnen. Bald würden sie überall im Süden Gilden leiten.

LaValle wirkte besorgt, als Pook ihn wieder ansah. »Was glaubst du, wie Entreri über unseren neuen Partner denkt?« fragte er grimmig.

»Ach ja, er weiß das ja noch gar nicht«, gab Pook zurück, dem allmählich die Folgen bewußt wurden. »Er war zu lange unterwegs.« Er dachte einen Augenblick nach, dann zuckte er mit den Achseln. »Trotz allem sind sie nun mal im gleichen Geschäft. Entreri wird sie akzeptieren müssen.«

»Rassiter belästigt jeden, dem er begegnet«, wandte der Zauberer ein. »Nehmen wir mal an, er kommt Entreri in die Quere.«

Pook lachte. »Ich bin sicher, daß Rassiter Artemis Entreri nur einmal in die Quere gerät, mein Freund.«

»Und dann kannst du mit dem neuen Vorsteher der Werratten ein Abkommen schließen«, kicherte LaValle.

Pook klopfte ihm auf die Schulter und steuerte auf die Tür zu. »Finde so viel wie möglich heraus«, wies er den Zauberer an. »Wenn du sie in deiner Kristallkugel siehst, ruf mich sofort. Ich kann es kaum erwarten, einen Blick auf das Gesicht von Regis, dem Halbling, zu werfen. Soviel schulde ich ihm.«

»Und wo wirst du sein?«

»Im Harem«, antwortete Pook und zwinkerte LaValle zu. »Nervöse Spannungen, verstehst du?«

Nachdem Pook gegangen war, ließ sich LaValle auf seinen Stuhl fallen und machte sich Gedanken über die Rückkehr seines Hauptrivalen. Er hatte in den Jahren seit Entreris Aufbruch viel erreicht und war als Pooks erster Mitarbeiter sogar in dieses Zimmer in der dritten Etage aufgestiegen.

Dieses Zimmer war aber eigentlich Entreris Zimmer.

Doch der Zauberer hatte mit dem Meuchelmörder niemals Probleme gehabt. Sie waren gute Kollegen, wenn nicht sogar Freunde gewesen und hatten sich in der Vergangenheit gegenseitig oft geholfen. LaValle hatte Entreri unzählige Male den schnellsten Weg zu einem Ziel gezeigt.

Und da war jene entsetzliche Auseinandersetzung mit Mankas Tiveros, einem anderen Magier, gewesen. ›Mankas der Mächtige‹ hatten die Zauberer in Calimhafen ihn genannt, und sie hatten LaValle bemitleidet, als er und Mankas in Streit um die Urheberschaft für einen bestimmten Zauberspruch geraten waren. Beide hatten für sich in Anspruch genommen, ihn als erster entdeckt zu haben, und alle hatten damit gerechnet, daß ein gnadenloser Krieg mit magischen Mitteln ausbrechen würde. Aber plötzlich war Mankas ohne Erklärung verschwunden und hatte lediglich eine Notiz zurückgelassen, in der er seine Rolle als Schöpfer des Zauberspruchs widerlegte und ihn LaValle zuschrieb. Mankas war nie wieder gesehen worden – weder in Calimhafen noch anderswo.

»Ach ja«, seufzte LaValle und wandte sich wieder seiner Kristallkugel zu. Artemis Entreri war schon sehr nützlich gewesen.

Die Tür öffnete sich, und Pook steckte noch einmal seinen Kopf herein. »Schick einen Boten zu der Zimmermannsgilde«, wies er LaValle an. »Sag ihnen, daß wir unverzüglich einige fähige Männer brauchen.«

LaValle neigte verständnislos den Kopf.

»Der Harem und die Schatzkammer bleiben«, sagte Pook mit Nachdruck und zeigte Enttäuschung, daß der Zauberer seiner Logik offenbar nicht folgen konnte. »Und mein Zimmer gebe ich bestimmt nicht her!«

LaValle runzelte die Stirn, weil er ahnte, worauf Pook hinauswollte.

»Noch bin ich bereit, Artemis Entreri zu sagen, daß sein Zimmer besetzt ist«, fuhr Pook fort. »Aber wohl nicht, wenn er seine Aufgabe wirklich hervorragend ausgeführt hat!«

»Ich verstehe«, sagte der Zauberer bedrückt und glaubte, wieder in die unteren Etagen zurückgeschickt zu werden.

»Also muß ein weiterer Raum gebaut werden«, lachte Pook, der sein kleines Spiel genoß. »Zwischen Entreris Zimmer und dem Harem.« Er zwinkerte seinem geschätzten Mitarbeiter zu. »Du kannst es ganz nach deinen Wünschen gestalten, mein teurer LaValle. Und scheue keine Kosten!« Er schloß die Tür und war verschwunden.

Der Zauberer wischte sich die Tränen aus den Augen. Pook überraschte ihn immer wieder, aber noch nie hatte er ihn enttäuscht. »Du bist ein großzügiger Meister, mein Pascha Pook«, flüsterte er in den leeren Raum hinein.

Und Pascha Pook war in der Tat auch ein meisterhafter Anführer, denn LaValle biß jetzt vor Entschlossenheit die Zähne zusammen und widmete sich wieder seiner Kristallkugel. Er würde Entreri und den Halbling finden.

Er würde seinen großzügigen Meister nicht enttäuschen.

Rätsel am Himmel

Mit der Strömung des Chionthar und einem günstigen Wind aus dem Norden, der die Segel blähte, verließ die *Seekobold* Baldurs Tor mit enormer Geschwindigkeit, so daß trotz der gleichlaufenden Bewegung des Wassers weiße Gischt aufsprühte.

»Am späten Nachmittag erreichen wir die Schwertküste«, informierte Deudermont Drizzt und Wulfgar. »Bis Asavirs Kanal werden wir segeln, ohne Land in Sicht zu haben. Dann geht es Richtung Süden um den Rand der Welt herum und wieder zurück gen Osten nach Calimhafen.«

»Calimhafen«, wiederholte er und zeigte auf eine neue Flagge, die gerade am Mast der *Seekobold* hochgezogen wurde, ein goldenes Feld mit schrägen blauen Linien.

Drizzt sah Deudermont argwöhnisch an, da er wußte, daß das nicht das übliche Verfahren bei Segelschiffen war.

»Nördlich von Baldurs Tor fahren wir mit der Flagge von Tiefwasser«, erklärte der Kapitän, »und südlich mit der von Calimhafen.«

»Und das wird gern gesehen?« fragte Drizzt.

»Von jenen schon, die den Preis kennen«, erwiderte Deudermont. »Tiefwasser und Calimhafen sind Rivalen und verfolgen ihre Fehde stur weiter. Einerseits wünschen sie Handelsbeziehungen miteinander – davon können sie auch nur profitieren –, aber andererseits erlauben sie den Schiffen mit der Flagge der anderen Stadt manchmal nicht, in ihren Häfen anzulegen.«

»Ein dummer Stolz«, schnaubte Wulfgar, der schmerzlich an einige ähnliche Traditionen erinnert wurde, die die Angehörigen seines Stammes noch wenige Jahre zuvor hochgehalten hatten.

»Politik«, sagte Deudermont mit einem Achselzucken. »Aber die Herrscher beider Städte wünschen im geheimen den Handel, und einige Dutzend Schiffe haben die Wege geschaffen, um die Geschäfte in Schwung zu halten. Die *Seekobold* nennt beide Häfen ihre Heimat, und alle ziehen Nutzen aus diesem Abkommen.«

»Zwei Märkte für Kapitän Deudermont«, bemerkte Drizzt grinsend. »Praktisch.«

»Und obendrein angenehm für das Segeln«, fuhr Deudermont mit einem noch breiteren Lächeln fort. »Piraten, die sich in den Gewässern nördlich von Baldurs Tor aufhalten, respektieren in erster Linie die Flagge von Tiefwasser, und die Piraten im Süden sind darauf bedacht, nicht den Zorn von Calimhafen und dessen gewaltiger Kriegsflotte zu erregen. Den Piraten an Asavirs Kanal bleiben in den Meerengen noch genügend andere Handelsschiffe, und sie werden eher Schiffe mit einer unbedeutenden Flagge überfallen.«

»Und du wurdest noch nie belästigt?« Wulfgar konnte sich diese Frage nicht verkneifen. Er sprach zögernd, und seine Stimme klang fast spöttisch, als wäre er noch unsicher, ob ihm dieser Brauch gefiel oder nicht.

»Nie?« wiederholte Deudermont. »Nicht ›nie‹, aber selten. Wenn die Piraten es jedoch einmal auf uns abgesehen haben, ziehen wir die Segel auf und suchen das Weite. Nur wenige Schiffe können es mit der *Seekobold* aufnehmen, wenn wir unter vollen Segeln fahren.«

»Und wenn sie euch doch einmal einholen?« fragte Wulfgar.

»Dann seid ihr an der Reihe, euch die Überfahrt zu verdienen«, sagte Deudermont. »Ich schätze, daß die Waffen, die ihr tragt, einem plündernden Piraten schnell die Lust nehmen werden, seiner Beschäftigung nachzugehen.«

Wulfgar holte Aegisfang hervor. »Ich hoffe, daß ich mich bis dahin an die Schiffsbewegungen gewöhnt habe, falls es dazu kommen sollte«, sagte er. »Eine unberechenbare Bewegung könnte mich über die Reling schleudern!«

»Dann schwimmst du zum Piratenschiff«, schlug Drizzt vor, »und kippst es um!«

☆ ☆ ☆

Von einer verdunkelten Kammer in seinem Turm in Baldurs Tor aus beobachtete der Zauberer Oberon, wie die *Seekobold* den Hafen verließ. Angestrengt blickte er in die Kristallkugel, um ein genaues Bild von dem Elfen und dem großen Barbaren zu bekommen, die neben dem Schiffskapitän an Deck standen. Sie waren nicht aus dieser Gegend, das erkannte der Zauberer sofort. Der Kleidung und Gesichtsfarbe nach war der hochgewachsene Barbar wohl eher ein Angehöriger der Stämme im fernen Norden, weit hinter Luskan und um den Grat der Welt herum, ein Bewohner jener Ödnis, die als Eiswindtal bekannt war. Wie weit er von seiner Heimat entfernt war, und wie ungewöhnlich war es obendrein, einen Angehörigen seiner Rasse auf dem offenen Meer reisen zu sehen!

»Welche Rolle spielen diese beiden wohl bei der Rückkehr von Pascha Pooks Edelstein?« fragte sich Oberon laut. Er war wirklich fasziniert. War Entreri auf der Suche nach dem Halbling etwa bis in diese abgelegene Tundra vorgedrungen? Und verfolgten die beiden ihn jetzt etwa in den Süden?

Aber das war nicht sein Problem. Oberon war nur froh, daß er seine Schuld bei Entreri mit einem so einfachen Gefallen hatte begleichen können. Der Meuchelmörder hatte für Oberon vor vielen Jahren getötet – und das mehr als einmal –, und obwohl Entreri bei seinen zahlreichen Besuchen in Oberons Turm niemals auf diese Gefälligkeiten zu sprechen gekommen war, hatte der Zauberer immer das Gefühl gehabt, daß der Meuchelmörder ihn mit einer schweren Kette um den Hals festhielt. Doch in dieser Nacht würde er die seit langem ausstehende Schuld mit dem Knall eines einfachen Signals bezahlt haben.

Aber seine Neugierde war zu stark, als daß er den Blick von der abfahrenden *Seekobold* abwenden konnte. Er konzentrierte sich auf den Elfen – Drizzt Do'Urden, wie Pellmann, der Hafenmeister, ihn genannt hatte. Für sein erfahrenes Auge stimmte mit diesem Elfen etwas nicht. Er war nicht einfach fehl am Platz wie der Barbar. Es war eher die Art, wie sich Drizzt verhielt oder wie er sich mit diesen einzigartigen blauvioletten Augen umschaute.

Die Augen paßten einfach nicht zu der gesamten Persönlichkeit dieses Elfen Drizzt Do'Urden.

Vielleicht ein Zauber, dachte Oberon. Eine magische Verkleidung. Der neugierige Zauberer hätte Pascha Pook gern mehr Informationen geliefert. Er überlegte, ob er sich auf das Schiffsdeck befördern lassen sollte, um weitere Nachforschungen anzustellen, aber für ein solches Unternehmen hatte er nicht die geeigneten Zaubersprüche vorbereitet. Und außerdem, erinnerte er sich wieder, war es nicht seine Angelegenheit.

Und auf keinen Fall wollte er Artemis Entreri in die Quere kommen.

☆ ☆ ☆

In derselben Nacht verließ Oberon seinen Turm und flog mit einem Zauberstab in der Hand in den schwarzen Himmel empor. Hunderte von Metern über der Stadt löste er die vielsagende Reihenfolge von Feuerkugeln aus.

☆ ☆ ☆

Zweihundert Meilen weiter südlich schaute Artemis Entreri auf dem Deck eines Schiffes aus Calimhafen, der *Teufelstänzer*, zum Himmel empor. »Auf dem Seeweg«, murmelte er, während er auf die Reihenfolge der Explosionen achtete. Er wandte sich dem Halbling zu, der neben ihm stand.

»Deine Freunde verfolgen uns auf dem Seeweg«, teilte er ihm mit. »Und ihr Abstand zu uns beträgt weniger als eine Woche! Sie haben gut aufgeholt.«

Bei dieser Nachricht flackerten Regis' Augen aber nicht vor neuer Hoffnung auf. Mit jedem Tag und jeder Nacht war der Klimawechsel deutlicher zu spüren. Sie hatten den Winter hinter sich gelassen, und der warme Wind aus den südlichen Welten wirkte sich quälend auf das Gemüt des Halblings aus. Sie würden auf dem Weg nach Calimhafen nicht noch einmal anlegen, und kein Schiff – auch wenn es weniger als eine Woche hinter ihnen war – konnte hoffen, die schnelle *Teufelstänzer* einzuholen.

Regis kämpfte gegen seine Ängste an und versuchte, sich

auf das unvermeidliche Wiedersehen mit seinem alten Gildenvorsteher vorzubereiten.

Pascha Pook war kein versöhnlicher Mann. Regis war zugegen gewesen, als Pook harte Strafen an jenen Dieben vollstreckt hatte, die es gewagt hatten, andere Mitglieder der Gilde zu bestehlen. Und Regis war sogar einen Schritt weitergegangen: Er hatte den Vorsteher der Gilde bestohlen. Und noch dazu war der Gegenstand, den er sich angeeignet hatte, der magische Rubinanhänger, Pooks kostbarster Besitz, gewesen. Geschlagen und verzweifelt ließ Regis den Kopf hängen und kehrte langsam in seine Kabine zurück.

Die düstere Stimmung des Halblings dämpfte allerdings nicht das prickelnde Gefühl der Erwartung, das Entreri den Rücken hinunterlief. Pook würde den Edelstein und den Halbling bekommen und Entreri für diesen Dienst reich belohnen. Aber für den Meuchelmörder war Pooks Gold nicht die wahre Belohnung seiner Bemühungen.

Entreri wollte Drizzt Do'Urden.

☆ ☆ ☆

Auch Drizzt und Wulfgar betrachteten in dieser Nacht das Feuerwerk über Baldurs Tor. Sie waren zwar wieder auf der offenen See, aber noch hundertfünfzig Meilen von der *Teufelstänzer* entfernt. So konnten sie über die Bedeutung des Feuerwerks nur Vermutungen anstellen.

»Ein Zauberer«, meinte Deudermont, der zu den beiden trat. »Vielleicht trägt er eine Schlacht mit einem großen Luftungeheuer aus«, schlug der Kapitän vor und versuchte, eine unterhaltsame Geschichte zu spinnen. »Mit einem Drachen oder einem anderen Monster am Himmel!«

Drizzt blinzelte, um einen besseren Blick auf die strahlenden Funken zu bekommen. Er sah keine dunklen Schatten, die sich zwischen den Lichtern bewegten, und auch keine Andeutung, daß sie auf ein bestimmtes Ziel gerichtet waren. Aber möglicherweise war die *Seekobold* einfach zu weit entfernt, um derartige Einzelheiten erkennen zu können.

»Kein Kampf – ein Signal«, platzte Wulfgar heraus, der ein Muster in den Explosionen erkannt hatte. »Drei und eins. Drei und eins. Für ein einfaches Signal ist das aber sehr aufwendig. Ist es nicht einfacher, einen Reiter als Boten einzusetzen?«

»Sofern das nicht ein Signal für ein Schiff ist«, sagte Deudermont.

Genau denselben Gedanken hatte Drizzt bereits in Erwägung gezogen, und er war voller Argwohn gegen den Urheber dieser Darbietung und ihren Zweck.

Deudermont betrachtete die Explosionen noch einen Augenblick länger. »Vielleicht ist es wirklich ein Signal«, räumte er ein, als er das Muster, das Wulfgar beschrieben hatte, ebenfalls erkannt hatte. »Viele Schiffe fahren tagtäglich in Baldurs Tor hinein und wieder hinaus. Ein Zauberer begrüßt Freunde oder verabschiedet sich von ihnen auf diese pompöse Weise.«

»Oder er übermittelt Informationen«, ergänzte Drizzt und warf Wulfgar einen Blick zu. Der Barbar wußte, worauf Drizzt hinauswollte, und Drizzt konnte von seinem finsteren Gesicht und seiner gerunzelten Stirn ablesen, daß er ähnliche Überlegungen anstellte.

»Aber für uns ist es nur eine Unterhaltung und sonst nichts«, sagte Deudermont und wünschte ihnen mit einem

Schulterklopfen eine gute Nacht. »Eine Unterhaltung, die man genießen sollte!«

Drizzt und Wulfgar sahen sich an. Beide hegten ernsthafte Zweifel an Deudermonts Einschätzung.

☆ ☆ ☆

»Was für ein Spiel spielt Artemis Entreri?« fragte Pook. Eigentlich sprach er nur seine Gedanken laut aus.

Oberon, der Zauberer, der in der Kristallkugel zu sehen war, zuckte mit den Achseln. »Ich habe niemals versucht, hinter Artemis Entreris Beweggründe zu kommen.«

Pook nickte zustimmend und schritt hinter LaValles Stuhl weiter auf und ab.

»Aber ich glaube nicht, daß die beiden etwas mit deinem Anhänger zu tun haben«, sagte Oberon.

»Vielleicht eine persönliche Fehde, in die Entreri auf seinen Reisen geraten ist«, überlegte Pook.

»Freunde vom Halbling?« fragte Oberon. »Denn warum sollte Entreri ihnen sonst die richtige Richtung angeben?«

»Wer immer sie sind, sie können jedenfalls nur Ärger bringen«, warf LaValle ein, der zwischen dem Vorsteher seiner Gilde und der Wahrsagekugel saß.

»Vielleicht plant Entreri, ihnen einen Hinterhalt zu legen«, schlug Pook Oberon vor. »Das würde erklären, warum er ein Signal einsetzt.«

»Entreri hat den Hafenmeister angewiesen, er solle ihnen mitteilen, daß er sie in Calimhafen erwartet«, erinnerte Oberon Pook.

»Um sie abzuschütteln«, schlug LaValle vor. »Damit sie glauben, der Weg sei frei, bis sie hier im Hafen eintreffen.«

»Das paßt nicht zu Artemis Entreri«, wandte Oberon ein, und Pook war mit ihm einer Meinung. »Ich habe niemals erlebt, daß der Meuchelmörder sich so offensichtlicher Tricks bedient, um in einer Auseinandersetzung zu gewinnen. Es ist Entreris größter Genuß, seinen Herausforderern von Angesicht zu Angesicht zu begegnen und sie zu vernichten.«

Die beiden Zauberer und der Gildenvorsteher, der aufgrund seiner Fähigkeit, auf solche Rätsel angemessen zu reagieren, überlebt und es zu etwas gebracht hatte, überdachten alle Möglichkeiten. Pook interessierte sich ausschließlich für die Rückkehr seines kostbaren Anhängers. Mit ihm konnte er seine Macht um ein Zehnfaches ausdehnen und vielleicht sogar die Gunst des Paschas von Calimshan gewinnen.

»Mir gefällt das nicht«, sagte Pook schließlich. »Ich will keine Schwierigkeiten bei der Rückkehr von diesem Halbling und meinem Anhänger.«

Er hielt inne, um die Folgen seiner Entscheidung erst einmal abzuwägen, und dann beugte er sich über LaValles Rükken, um dichter an Oberons Bild zu kommen. »Hast du noch Kontakt zu Pinochet?« fragte er den Zauberer verschlagen.

Oberon konnte sich denken, auf was der Gildenvorsteher hinauswollte. »Der Pirat vergißt seine Freunde nie«, antwortete er gleichmütig. »Pinochet nimmt mit mir immer Kontakt auf, wenn er einen Weg nach Baldurs Tor findet. Er erkundigt sich auch immer nach dir und hofft, daß es seinem alten Freund gutgeht.«

»Und jetzt ist er auf den Inseln?«

»Die Winterwaren aus Tiefwasser treffen ein«, erwiderte Oberon mit einem Kichern. »Wo sonst sollte ein erfolgreicher Pirat sein?«

»Gut«, murmelte Pook.

»Soll ich für Entreris Verfolger einen Empfang in die Wege leiten?« fragte Oberon eifrig, der den Reiz des Ganzen und die Gelegenheit genoß, dem Gildenvorsteher einen Dienst zu erweisen.

»Drei Schiffe – keine Chance«, sagte Pook. »Nichts soll die Rückkehr des Halblings beeinträchtigen. Wir beide haben uns so viel zu erzählen!«

Oberon überlegte sich die Aufgabe einen Augenblick. »Eine Schande«, bemerkte er. »Die *Seekobold* war so ein prächtiges Schiff.«

Pook sagte drei kurze Wörter und gab damit eindeutig zu verstehen, daß er keinen Fehler duldete.

»Sie war es.«

Die Last eines Königsmantels

Der Halbling war an den Knöcheln mit einer Kette gefesselt und hing mit dem Kopf nach unten über einem großen Kessel, in dem eine kochende Flüssigkeit dampfte. Aber es war kein Wasser, sondern etwas Dunkles. Vielleicht war es rot.

Vielleicht war es Blut.

Die Kurbel quietschte, und der Halbling wurde einen Zentimeter weiter hinuntergelassen. Sein Gesicht war verzerrt und sein Mund aufgerissen, als wollte er schreien.

Aber kein Schrei war zu hören. Nur das Ächzen der Kurbel und das unheilvolle Lachen eines unsichtbaren Folterknechtes.

Der nebelhafte Anblick klärte sich, und die Kurbel wurde sichtbar, die von einer einzigen Hand, die offenbar zu niemandem gehörte, langsam in Bewegung gesetzt wurde.

Der Abstieg wurde unterbrochen.

Dann lachte die böse Stimme ein letztes Mal. Die Hand bewegte ruckartig die Kurbel, die sich daraufhin immer schneller drehte.

Ein Schrei ertönte, durchdringend und schneidend, ein qualvoller Schrei – ein Todesschrei.

☆ ☆ ☆

Der Schweiß brannte Bruenor in den Augen, noch bevor er sie ganz geöffnet hatte. Er wischte sich die Feuchtigkeit aus dem Gesicht, schüttelte sich und versuchte, die schrecklichen Bilder zu vertreiben und sein Denken auf seine Umgebung zu lenken.

Er war im Efeu-Herrenhaus und lag in einem bequemen Bett in einem gemütlichen Zimmer. Die Kerzen waren fast heruntergebrannt. Sie hatten nichts genutzt, denn diese Nacht war wie viele zuvor gewesen: ein Alptraum.

Bruenor wälzte sich herum und setzte sich auf die Bettkante. Alles war so, wie es sein sollte. Die Mithrilrüstung und der goldene Schild lagen auf einem Stuhl neben dem Schrank. Die Axt, mit der er sich den Weg aus der Duergarhöhle geschlagen hatte, lehnte neben Drizzts Krummsäbel an der Wand, und zwei Helme lagen auf dem Schrank, der verbeulte, einhörnige Helm, der den Zwerg durch die Abenteuer der vergangenen zwei Jahrhunderte begleitet hatte, und die Krone des Königs von Mithril-Halle, die mit tausend funkelnden Edelsteinen verziert war.

Aber für Bruenors Augen war nichts so, wie es sein sollte. Er sah aus dem Fenster in die Dunkelheit hinaus. Unseligerweise sah er auch dort lediglich das Spiegelbild des kerzenbeleuchteten Zimmers, die Krone und die Rüstung des Königs von Mithril-Halle.

Es war eine anstrengende Woche für Bruenor gewesen. Jeder Tag war mit Aufregungen über die Ankunftszeiten der Armeen von der Zitadelle Adbar und aus Eiswindtal und den Planungen über die Rückeroberung von Mithril-Halle ausgefüllt gewesen. Von dem vielen Schulterklopfen, mit dem ihn die Harpells und andere Besucher im Herrenhaus bedachten, tat ihm alles weh. Alle waren eifrig bemüht, ihm im voraus zur Rückkehr auf seinen Thron zu gratulieren.

Aber Bruenor war in den vergangenen Tagen geistesabwesend gewesen. Er hatte jetzt eine Rolle zu spielen, die er noch gar nicht richtig würdigen konnte. Es war an der Zeit, das Abenteuer vorzubereiten, von dem Bruenor während seines Exils fast zweihundert Jahre lang geträumt hatte. Der Vater seines Vaters war König von Mithril-Halle gewesen und dessen Vater zuvor. Diese Reihe ließ sich bis zu den Anfängen der Sippe Heldenhammer zurückverfolgen. Aufgrund seines Geburtsrechts wurde von Bruenor erwartet, daß er die Armeen führte und Mithril-Halle zurückeroberte, damit er auf dem Thron sitzen konnte, der ihm rechtmäßig zustand.

Aber er war gerade dort gewesen, in den Hallen der uralten Zwergenheimat, wo Bruenor Heldenhammer erkannt hatte, was für ihn wirklich wichtig war: Während der vergangenen zehn Jahre waren vier Kameraden in sein Leben getreten, von denen kein einziger ein Zwerg war. Die Freundschaft der fünf hatte etwas Größeres geschmiedet als ein Zwergenkönigreich und war für ihn wertvoller als alles Mithril in den Welten. Sein Traum war die Rückeroberung gewesen, doch das kam ihm jetzt nur noch hohl vor.

Die Ängste der Nacht beherrschten Bruenors Herz und Denken. Der Traum, niemals der gleiche, aber immer einer mit dem gleichen schrecklichen Schluß, löste sich nicht mit dem Tageslicht auf.

»Wieder einer?« fragte eine sanfte Stimme an der Tür. Bruenor sah über die Schulter auf Catti-brie.

Bruenor wußte, daß er keine Antwort zu geben brauchte. Er senkte den Kopf und rieb sich die Augen.

»Wieder von Regis?« fragte Catti-brie, während sie näher kam. Bruenor hörte, wie die Tür leise geschlossen wurde.

»Knurrbauch«, verbesserte Bruenor mit weicher Stimme. Es war ein Spitzname, dem er den Halbling gegeben hatte, der seit fast zehn Jahren sein engster Freund war.

Bruenor legte sich wieder aufs Bett. »Ich sollte bei ihm sein«, sagte er mürrisch, »oder zumindest bei dem Dunkelelfen und Wulfgar, um ihn zu suchen.«

»Dein Königreich erwartet dich«, erinnerte ihn Catti-brie, eher um seine Schuldgefühle zu zerstreuen, als um ihm seine Überzeugung auszureden, wo er wirklich hingehörte – eine Überzeugung, die die junge Frau mit ganzem Herzen teilte. »In einem Monat wird deine Sippe aus Eiswindtal eintreffen und die Armee aus Adbar in zwei Monaten.«

»Ja, aber wir können sowieso erst zu den Hallen marschieren, wenn der Winter vorbei ist.«

Catti-brie sah sich im Zimmer um und suchte nach einer Möglichkeit, das Gespräch zu beleben. »Das steht dir gut«, meinte sie dann fröhlich und zeigte auf die juwelenbesetzte Krone.

»Was?« hakte Bruenor mit einem scharfen Unterton in der Stimme nach.

Catti-brie sah auf den verbeulten Helm, der neben der prächtigen Krone erbärmlich aussah, und beinahe hätte sie verächtlich geschnaubt. Aber bevor sie eine Bemerkung abgab, sah sie zu Bruenor zurück. Der finstere Ausdruck, der auf seinem Gesicht lag, während er den alten Helm musterte, sagte ihr, daß Bruenor nicht spaßeshalber gefragt hatte. In diesem Augenblick erkannte Catti-brie, daß Bruenor den einhörnigen Helm für kostbarer hielt als die Krone, die ihm bestimmt war.

»Sie sind auf halbem Weg nach Calimhafen«, bemerkte Catti-brie, die großes Mitgefühl mit den Wünschen des Zwerges hatte. »Vielleicht schon weiter.«

»Ja, und wegen des bevorstehenden Winters verlassen nur wenige Schiffe Tiefwasser«, murmelte Bruenor bitter und wiederholte damit die Einwände, die Catti-brie an seinem ersten Morgen im Efeu-Herrenhaus vorgebracht hatte, als er den Wunsch geäußert hatte, seinen Freunden zu folgen.

»Vor uns liegen zahlreiche Vorbereitungen«, sagte Catti-brie, die hartnäckig an ihrem fröhlichen Ton festhielt. »Der Winter wird bestimmt schnell vorbei sein, und wir werden nach der Rückkehr von Drizzt, Wulfgar und Regis rechtzeitig zu den Hallen marschieren.«

Bruenors Miene wurde nicht weicher. Seine Augen waren auf den zerbeulten Helm geheftet, aber seine Gedanken wanderten über dieses Bild hinaus, zurück zu dem schicksalhaften Vorfall an Garumns Schlucht. Er hatte schließlich Frieden mit Regis geschlossen, bevor sie getrennt wurden...

Bruenors Erinnerungen waren mit einem Mal wie weggeblasen. Er warf Catti-brie einen schiefen Blick zu. »Du glaubst, daß sie rechtzeitig zur Schlacht hier sein können?«

Catti-brie zuckte mit den Schultern. »Wenn sie sich unverzüglich auf den Weg machen«, erwiderte sie. Sie fand die Frage seltsam, weil sie durchschaute, daß Bruenor mehr im Sinn hatte, als neben Drizzt und Wulfgar in der Schlacht um Mithril-Halle zu kämpfen. »Selbst im Winter können sie viele Meilen durch den Süden zurücklegen.«

Bruenor sprang aus dem Bett und nahm den einhörnigen Helm. Er setzte ihn auf den Kopf, während er zur Tür eilte.

»Mitten in der Nacht?« rief Catti-brie ihm nach. Sie sprang auf und folgte ihm in den Korridor.

Bruenor wurde nicht langsamer. Er marschierte direkt zu Harkle Harpells Tür und klopfte laut genug, um jeden in diesem Flügel des Hauses zu wecken. »Harkle!« brüllte er.

Catti-brie wußte, daß es jetzt nichts gab, was ihn hätte beruhigen können. Sie zog lediglich entschuldigend die Schultern hoch, sobald sich ein neugieriger Kopf im Korridor zeigte, der nachsehen wollte, was da vor sich ging.

Schließlich öffnete Harkle. Er war nur mit Nachthemd und Zipfelmütze bekleidet und trug eine Kerze in der Hand.

Bruenor schob sich mit Catti-brie auf den Fersen an ihm vorbei ins Zimmer. »Kannst du mir einen Streitwagen machen?« fragte der Zwerg.

»Einen was?« gähnte Harkle und versuchte vergeblich, den Schlaf zu vertreiben. »Einen Streitwagen?«

»Einen Streitwagen!« knurrte Bruenor. »Aus Feuer. So wie der, mit dem mich Alustriel hierhergebracht hat. Einen feurigen Streitwagen!«

»Na ja«, stotterte Harkle. »Ich habe niemals...«

»Kannst du es?« brüllte Bruenor, der jetzt keine Geduld für zusammenhangloses Gestammel hatte.

»Ja... uh, vielleicht«, verkündete Harkle so zuversichtlich, wie es ihm möglich war. »Eigentlich ist dieser Zauberspruch ja Alustriels Spezialität. Kein anderer hat jemals...« Er stockte, als er Bruenors enttäuschten Blick spürte, der sich in ihn bohrte. Der Zwerg stand mit gespreizten Beinen da, seine nackte Ferse grub sich in den Boden, die schwieligen Arme waren vor der Brust verschränkt, und seine zehn dicken Finger trommelten in ungeduldigem Rhythmus auf seine knorrigen Schultern.

»Ich werde morgen früh mit ihr reden«, versprach Harkle ihm. »Ich bin sicher...«

»Alustriel ist noch hier?« unterbrach ihn Bruenor.

»Nun ja«, antwortete Harkle. »Sie ist noch einige Tage...«

»Wo ist sie?« fragte Bruenor.

»Den Korridor hinunter.«

»Welches Zimmer?«

»Ich werde dich morgen früh...«, begann Harkle.

Bruenor packte den Zauberer am Nachthemd und zog ihn auf Augenhöhe zu sich nach unten. Bruenor erwies sich sogar mit seiner Nase als der Stärkere, denn dieser lange, spitze Körperteil drückte Harkles Nase flach gegen eine Wange. Bruenors Augen blinzelten nicht, und er sprach jedes Wort seiner Frage langsam und deutlich aus, genau so, wie er die Antwort haben wollte. »Welches Zimmer?«

»Die grüne Tür, neben dem Treppengeländer.« Harkle würgte.

Bruenor schenkte dem Zauberer ein gutmütiges Zwinkern und ließ ihn los. Dann marschierte er unverzüglich an Catti-brie vorbei, erwiderte ihr belustigtes Lächeln mit einem entschiedenen Kopfschütteln und stürzte sich in den Korridor.

»Oh, er darf Alustriel zu dieser späten Stunde nicht stören!« erhob Harkle Einspruch.

Catti-brie konnte sich ein Lachen nicht verkneifen. »Dann halte ihn auf!«

Harkle lauschte den schweren Schritten des Zwerges, die aus dem Korridor widerhallten. Dessen nackte Füße schlugen auf dem Holzboden wie springende Steine auf. »Nein«, lehnte Harkle ihren Vorschlag ab, und sein Lächeln wurde so breit wie das ihre. »Besser nicht.«

Obwohl sie so abrupt in der Nacht geweckt wurde, sah Alustriel schön aus wie immer. Bruenor sammelte sich beim Anblick der hohen Dame und erinnerte sich an ihren Stand und an sein Benehmen.

»Ich bitte um Entschuldigung«, stammelte er. Plötzlich war er ganz verlegen über sein Auftreten.

»Es ist spät, König Bruenor«, wies ihn Alustriel höflich zurecht. Ein belustigtes Lächeln zeigte sich auf ihrem Gesicht, als sie den Zwerg betrachtete, der nur mit seinem Nachthemd und einem zerbeulten Helm bekleidet war. »Was führt dich zu dieser späten Stunde an meine Tür?«

»Bei der ganzen Aufregung in den letzten Tagen wußte ich nicht einmal, daß du noch in Langsattel bist«, erklärte Bruenor.

»Vor meinem Aufbruch werde ich auf jeden Fall noch zu

dir kommen«, erwiderte Alustriel in immer noch höflichem Ton. »Es ist wirklich nicht nötig, deswegen deinen Schlaf – und meinen – zu stören.«

»Meine Gedanken sind nicht beim Abschiednehmen«, sagte Bruenor. »Ich brauche Hilfe.«

»Dringend?«

Bruenor nickte zur Bestätigung heftig mit dem Kopf. »Eine Hilfe, um die ich dich hätte bitten sollen, bevor wir hierhergekommen sind.«

Alustriel erkannte den Ernst seines Problems, führte ihn in ihr Zimmer und schloß die Tür hinter ihnen.

»Ich brauche einen deiner Streitwagen«, stieß Bruenor hervor. »Er muß mich in den Süden bringen.«

»Du hast vor, deinen Freunden zu folgen und ihnen bei der Suche nach dem Halbling zu helfen«, schloß Alustriel daraus.

»Ja, ich kenne meinen Platz.«

»Aber ich kann dich nicht begleiten«, sagte Alustriel. »Ich habe ein Reich zu regieren. Ich kann nicht einfach unangekündigt in andere Königreiche reisen.«

»Ich würde dich ja nicht bitten, mitzukommen«, erwiderte Bruenor.

»Aber wer soll die Pferde lenken? Du hast keine Erfahrungen in dieser Magie.«

Bruenor dachte nur eine Sekunde lang nach. »Harkle muß mich fahren!« platzte er heraus.

Alustriel konnte ein Grinsen nicht verbergen, als sie über die möglichen Katastrophen nachdachte. Wie die meisten seiner Familienmitglieder verletzte sich Harkle gewöhnlich selber, wenn er mit Zaubersprüchen hantierte. Sie wußte zwar, daß sie den Zwerg nicht umstimmen konnte, aber sie sah es als ihre Pflicht an, ihn auf alle Schwächen seines Plans aufmerksam zu machen.

»Calimhafen ist wirklich ein weiter Weg«, erklärte sie ihm. »Die Reise dorthin im Streitwagen wird zwar sehr schnell gehen, aber die Rückkehr kann dann viele Monate dauern. Willst du als wahrer König von Mithril-Halle nicht die versammelten Armeen in den Kampf um deinen Thron führen?«

»Das werde ich«, erwiderte Bruenor, »wenn es möglich ist. Aber mein Platz ist bei meinen Freunden. Das ist das mindeste, was ich ihnen schulde!«

»Du riskierst viel.«

»Nicht mehr, als sie für mich riskiert haben – mehr als einmal.«

Alustriel öffnete die Tür. »Na schön«, sagte sie, »Respekt vor deiner Entscheidung! Du wirst ein edler König sein, Bruenor Heldenhammer.«

Der Zwerg errötete, und das war bisher sehr selten in seinem Leben geschehen.

»Jetzt ruh dich aus«, sagte Alustriel. »Ich werde sehen, was ich in dieser Nacht noch herausfinden kann. Vor Anbruch der Dämmerung treffen wir uns am Südhang des Harpell-Hügels.«

Bruenor nickte eifrig und kehrte in sein Zimmer zurück. Zum ersten Mal seit seiner Ankunft schlief er friedlich.

☆ ☆ ☆

Unter dem heller werdenden Himmel der Vordämmerung trafen Bruenor und Harkle Alustriel an der verabredeten Stelle. Harkle hatte der Reise sofort zugestimmt. Schon immer wollte er einmal einen der berühmten Streitwagen von Alustriel ausprobieren. Doch neben dem Zwerg, der sich zur Schlacht gerüstet hatte, wirkte er fehl am Platz. Er trug die Robe eines Zauberers, die er in seine bis zu den Hüften reichenden Lederstiefel gestopft hatte, und einen merkwürdig geformten, silbernen Helm mit flauschigen weißen Federn und einem Visier, das ihm ständig über die Augen rutschte.

Alustriel hatte die restliche Nacht nicht mehr geschlafen. Sie war emsig beschäftigt gewesen, in die Kristallkugel zu schauen, die die Harpells ihr zur Verfügung gestellt hatten, und hatte auf fernen Ebenen nach Hinweisen über den Verbleib von Bruenors Freunden gesucht. In dieser kurzen Zeit hatte sie viel erfahren und sogar eine Verbindung zu dem toten Magier Morkai in der Geisterwelt herstellen können, um noch mehr Informationen zu erhalten.

Und was sie erfahren hatte, beunruhigte sie nicht wenig.

Jetzt stand sie ruhig da und wartete auf die Dämmerung. Als die ersten Sonnenstrahlen am östlichen Horizont zu sehen waren, fing sie sie mit ihren Händen ein und führte den Zauber aus. Minuten später erschien auf dem Hügel ein lodernder Streitwagen mit zwei feurigen Pferden, die wenige Zentimeter über dem Boden schwebten. Ihre züngelnden Flammen ließen winzige Dampfwolken von dem betauten Gras emporsteigen.

»Auf nach Calimhafen!« verkündete Harkle und eilte zu dem magischen Streitwagen.

»Nein«, widersprach Alustriel. Bruenor warf ihr einen verständnislosen Blick zu.

»Deine Freunde sind noch nicht in jenem Wüstenkönigreich«, erklärte sie. »Sie sind auf dem Meer, und dort sind sie heute einer ernsten Gefahr ausgesetzt. Ihr müßt erst südwestlich zum Meer fliegen und dann genau südlich. Die Küste müßt ihr immer in Sicht behalten.« Sie reichte Bruenor ein herzförmiges Medaillon. Der Zwerg öffnete es und fand darin ein Bild von Drizzt Do'Urden.

»Das Medaillon wird sich erwärmen, sobald ihr euch dem Schiff nähert, auf dem deine Freunde sind«, erklärte Alustriel. »Ich habe es vor vielen Wochen geschaffen, um im Bilde zu sein, wenn ihr euch nach eurer Rückkehr aus Mithril-Halle Silbrigmond nähert.« Sie wich Bruenors Blick aus, da sie sich die unzähligen Fragen vorstellen konnte, die dem Zwerg durch den Kopf gingen. Leise, fast verlegen, fügte sie hinzu: »Ich möchte es gern zurückhaben.«

Bruenor behielt seine anzüglichen Bemerkungen für sich. Er wußte von der enger werdenden Verbindung zwischen Alustriel und Drizzt, die tagtäglich offenkundiger wurde. »Du bekommst es zurück«, versprach er ihr. Er nahm das Medaillon an sich und ging auf Harkle zu.

»Zögert nicht«, ermahnte Alustriel sie. »Sie werden heute in arger Bedrängnis sein!«

»Wartet!« ertönte es vom Hügel. Alle drei drehten sich um und sahen Catti-brie, die dort reisefertig stand. Taulmaril, der magische Bogen von Anariel, den sie in den Ruinen von Mithril-Halle gefunden hatte, hing lässig über ihrer Schulter. Sie kam hinter den Streitwagen. »Du hast doch nicht etwa vorgehabt, mich einfach so zu verlassen?« fragte sie Bruenor.

Bruenor konnte ihr nicht in die Augen sehen. Er hatte wirklich beabsichtigt, zu verschwinden, ohne sich von seiner Tochter zu verabschieden. »Pah!« knurrte er. »Du hättest nur versucht, mich davon abzuhalten!«

»Das hätte ich bestimmt nicht getan!« fauchte Catti-brie ihn an. »Ich finde nämlich, daß du richtig handelst. Aber du würdest noch richtiger handeln, wenn du ein wenig rücken würdest, um mir Platz zu machen!«

Bruenor schüttelte heftig den Kopf.

»Ich habe genausoviel Anrecht wie du!« erhob Catti-brie Einspruch.

»Pah!« knurrte Bruenor wieder. »Drizzt und Knurrbauch sind meine besten Freunde!«

»Und meine!«

»Und Wulfgar ist für mich wie ein Sohn!« schoß Bruenor zurück; er war überzeugt, die Runde gewonnen zu haben.

»Und für mich ist er noch viel mehr«, hielt Catti-brie dagegen, »wenn er aus dem Süden zurückkommt!« Catti-brie mußte Bruenor nicht noch daran erinnern, daß sie es gewesen war, die ihn mit Drizzt damals bekanntgemacht hatte. Sie hatte alle Gegenargumente des Zwerges niedergeschlagen. »Beweg dich, Bruenor Heldenhammer, und mach mir Platz! Mein Interesse ist genauso groß wie deines, und daher gedenke ich mitzukommen!«

»Und wer kümmert sich um die Armeen?« fragte Bruenor.

»Die Harpells werden sie beherbergen. Sie werden eben erst zu den Hallen marschieren, wenn wir zurückgekommen sind, beziehungsweise erst im Frühling.«

»Aber wenn ihr beide geht und nicht zurückkommt«, warf Harkle ein und ließ den Gedanken einen Augenblick über ihnen schweben. »Ihr seid die einzigen, die den Weg kennen.«

Angesichts von Catti-bries niedergeschlagenem Gesicht wurde Bruenor klar, wie sehr sie sich wünschte, ihn zu begleiten. Und er wußte, daß sie im Recht war, denn ihr lag an dieser Reise durch den Süden genausoviel wie ihm. Er dachte einen Augenblick nach, dann stellte er sich plötzlich auf ihre Seite. »Die Dame kennt den Weg«, sagte er und zeigte auf Alustriel.

Alustriel nickte. »Das stimmt«, erwiderte sie. »Und mir würde es eine Freude sein, den Armeen den Weg zu den Hallen zu zeigen. Aber der Streitwagen trägt nur zwei Personen.«

Bruenors Seufzer war genauso laut wie der von Catti-brie. Er zuckte hilflos mit den Schultern und flüsterte seiner Tochter zu: »Du bleibst besser hier. Ich bringe sie dir zurück.«

Catti-brie gab sich nicht so einfach geschlagen. »Wenn der Kampf losgeht«, brachte sie hervor, »und das wird er mit aller Wahrscheinlichkeit, möchtest du dann lieber Harkle und seine Zaubersprüche an deiner Seite haben oder mich und meinen Bogen?«

Bruenor warf Harkle einen flüchtigen Blick zu und mußte dem Einwand der jungen Frau zustimmen. Der Zauberer stand vorne an den Zügeln des Streitwagens und suchte eine Möglichkeit zu finden, das Visier seines Helms oben zu behalten. Schließlich gab Harkle auf und neigte einfach den Kopf so weit nach hinten, daß er unter dem Visier etwas erkennen konnte.

»Du hast etwas fallen gelassen«, sagte Bruenor zu ihm. »Darum bleibt es nicht oben!«

Harkle drehte sich zu Bruenor herum, der auf den Boden hinter dem Streitwagen zeigte. Er schlurfte an Bruenors Seite und bückte sich, um zu erkennen, worauf der Zwerg zeigte.

Aber als sich Harkle bückte, brachte ihn das Gewicht seines silbernen Helms – der eigentlich einem viel größeren Vetter gehörte – ins Wanken, und er fiel ins Gras. Im selben Augenblick hob Bruenor Catt-brie neben sich in den Streitwagen.

»O verflucht!« jammerte Harkle. »Ich wäre so gerne mitgekommen!« Harkle sah Alustriel an.

»Morgen früh«, stimmte Alustriel zu, die sich über die ganze Szene amüsierte. Dann fragte sie Bruenor: »Kannst du denn den Streitwagen lenken?«

»Vermutlich so gut wie er«, verkündete der Zwerg und ergriff die feurigen Zügel. »Halt dich fest, Mädchen! Wir müssen die halbe Welt durchqueren!« Er zog an den Zügeln, und der Streitwagen erhob sich in den Morgenhimmel und zog einen feurigen Streifen durch den blaugrauen Nebel der Dämmerung.

Der Wind fegte an ihnen vorbei, als sie gen Westen jagten. Der Streitwagen schaukelte wild von einer Seite zur anderen und von oben nach unten. Bruenor rang hektisch damit, die Richtung zu halten, während Catti-brie verzweifelt bemüht war, sich festzuhalten. Die Seiten wackelten, der hintere Teil tauchte nieder und stieg wieder hoch, und einmal drehten sie sich sogar senkrecht im Kreis, aber glücklicherweise ging das alles so schnell, daß sie nicht einmal Zeit zum Herausfallen hatten!

Einige Minuten später wurde eine Gewitterwolke vor ihnen drohend sichtbar. Bruenor sah sie, und Catti-brie schrie eine Warnung, aber der Zwerg hatte die Feinheiten des Streitwagens noch nicht so weit durchschaut, daß er seinen Kurs ändern konnte. Sie flogen durch die Dunkelheit und ließen zischenden Dampf hinter sich zurück, als sie aus der Wolke wieder herausfegten.

Aber schließlich begriff Bruenor, dessen Gesicht vor Feuchtigkeit glänzte, wie er mit den Zügeln umzugehen hatte. Es gelang ihm, den Streitwagen auf ihren Kurs auszurichten und die aufgehende Sonne direkt hinter seine rechte Schulter zu bringen. Auch Catti-brie fand sich inzwischen zurecht, obwohl sie immer noch mit einer Hand das Geländer des Streitwagens und mit der anderen den schweren Umhang des Zwerges gepackt hielt.

☆ ☆ ☆

Der silberne Drache rollte sich träge auf den Rücken und bewegte sich im Morgenwind, indem er alle vier Beine an sich gepreßt und seine verschlafenen Augen halb geschlossen hielt. Der gute Drache liebte diesen morgendlichen Flug, bei dem er das geschäftige Treiben der Welt weit unter sich zurückließ und die makellosen Sonnenstrahlen über der Wolkendecke genoß.

Aber als der Drache den feurigen Streifen aus dem Osten auf sich zufliegen sah, riß er seine wunderschönen Augen auf. Da er glaubte, daß die Flammen die Vorboten eines bösen roten Drachen seien, sauste er in eine dichte Wolke hinein und bereitete dort einen Hinterhalt vor. Aber der Zorn verschwand aus seinen Augen, als er das seltsame Gefährt, einen feurigen Streitwagen, wiedererkannte. Von dem Fahrer war nur der Helm zu sehen, ein einhörniges merkwürdiges Gerät, das vorne aus dem Wagen ragte, und hinter ihm stand eine junge Menschenfrau, deren kastanienrote Locken im Wind flatterten.

Mit weit geöffnetem Maul beobachtete der silberne Drache, wie der Streitwagen vorbeifuhr. Nur wenig konnte die

Neugierde dieser uralten Kreatur wecken, aber diesmal zog sie ernsthaft in Erwägung, diesen unwahrscheinlichen Anblick zu verfolgen.

Eine kühle Brise kam auf und blies alle Gedanken von dem silbernen Drachen fort. »Leute«, brummte er und rollte sich mit einem ungläubigen Kopfschütteln wieder auf den Rükken.

☆ ☆ ☆

Catti-brie und Bruenor hatten den Drachen gar nicht bemerkt. Ihre Augen waren unverwandt nach vorn gerichtet, wo das offene Meer, von dichtem Morgennebel überzogen, bereits am westlichen Horizont in Sicht war. Eine halbe Stunde später sichteten sie die hohen Türme von Tiefwasser im Norden, ließen die Schwertküste hinter sich zurück und flogen über das offene Meer. Bruenor bekam ein immer besseres Gefühl für das Lenken und schwenkte den Streitwagen gen Süden und dann tief nach unten.

Zu tief.

Als sie in die graue Nebeldecke eintauchten, hörten sie Wellen unter sich aufschlagen und sahen aufzischenden Dampf, als die Gischt mit ihrem feurigen Gefährt in Berührung kam.

»Bring den Wagen hoch!« kreischte Catti-brie. »Du bist zu tief!«

»Wir müssen tief fliegen!« knurrte Bruenor, der mit den Zügeln kämpfte. Er versuchte, seine Unzulänglichkeit zu vertuschen, obwohl offensichtlich war, daß sie in der Tat zu dicht am Wasser flogen. Er mühte sich mit ganzer Kraft und schaffte es schließlich, den Streitwagen einige Meter höher zu lenken und auch in dieser Höhe zu halten. »Siehst du!« prahlte er. »Jetzt ist er gerade und tief.«

Er sah sich über die Schulter zu Catti-brie um. »Wir müssen tief fliegen«, erklärte er, als er ihren zweifelnden Gesichtsausdruck sah. »Wir müssen doch das verdammte Schiff sehen, sonst finden wir es nie!«

Catti-brie schüttelte nur den Kopf.

Aber dann sahen sie ein Schiff. Nicht *das* Schiff, aber immerhin ein Schiff, das nicht einmal dreißig Meter vor ihnen im Nebel sichtbar wurde.

Catti-brie schrie auf – Bruenor auch. Der Zwerg riß die Zügel zurück und lenkte den Streitwagen im steilstmöglichen Winkel nach oben. Unter ihnen flog das Schiffsdeck vorbei.

Über ihnen ragten die Masten empor.

Wenn die Geister aller Matrosen, die auf dem Meer gestorben waren, sich aus ihren Meergräbern erhoben hätten, um Rache an diesem bestimmten Schiff zu üben, hätte das Gesicht des Ausgucks keinen größeren Ausdruck des Entsetzens haben können. Möglicherweise sprang er von seinem Sitz – wahrscheinlicher war, daß er vor Angst hinunterstürzte –, auf jeden Fall verfehlte er das Deck und fiel in allerletzter Sekunde, bevor der Streitwagen seinen Beobachtungsposten streifte und die Spitze des Hauptmastes beschädigte, unversehrt ins Wasser.

Catti-brie und Bruenor beruhigten sich wieder und sahen zurück. Wie eine Kerze brannte die Mastspitze im grauen Nebel.

»Wir fliegen zu tief«, wiederholte Catti-brie.

Heißer Wind

Unter klarem blauem Himmel fuhr die *Seekobold* in der trägen Wärme der südlichen Welten schnell dahin. Ein starker Passatwind hielt ihre Segel gebläht, und nur sechs Tage nach ihrer Abfahrt von Baldurs Tor war bereits der westliche Zipfel der Halbinsel Tethyr in Sicht – eine Reise, die normalerweise wesentlich länger als eine Woche dauerte.

Aber der Ruf eines Zauberers war immer noch schneller.

Kapitän Deudermont führte die *Seekobold* in der Mitte von Asavirs Kanal. Einerseits wollte er einen sicheren Abstand zu den geschützten Buchten der Halbinsel wahren – Buchten, in denen häufig Piraten auf vorbeifahrende Handelsschiffe lauerten, und andererseits war er umsichtig darauf bedacht, genügend Wasserfläche zwischen dem Schiff und der berüchtigten Pirateninsel Nelanter im Westen zu lassen. Der Kapitän fühlte sich auf der stark befahrenen Seestraße genügend sicher. Die Flagge von Calimhafen flatterte oben an seinem Schiff, und die Segel vieler anderer Handelsschiffe waren überall am Horizont vor und hinter der *Seekobold* zu sehen.

Deudermont wandte einen gebräuchlichen Matrosentrick an, er arbeitete sich an ein Schiff heran und hielt die *Seekobold* in seinem Kielwasser. Weniger manövrierfähig und langsamer als die *Seekobold* und unter der Flagge von Murann, einer unbedeutenderen Stadt an der Schwertküste, bot dieses zweite Schiff möglichen Piratenangriffen ein viel leichteres Ziel.

Fast fünfundzwanzig Meter über dem Wasser hatte Wulfgar im Ausguck, wo er gerade seinen Dienst angetreten hatte, den besten Blick auf das Deck des Schiffes vor ihnen. Mit seiner Kraft und Flinkheit war aus dem Barbaren fast ein Seemann geworden, der sich eifrig mit der Mannschaft in den verschiedenen Arbeiten abwechselte. Seine Lieblingsaufgabe war der Ausguck, obwohl der Platz für einen Mann seiner Größe etwas eng war. Hier oben in der warmen Brise und der Einsamkeit war er mit sich in Frieden. Er lehnte sich gegen den Mast, schützte mit einer Hand seine Augen vor dem grellen Tageslicht und beobachtete das Treiben der Mannschaft auf dem vorderen Schiff.

Er hörte, daß der Ausguck des anderen Schiffes etwas nach unten rief, konnte die Worte aber nicht verstehen. Dann sah er die Mannschaft in Hektik ausbrechen und in alle Richtungen eilen. Die meisten steuerten auf den Bug zu, um den Horizont zu beobachten. Wulfgar sprang auf, beugte sich über den Ausguck vor und blickte angestrengt nach Süden.

☆ ☆ ☆

»Wie finden sie es denn, uns im Schlepptau zu haben?« fragte Drizzt. Er stand gerade neben Deudermont auf der Kommandobrücke. Während Wulfgar über die gemeinsame Arbeit eine kameradschaftliche Beziehung zu der Mannschaft aufgebaut hatte, hatte sich zwischen Drizzt und dem Kapitän Freundschaft entwickelt. Und Deudermont, der die Meinung des Elfen schätzen gelernt hatte, teilte Drizzt bereitwillig und gerne sein Wissen über das Leben auf dem Meer mit. »Fühlen sie sich denn nicht so, als seien sie Kanonenfutter?«

»Sie durchschauen unsere Absicht, warum wir ihnen folgen, und wenn ihr Kapitän ein erfahrener Seemann ist, würde er das gleiche tun, wenn er hinter uns liegen würde«, erwiderte Deudermont. »Aber wir bieten ihnen auch eine zusätzliche Sicherheit. Allein der Anblick eines Schiffes aus Calimhafen wirkt auf viele Piraten abschrekkend.«

»Haben sie etwa auch das Gefühl, daß wir ihnen helfen würden, falls es zu einem Angriff kommt?« fragte Drizzt schnell nach.

Deudermont merkte, daß Drizzt gerne herausfinden würde, ob die *Seekobold* dem anderen Schiff wirklich helfen würde. Er hatte erkannt, daß Drizzt sich von hohen sittlichen Grundsätzen leiten ließ, und da er ähnliche moralische Grundsätze hatte, schätzte er ihn hoch. Aber Deudermont war als Kapitän auch verantwortlich für sein Schiff, und daher war es ihm zu kompliziert, sich eine solche Situation vorzustellen. »Vielleicht«, antwortete er.

Zufrieden, daß Deudermont die Waagschalen der Pflicht und des Anstandes im Gleichgewicht hielt, hörte Drizzt mit der Fragerei auf.

»Segel im Süden!« schrie Wulfgar von oben, und sofort liefen viele Matrosen der *Seekobold* zur vorderen Reling.

Deudermonts Augen schweiften zum Horizont und dann zu Wulfgar. »Wieviel?«

»Zwei Schiffe!« rief Wulfgar zurück. »Sie fahren nördlich in gleicher Höhe und weit auseinander!«

»Backbord und Steuerbord?« fragte Deudermont.

Wulfgar betrachtete noch einmal prüfend den Kurs der beiden Schiffe, dann bestätigte er den Verdacht des Kapitäns. »Wir werden zwischen ihnen passieren müssen!«

»Piraten?« fragte Drizzt, obwohl er die Antwort eigentlich schon kannte.

»Scheint so«, antwortete der Kapitän. Auf dem Deck konnten die Männer jetzt die Segel in der Ferne erkennen.

»Ich sehe keine Flagge!« rief einer der Seeleute, der in der Nähe der Brücke stand, dem Kapitän zu.

Drizzt zeigte auf das Handelsschiff vor ihnen. »Sind sie das Ziel?«

Deudermont nickte grimmig. »Scheint so«, sagte er wieder.

»Dann laß uns näher an sie heranrücken«, schlug der Dunkelelf vor. »Zwei gegen zwei scheint ein gerechterer Kampf zu sein.«

Deudermont blickte in Drizzts blauviolette Augen und war über deren plötzlichen Glanz fast sprachlos. Hatte er überhaupt eine Chance, diesem rechtschaffenen Krieger ihre Rolle in diesem Schauspiel begreiflich zu machen? Die *Seekobold* fuhr unter Calimhafens Flagge und das andere Schiff mit der von Murann. Sie waren alles andere als Verbündete.

»Bei der Begegnung muß es nicht unbedingt zu einer Schlacht kommen«, erklärte er Drizzt. »Das Schiff aus Murann wäre klug beraten, wenn es sich friedlich ergibt.«

Drizzt begann zu verstehen, um was es ging. »Mit Calimhafens Flagge zu fahren bedeutet also nicht nur Verantwortung, sondern auch Vorteile?«

Deudermont zuckte hilflos mit den Achseln. »Denk an die Diebesgilden in den Städten, die du kennengelernt hast«, erklärte er. »Piraten sind ihnen sehr ähnlich – ein unvermeidliches Ärgernis. Wenn wir uns hier jetzt in den Kampf stürzen, werden die Piraten in Zukunft jegliche Zurückhaltung, die sie vielleicht jetzt noch haben, fallenlassen. Wir werden damit wahrscheinlich nur noch mehr Ärger als bisher hervorrufen.«

»Und wir würden jedes Schiff, das unter Calimhafens Flagge den Kanal befährt, brandmarken«, setzte Drizzt den Gedanken fort. Er hatte den Blick von dem Kapitän abgewandt und beobachtete das Schauspiel, das sich vor ihm entfaltete. Der Glanz in seinen Augen war erloschen.

Deudermont war tief berührt von dem Verständnis für seine Grundsätze, das Drizzt aufbrachte, obwohl es seinen eigenen Grundsätzen widersprach, nicht gegen Banditen einzuschreiten. Er legte eine Hand auf die Schulter des Elfen. »Wenn es zu einer Schlacht kommt«, sagte der Kapitän und lenkte Drizzts Blick wieder auf sich, »dann wird die *Seekobold* eingreifen.«

Drizzt wandte seinen Blick wieder dem Horizont zu und legte seine Hand auf die Deudermonts. Das Feuer kehrte in seine Augen zurück, als Deudermont seiner Mannschaft befahl, sich bereitzuhalten.

Der Kapitän erwartete wirklich keinen Kampf. Er hatte Dutzende solcher Auseinandersetzungen erlebt, und wenn die Piraten ihrem Opfer zahlenmäßig überlegen waren, dann verliefen die Plünderungen normalerweise ohne Blutvergießen. Aber aufgrund seiner jahrelangen Erfahrungen auf dem Meer erkannte Deudermont recht bald, daß es diesmal anders werden würde. Die Piratenschiffe hielten ihren Kurs bei und fuhren zu weit von dem Schiff aus Murann entfernt, als daß sie es entern wollten. Zuerst dachte Deudermont, daß die Piraten aus der Ferne angreifen und ihr Opfer lahmlegen wollten, denn ein Piratenschiff hatte auf dem Achterdeck ein

Katapult aufgestellt. Aber auch diese Taktik schien unsinnig.

Schließlich erkannte der Kapitän die Wahrheit. Die Piraten hatten kein Interesse an dem Schiff vor ihnen. Die *Seekobold* war ihr Ziel.

Im Ausguck sah auch Wulfgar, daß die Piraten direkt an dem Handelsfahrer vorbeifuhren. »Zu den Waffen!« schrie er der Mannschaft zu. »Sie haben es auf uns abgesehen!«

»Offensichtlich kommst du wirklich zu deinem Kampf«, rief Deudermont Drizzt zu. »Calimhafens Flagge bietet uns diesmal keinen Schutz.«

Für Drizzts tagblinde Augen waren die fernen Schiffe lediglich schwarze Punkte auf der spiegelglatten, glänzenden Wasseroberfläche, aber der Dunkelelf konnte sich vorstellen, was vor sich ging. Trotzdem konnte er nicht nachvollziehen, was die Piraten trieb, und er wurde das merkwürdige Gefühl nicht los, daß er und Wulfgar mit diesen Ereignissen etwas zu tun hatte. »Warum wir?« fragte er Deudermont.

Der Kapitän zog die Schultern hoch. »Vielleicht haben sie ein Gerücht gehört, daß ein Schiff aus Calimhafen kommt, das mit wertvollen Gütern beladen ist.«

Vor Drizzts geistigem Auge zog das Bild der Feuerkugeln vorbei, die am Nachthimmel über Baldurs Tor explodiert waren. Ein Signal? fragte er sich wieder. Er konnte noch keinen Zusammenhang entdecken, aber seine Grübeleien führten ihn wieder zu der Theorie, daß er und Wulfgar etwas mit der Wahl des Schiffs, das die Piraten aufs Korn genommen hatten, zu tun hatten.

»Kämpfen wir?« wollte er Deudermont gerade fragen, aber da sah er schon, daß der Kapitän bereits Vorkehrungen traf.

»Nach Steuerbord!« befahl Deudermont. »Nach Westen zu den Pirateninseln. Wollen doch mal sehen, ob diese Schufte etwas für die Riffe übrig haben!« Er befahl einem anderen Mann, in den Ausguck zu gehen, da er Wulfgars Kraft für wichtigere Aufgaben auf dem Deck einsetzen wollte.

Die *Seekobold* teilte die Wellen und neigte sich in einer scharfen Rechtsdrehung. Das Piratenschiff im Osten, das noch weit zurücklag, folgte ihrem Beispiel, um ihr direkt nachzusetzen, während das andere, schwerfälligere Schiff seinen Kurs hielt, so daß die *Seekobold* jede Sekunde näher in Schußweite seines Katapults geriet.

Deudermont zeigte auf die größte der Inseln im Westen. »Bring sie dicht dorthin«, befahl er dem Steuermann, »aber paß auf das Riff auf. Es ist Ebbe, du mußt es sehen können.«

Wulfgar ließ sich neben dem Kapitän auf das Deck fallen.

»Pack dieses Seil«, wies Deudermont ihn an. »Es gehört zum Großmast. Wenn ich dir sage, daß du ziehen sollst, dann zieh mit deiner ganzen Kraft! Eine zweite Chance werden wir nicht bekommen.«

Wulfgar ergriff entschlossen das schwere Seil und wickelte es sich um die Hände.

»Feuer am Himmel!« schrie einer der Matrosen und zeigte auf das massige Piratenschiff hinter ihnen. Eine Kugel mit brennendem Pech flog durch die Luft und klatschte harmlos zischend viele Meter von der *Seekobold* entfernt ins Wasser.

»Ein Suchschuß«, erklärte Deudermont, »sie prüfen, wie weit wir noch entfernt sind.«

Deudermont schätzte selbst die Entfernung ab und rechnete aus, wie groß der Abstand zu den Piraten wäre, bevor die *Seekobold* die Insel zwischen sie gebracht hätte.

»Wir können ihnen entkommen, wenn wir unbehelligt den Kanal zwischen dem Riff und der Insel erreichen«, erklärte er Drizzt und nickte, um zu unterstreichen, daß er die Aussicht vielversprechend fand.

Aber gerade als der Dunkelelf und der Kapitän begannen, sich mit dem Gedanken, daß ihnen die Flucht gelingen könnte, zu beruhigen, tauchten die Masten eines dritten Schiffs vor ihnen im Westen auf. Es kam genau aus dem Kanal heraus, den Deudermont befahren wollte. Dieses Schiff hatte die Segel eingerollt und sich zum Entern vorbereitet.

Deudermont war entgeistert. »Sie haben auf uns gewartet«, sagte er zu Drizzt. Er wandte sich hilflos an den Dunkelelfen. »Sie haben auf uns gewartet. Aber wir haben doch gar keine besonders wertvolle Ladung!« Der Kapitän versuchte, den Grund für diese ungewöhnliche Wende der Ereignisse zu verstehen. »Warum sollten Piraten bei einem Angriff drei Schiffe gegen ein einziges einsetzen?«

Drizzt kannte die Antwort.

☆ ☆ ☆

Inzwischen war für Bruenor und Catti-brie die Reise bequemer geworden. Der Zwerg hielt die Zügel des feurigen Streitwagens jetzt locker in der Hand. Der Morgennebel hatte sich gelichtet. Sie fuhren die Schwertküste hinunter und amüsierten sich über die Schiffe, an denen sie vorüberzogen, und die erstaunten Gesichter der Seeleute, die gerade zum Himmel aufsahen.

Schon bald überquerten sie die Mündung des Chionthar, der Zufahrt zu Baldurs Tor. Bruenor hielt einen Augenblick inne. Ihm war plötzlich etwas eingefallen. Und dann lenkte er den Streitwagen von der Küste weg.

»Die Herrscherin hat aber gesagt, wir sollen an der Küste bleiben«, mahnte ihn Catti-brie, als sie die Kursänderung erkannte.

Bruenor nahm Alustriels magisches Medaillon in die Hand, das er sich um den Hals gehängt hatte, und zuckte mit den Achseln. »Das hier sagt mir aber etwas anderes«, erwiderte er.

☆ ☆ ☆

Eine zweite Ladung mit brennendem Pech schlug dicht neben der *Seekobold* im Wasser auf. Diesmal schon gefährlich nahe.

»Wir können doch einfach vorbeifahren«, sagte Drizzt zu Deudermont, denn das dritte Schiff hatte immer noch nicht die Segel gesetzt.

Der erfahrene Kapitän erkannte den Fehler in dieser Überlegung sofort. Das Schiff, das hinter der Insel hervorkam, sollte in erster Linie die Zufahrt zu der Durchfahrt blockieren. Die *Seekobold* konnte wirklich an dem Schiff vorbeifahren, aber Deudermont mußte dann sein Schiff von dem gefährlichen Riff fernhalten und zurück auf die offene See bringen. Und bis dahin wären sie auf alle Fälle in Schußweite des Katapults.

Deudermont warf einen Blick über die Schulter. Das andere Piratenschiff, das noch weit entfernt im Osten war, fuhr mit vollen Segeln. Wenn die *Seekobold* von einer Pechkugel getroffen und an den Segeln Schäden davontragen würde, könnte es sie gewiß rasch einholen.

Und dann wurde die Aufmerksamkeit des Kapitäns gleich wieder auf ein zweites Problem gelenkt. Ein Blitz schoß über das Deck der *Seekobold*, durchtrennte einige Seile und riß Teile des Großmasts ab. Unter der Last der vollen Segel neigte er sich ächzend. Wulfgar fand Halt und zog mit seiner ganzen Kraft in die andere Richtung.

»Halte ihn fest!« feuerte Deudermont ihn an. »Halte uns aufrecht und stark!«

»Sie haben einen Zauberer an Bord«, stellte Drizzt fest, der gesehen hatte, daß der Blitz von dem vorderen Schiff gekommen war.

»Das habe ich befürchtet«, erwiderte Deudermont grimmig.

Das siedende Feuer in Drizzts Augen sagte dem Kapitän, daß der Elf jetzt genau wußte, was er als erstes in diesem Kampf tun mußte. Trotz ihres offensichtlichen Nachteils hatte der Kapitän beinahe Mitleid mit dem Zauberer.

Aber der Anblick von Drizzt beflügelte ihn zu einem ungeheuerlichen Plan, und ein verschlagenes Lächeln flog über sein Gesicht. »Bring uns direkt an sie heran«, befahl er dem Steuermann. »So dicht, daß wir auf sie spucken können!«

»Aber Kapitän!« protestierte der Seemann. »Da sind wir doch gefährlich dicht am Riff!«

»Genau das hoffen die Schufte doch«, gab Deudermont zurück. »Sollen sie ruhig denken, daß die Steine das Geschäft für sie erledigen!«

Drizzt fühlte sich bei dem entschlossenen Tonfall des Kapitäns wohl. Der listige alte Seemann hatte etwas im Sinn.

»Bereit?« rief Deudermont Wulfgar zu.

Der Barbar nickte.

»Wenn ich den Befehl gebe, dann zieh, Mann, als ob dein Leben davon abhängt«, erklärte Deudermont ihm.

Neben dem Kapitän murmelte Drizzt vor sich hin: »Das ist auch der Fall.«

☆ ☆ ☆

Von der Brücke seines Flaggschiffs, des schnellen Schiffs im Osten, beobachtete Pinochet, der Pirat, mit Sorge das Manöver der *Seekobold*. Er kannte Deudermonts Ruf gut genug, um zu wissen, daß der Kapitän nicht so unerfahren war, sein Schiff womöglich am hellichten Tag bei Ebbe auf ein Riff auflaufen zu lassen. Deudermont wollte offensichtlich kämpfen.

Pinochet sah zu dem massiven Schiff hinüber und schätzte den Abstand zwischen ihm und der *Seekobold* ein. Mit dem Katapult konnten noch zwei, vielleicht drei weitere Schüsse auf sie abgegeben werden, bevor sie im Schatten des dritten Piratenschiffes fuhr. Pinochets Schiff lag noch weit zurück, und der Piratenkapitän fragte sich, wieviel Schäden Deudermont seinen Verbündeten beibringen würde, bevor er ihnen helfen konnte.

Aber Pinochet verbannte den Gedanken, was ihn diese Mission wohl kosten würde, schnell wieder. Er tat dem Vorsteher der größten Diebesgilde von ganz Calimhafen einen persönlichen Gefallen. Wie hoch der Preis auch sein würde, Pascha Pooks Bezahlung würde ihn bestimmt aufwiegen!

☆ ☆ ☆

Catti-brie beobachtete gespannt jedes neue Schiff, das in Sicht kam, während Bruenor, der darauf vertraute, daß das magische Medaillon ihn sicher zu dem Dunkelelfen führen würde, ihnen keine Beachtung schenkte. Der Zwerg zerrte an den Zügeln und versuchte, die feurigen Pferde zu noch höherer Schnelligkeit anzutreiben. Irgendwie – vielleicht war das eine weitere Eigenschaft des Medaillons – hatte Bruenor das Gefühl, daß Drizzt sich in Schwierigkeiten befand und Eile vonnöten war.

Auf einmal schnellte ein dicker Finger des Zwergs nach vorn. »Dort! Da sind sie!« schrie er, als die *Seekobold* in Sicht kam.

Catti-brie stellte seine Worte nicht in Frage. Sie überblickte schnell, welche dramatische Situation sich unter ihr abspielte.

Eine weitere Pechladung flog durch die Luft und schlug in den hinteren Teil der *Seekobold* ein, erfaßte aber zu wenig von ihr, um ernsthaften Schaden anzurichten.

Catti-brie und Bruenor beobachteten, daß das Katapult für den nächsten Schuß zurückgeschoben wurde. Sie beobachteten die ungeschlachte Mannschaft des Schiffes auf der Durchfahrt, die mit Schwertern in der Hand die *Seekobold* erwartete. Und sie beobachteten das dritte Piratenschiff, das von hinten heranstürmte, um die Falle zu schließen.

Bruenor lenkte den Streitwagen nach Süden auf das massige Schiff zu. »Zuerst das Katapult!« schrie der Zwerg wutentbrannt.

☆ ☆ ☆

Wie die meisten Kerle auf den beiden Piratenschiffen beobachtete Pinochet das feurige Gefährt, das am nördlichen Himmel einen Streifen nach unten zog, während der Kapitän und die Mannschaft der *Seekobold* zu sehr nach einem Ausweg aus ihrer verzweifelten Situation suchten, um sich um andere Ereignisse zu kümmern. Doch Drizzt schenkte dem Streitwagen einen zweiten Blick, als ihm ein glänzender Widerschein auffiel, der von einem einzigen Horn eines Helms stammen konnte, der über den Flammen sichtbar war, und eine Gestalt dahinter mit wallendem Haar, die ihm mehr als nur flüchtig bekannt schien.

Aber vielleicht waren es nur eine Täuschung des Lichts und Drizzts unterschütterliche Hoffnungen. Der Streitwagen verschwand hinter einem glühenden Schleier, und Drizzt beließ es dabei, da er keine Zeit hatte, sich weitere Gedanken zu machen.

Die Mannschaft der *Seekobold* stand auf dem Vordeck und feuerte mit Armbrüsten auf das Piratenschiff. Ihr Ziel war vor allem, den Zauberer von weiteren Angriffen abzulenken.

Ein zweiter Blitz schlug ein, aber die *Seekobold* schaukelte heftig in den Brechern, die sich vom Riff herüberwälzten, und der Blitz des Zauberers hinterließ nur ein kleines Loch im Großsegel.

Deudermont sah voller Hoffnung auf Wulfgar, der angespannt auf seinen Befehl wartete.

Und dann fuhren sie in einem Abstand von kaum fünfzehn Metern neben dem Piratenschiff her und folgten offensichtlich einem tödlichen Kurs auf das Riff zu.

»Zieh!« schrie Deudermont auf einmal, und Wulfgar zog. Jeder Muskel in seinem großen Körper lief von dem Zustrom von Blut und Adrenalin rot an.

Der Großmast ächzte aus Protest, Balken knirschten und knarrten, und die geblähten Segel schlugen zurück, als sich Wulfgar das Seil um die Schultern schlang und sich nach vorn warf. Die *Seekobold* drehte sich um die eigene Achse, ihr Bug hob sich über eine Welle und schoß auf das Piratenschiff zu. Deudermonts Männer, die Wulfgars Kraft bereits am Chionthar kennengelernt hatten, suchten Halt an der Reling und sahen ihm voller Hochachtung zu.

Und die verblüfften Piraten, die nicht für möglich gehalten hatten, daß ein Schiff unter vollen Segeln eine so scharfe Wende vollziehen konnte, reagierten überhaupt nicht. Mit sprachlosem Erstaunen sahen sie zu, wie der Bug der *Seekobold* ihre Backbordseite rammte und die beiden Schiffe sich in tödlicher Umarmung ineinander verkeilten.

»Zeigt es ihnen!« schrie Deudermont. Enterhaken flogen durch die Luft und sicherten den Halt der *Seekobold* zusätzlich, und Planken wurden hinübergeworfen und festgemacht.

Wulfgar rappelte sich auf und holte sich Aegisfang von seinem Rücken. Drizzt zog seine Krummsäbel, hielt sich jedoch noch zurück und suchte das Deck des feindlichen Schiffes ab. Er fand schnell einen Mann, der zwar nicht wie ein Zauberer gekleidet war, aber offenbar keine Waffen trug.

Der Mann vollführte seltsame Bewegungen, als wäre er mit einem Zauber beschäftigt, und verräterischer magischer Sprühregen bestäubte die Luft um ihn herum.

Doch Drizzt war schneller als er. Mit Hilfe seiner angeborenen Fähigkeiten zauberte er um die Gestalt des Mannes herum harmlose purpurrote Flammen. Der Körper des Zauberers war nicht mehr zu sehen, als Drizzts Unsichtbarkeitszauber wirkte.

Aber der purpurrote Umriß blieb bestehen.

»Der Zauberer, Wulfgar!« rief Drizzt.

Der Barbar rannte zur Reling, ließ seine Blicke über das Piratenschiff schweifen und erspähte schnell den magischen Umriß.

Der Zauberer erkannte seine Notlage und suchte hinter einigen Fässern Deckung.

Wulfgar zögerte nicht. Er ließ Aegisfang auf sein Ziel los. Der mächtige Kriegshammer schlug durch die Fässer, ließ Holz hochfliegen und Wasser aufspritzen und fand sein Ziel auch hinter ihnen.

Der Hammer warf den gebrochenen Körper des Zauberers – der immer noch nur als ein Umriß von Drizzts Feenfeuer zu erkennen war – durch die Luft und schleuderte ihn über die Reling des Piratenschiffes.

Befriedigt nickten sich Drizzt und Wulfgar grimmig zu.

Deudermont legte sich ungläubig eine Hand über die Augen.

Vielleicht hatten sie wirklich eine Chance.

☆ ☆ ☆

Die Piraten auf den beiden Schiffen, die noch weiter entfernt waren, hielten in ihren Bewegungen inne und machten sich Gedanken über den fliegenden Streitwagen. Als Bruenor um das Heck des Schiffes mit dem Katapult schwenkte, spannte Catti-brie Taulmarils Bogensehne.

»Denk an deine Freunde«, ermahnte Bruenor die Zaudernde. Nur einige Wochen zuvor hatte Catti-brie einen Menschen in Notwehr töten müssen, und diese Tat hatte sie noch nicht verkraftet. Da sie von oben an das Schiff heranrückten, konnte sie ihre todbringenden Pfeile wie Regen auf die ungeschützten Kerle niedergehen lassen.

Sie holte tief Luft, um sich zu beruhigen, und zielte auf einen Seemann, der mit offenem Mund hochschaute und sich nicht einmal bewußt war, daß er bald sterben würde.

Es gab aber auch noch eine andere Möglichkeit.

Aus den Augenwinkeln erspähte Catti-brie ein besseres Ziel. Sie schwenkte ihren Bogen zum Achterdeck des Schiffes und schoß einen silbernen Pfeil ab. Er landete im Hebelarm des Katapults. Das Holz splitterte, und die magische Energie des Pfeils brannte ein schwarzes Loch hinein, als er den Arm durchbohrte.

»Und jetzt werdet ihr meine Flammen kennenlernen!« schrie Bruenor und lenkte den Streitwagen nach unten. Der wilde Zwerg führte seine feurigen Pferde direkt durch das Großsegel und ließ von dem nur noch zerrissene Fetzen zurück.

Auch Catti-bries Ziel war hervorragend: Immer wieder schwirrten die silbernen Pfeile in das Katapult hinein. Als der Streitwagen ein zweites Mal vorbeischoß, versuchten die Schützen, eine brennende Pechkugel auf ihn abzufeuern, aber der Holzarm am Katapult war schon zu sehr beschädigt und hatte nicht mehr genügend Kraft. Die Pechkugel flog nur einige müde Meter weit.

Und landete auf dem Deck des eigenen Schiffes!

»Noch einmal!« knurrte Bruenor, der über die Schulter auf das Feuer schaute, das jetzt am Mast und auf Deck prasselte.

Aber Catti-bries Augen waren nach vorne gerichtet, dorthin, wo die *Seekobold* gerade in ein anderes Schiff gekracht war und das zweite Piratenschiff sich bald dem Kampf anschließen würde. »Keine Zeit!« rief sie. »Sie brauchen uns weiter vorne!«

Stahl klirrte, als die Männer von der *Seekobold* mit den Piraten aneinandergerieten. Ein Pirat, der gesehen hatte, wie Wulfgar den Kriegshammer geworfen hatte, sprang auf die *Seekobold* und den unbewaffneten Barbaren zu, da er glaubte, eine leichte Beute vorzufinden. Mit erhobenem Schwert stürzte er auf ihn los.

Wulfgar wich dem Schlag mühelos aus, packte den Piraten am Handgelenk und griff ihm mit der anderen Hand in den Schritt. Er änderte leicht die Richtung seines Angreifers, ohne dessen Schwung zu unterbrechen, hob ihn in die Luft und schleuderte ihn über die Reling der *Seekobold*. Zwei andere Piraten, die den gleichen Plan mit dem unbewaffneten Barbaren wie ihr bedauernswerter Kumpan gehabt hatten, blieben abrupt stehen und suchten sich besser bewaffnete, aber dafür weniger gefährliche Gegner aus.

Dann kehrte Aegisfang in Wulfgars wartende Hand zurück, und jetzt war es an ihm, anzugreifen.

Drei von Deudermonts Männern wurden auf der mittleren Planke niedergeschlagen, als sie versuchten, auf das andere Schiff zu gelangen, und jetzt liefen die Piraten auf den Steg zu, um das Deck der *Seekobold* zu überschwemmen.

Aber Drizzt Do'Urden hielt sie auf. Mit den Krummsäbeln in der Hand – Blaues Licht brannte voller Wut – sprang der Elf flink auf die breite Planke.

Die Piraten, die nur einen einzigen Feind erblickten, der ihnen den Weg versperrte, gingen davon aus, daß sie ein leichtes Spiel haben würden und ihn ohne weiteres überrollen könnten.

Doch sie verloren beträchtlich an Schwung, als die erste Dreierreihe in einem Geschwirr von Klingen zu schwanken begann und nach durchgeschnittenen Kehlen und Bäuchen griff.

Deudermont und der Steuermann, die zur Unterstützung von Drizzt heranstürzten, wurden langsamer und beobachteten den Kampf. Blaues Licht und der andere Säbel hoben und senkten sich blitzschnell und mit tödlicher Genauigkeit. Der nächste Pirat ging zu Boden, und einem anderen wurde das Schwert aus der Hand geschlagen, und er stürzte sich kopfüber ins Wasser, um dem schrecklichen Elfenkrieger zu entkommen.

Die übrigen Piraten blieben wie angewurzelt stehen, ihre Münder waren in einem stummen Schrei des Entsetzens sperrangelweit geöffnet.

Auch Deudermont und der Steuermann wichen überrascht und verwirrt zurück, denn die magische Maske hatte Drizzt, der sich ganz und gar auf die Schlacht konzentriert hatte, einen Streich gespielt. Sie war ihm vom Gesicht gerutscht, und seine dunkle Herkunft war allen um ihn herum preisgegeben.

☆ ☆ ☆

»Selbst wenn du die Segel in Brand steckst, wird das Schiff es schaffen«, bemerkte Catti-brie, die die kurze Entfernung zwischen dem letzten Piratenschiff und den ineinander verkeilten Schiffen an der Zufahrt zu der Meerenge zwischen den Inseln abschätzte.

»Die Segel?« Bruenor lachte. »Mit Sicherheit habe ich mehr als das vor!«

Catti-brie wich von dem Zwerg zurück, um erst einmal seine Worte zu verarbeiten. »Du bist verrückt!« Sie starrte

Bruenor entgeistert an, als dieser den Streitwagen auf das Deck brachte.

»Pah! Ich halte diese Hunde auf! Halt dich fest, Mädchen!«

»Bei allen Tanar-Ri, das werde ich!« schrie Catti-brie zurück. Sie gab Bruenor einen Klaps auf den Kopf und faßte einen schnellen Entschluß: Sie sprang aus dem Streitwagen hinaus ins Wasser.

»Kluges Mädchen!« Bruenor kicherte und beobachtete sie, wie sie unversehrt wieder auftauchte. Dann richtete er den Blick wieder auf die Piraten. Die Mannschaft am Schiffsheck hatte ihn kommen sehen und stürzte in alle Richtungen davon, um auszuweichen.

Gerade als Bruenor aufs Deck stürzte, sah sich Pinochet, der am Bug des Schiffs Ausschau hielt, nach dem Grund für die plötzliche Unruhe um.

»Moradin!«

☆ ☆ ☆

Trotz des Schlachtenlärms war der Kriegsschrei des Zwerges auf dem Deck der *Seekobold* und des dritten Piratenschiffes zu hören. Die sich bekämpfenden Piraten und Matrosen auf den Schiffen warfen bei der Explosion auf Pinochets Flaggschiff einen Blick hinüber, und Pinochets Mannschaft beantwortete Bruenors Ruf mit einem Aufschrei des Entsetzens.

Wulfgar stockte, als er den Namen des Zwergengotts hörte, denn er erinnerte ihn an einen guten Freund, der solche Namen immer im Angesicht seiner Feinde gerufen hatte.

Nur Drizzt lächelte.

Sobald der Streitwagen auf das Deck gestürzt war, wälzte sich Bruenor hinten heraus. Alustriels Zauber zerbrach, und der Streitwagen verwandelte sich in eine rollende Kugel, die Verderben brachte.

Flammen fegten über das Deck, züngelten an den Masten empor und erfaßten die Segel.

Bruenor kam wieder auf die Beine. In der einen Hand hielt er seine Mithrilaxt kampfbereit, und an der anderen war der glänzende goldene Schild festgeschnallt. Aber in diesem Augenblick war niemand daran interessiert, ihn anzugreifen. Wo die Piraten der anfänglichen Verwüstung hatten entrinnen können, waren sie auf der Flucht.

Bruenor fauchte sie an und zuckte mit den Schultern. Dann spazierte der verrückte Zwerg zur Verwunderung der wenigen, die ihn überhaupt noch beobachten konnten, direkt in die Flammen hinein und nach vorne, um zu sehen, ob dort einer von den Piraten sich ihm entgegenstellen wollte.

Pinochet begriff sofort, daß sein Schiff verloren war. Nicht zum ersten Mal und wahrscheinlich auch nicht zum letzten Mal tröstete er sich darüber hinweg, während er gelassen einem seiner vertrauten Offiziere ein Zeichen gab, er solle ihm helfen, ein kleines Ruderboot loszumachen. Zwei andere Kerle hatten bereits die gleiche Idee gehabt und waren damit beschäftigt, das kleine Boot zu Wasser zu lassen, als Pinochet hinzutrat.

In dieser Katastrophe kämpfte jeder Mann nur noch um sein Überleben, und Pinochet erstach einen von hinten und jagte den anderen weg.

Von den Flammen unversehrt, tauchte Bruenor wieder auf und mußte feststellen, daß auch das Vorderdeck des Schiffes fast verlassen war. Aber dann lächelte er glücklich, als er das kleine Boot mit dem Piratenkapitän erspähte, das gerade im Wasser aufkam. Ein anderer Pirat stand über die Reling gebeugt da und band das letzte Seil los.

Als der Pirat dann ein Bein über die Reling schwang, half Bruenor nach. Er versetzte ihm einen Tritt ins Hinterteil und beförderte ihn weit von der Reling und dem kleinen Ruderboot entfernt ins Wasser.

»Kehr um, ja?« knurrte Bruenor den Piratenkapitän an, nachdem er schwerfällig in das Ruderboot gesprungen war. »Ich muß noch ein Mädchen aus dem Wasser fischen!«

Pinochet zog vorsichtig sein Schwert aus der Scheide und spähte über die Schulter.

»Willst du?« fragte Bruenor wieder.

Pinochet wirbelte herum und schlug wild nach dem Zwerg.

»Du hättest doch einfach nur nein zu sagen brauchen«, spottete Bruenor, während er den Schlag mit seinem Schild abwehrte und im Gegenangriff auf die Knie des Mannes zielte.

☆ ☆ ☆

Von allen Katastrophen, die den Piraten an diesem Tag widerfuhren, erschreckte sie keine so sehr wie Wulfgars Angriff. Eine Planke brauchte er nicht. Der riesige Barbar war mit einem Sprung auf dem feindlichen Schiff. Er stürmte in die Reihen der Piraten und zerstreute sie mit kraftvollen Hieben seines Kriegshammers.

Abwartend beobachtete Drizzt das Schauspiel. Dem Dunkelelfen war nicht aufgefallen, daß seine Maske verrutscht war, und er hätte sowieso keine Zeit gehabt, etwas daran zu ändern. Um seinem Freund beizustehen, hieb er auf die restlichen fünf Piraten auf der Planke ein. Sie räumten freiwillig das Feld, da ihnen das Wasser lieber war als die tödlichen Klingen eines Dunkelelfen.

Dann waren die beiden Helden, die Freunde, wieder vereint, und gemeinsam mähten sie auf dem Deck des Piratenschiffes jeden nieder, der ihnen in den Weg geriet. Deudermont und seine Mannschaft waren erfahrene Krieger und hatten auf der *Seekobold* die Piraten schnell überwältigt. Da ihnen der Sieg jetzt sicher war, warteten sie an der Reling des Piratenschiffes und führten eine immer größere Zahl von Gefangenen, die sich bereitwillig ergeben hatten, in den Laderaum der *Seekobold*, während Drizzt und Wulfgar ihre Aufgabe erledigten.

☆ ☆ ☆

»Du wirst sterben, du bärtiger Schuft!« brüllte Pinochet und schlug mit dem Schwert um sich.

Bruenor versuchte erst einmal, auf dem schaukelnden Boot sein Gleichgewicht zu behalten, und überließ daher dem Mann den Angriff. Seine eigenen Hiebe hielt er für einen günstigen Augenblick zurück.

Der trat unerwartet ein, als der Pirat, den Bruenor vom Deck des brennenden Schiffes befördert hatte, auf das Ruderboot zuschwamm. Bruenor sah ihn aus den Augenwinkeln.

Der Mann umklammerte den Rand des kleinen Bootes und zog sich hoch – nur um von Bruenors Mithrilaxt einen Schlag auf den Kopf zu empfangen.

Der Pirat fiel zurück, und neben dem Ruderboot färbte sich das Wasser dunkelrot.

»Ein Freund von dir?« fragte Bruenor neckend.

Pinochet ging jetzt noch wütender auf ihn los, genau wie Bruenor es erhofft hatte. Dem Mann mißglückte ein heftiger Hieb, und er verlor das Gleichgewicht und taumelte neben Bruenor. Der Zwerg half Pinochet weiter, indem er sein Gewicht verlagerte, um die Schlagseite des Bootes zu verstärken. Dann knallte er dem Piratenkapitän seinen Schild in den Rücken.

»Wenn dir dein Leben lieb ist«, rief Bruenor, als Pinochet einige Meter entfernt wieder zwischen den Wellen auftauchte, »dann laß dein Schwert fallen!« Der Zwerg erkannte die Wichtigkeit des Mannes, und er zog es vor allem vor, das Ruder einem anderen zu überlassen.

Da Pinochet nichts anderes übrigblieb, gehorchte er und schwamm zum Boot zurück. Bruenor hievte ihn über den den Rand und ließ ihn zwischen die Ruder fallen. »Kehr um!« brüllte der Zwerg. »Und ruder kräftig!«

☆ ☆ ☆

»Die Maske ist verrutscht«, flüsterte Wulfgar Drizzt zu, nachdem sie ihre Aufgabe beendet hatten. Der Dunkelelf trat hinter einen Mast und rückte die magische Verkleidung zurecht.

»Meinst du, sie haben es gesehen?« fragte Drizzt, als er wieder an Wulfgars Seite stand. Aber bereits während er sprach, bemerkte er die Matrosen von der *Seekobold*, die auf dem Deck des Piratenschiffs standen und ihn, mit ihren Waffen in der Hand, argwöhnisch musterten.

»Sie haben es gesehen«, antwortete Wulfgar. »Komm!«

forderte er Drizzt auf und ging auf die Planke zu. »Sie werden es akzeptieren!«

Drizzt war sich da nicht so sicher. Er erinnerte sich an einige Erlebnisse, als er Menschen das Leben gerettet hatte und erfahren mußte, daß sie sich gegen ihn gewandt hatten, sobald sie unter der Kapuze seines Umhangs die wahre Farbe seiner Haut gesehen hatten.

Aber das war der Preis für seine Entscheidung, sein Volk zu verlassen und in der oberirdischen Welt zu leben.

Drizzt faßte Wulfgar an der Schulter, ging an ihm vorbei und schritt entschlossen zurück zur *Seekobold*. Dann sah er zu seinem jungen Freund zurück, zwinkerte ihm zu und schob die Maske wieder beiseite. Er steckte seine Krummsäbel ein und drehte sich wieder um, um sich der Mannschaft zu stellen.

»Laß sie Drizzt Do'Urden kennenlernen«, knurrte Wulfgar leise hinter ihm und gab Drizzt damit die Kraft, die er brauchen würde.

Kameraden

Bruenor sah Catti-brie im Wasser hinter Pinochets Schiff herumpaddeln. Aber Pinochet schenkte der jungen Frau keine Beachtung. Weit entfernt von ihm hatte die Mannschaft seines letzten Schiffes, des massigen Artillerieschiffes, das Feuer unter Kontrolle gebracht. Aber daraufhin hatten sie kehrtgemacht, und jetzt segelten sie bereits mit hoher Geschwindigkeit von dannen.

»Ich dachte schon, du hättest mich vergessen«, klagte Catti-brie, als das Ruderboot herankam.

»Du hättest eben bei mir bleiben sollen«, entgegnete der Zwerg lachend.

»Ich habe das Feuer nicht so unter Gewalt wie du«, gab Catti-brie mit leichtem Mißtrauen zurück.

Bruenor zuckte mit den Schultern. »Das ist seit den Hallen so«, erwiderte er. »Vielleicht liegt es an der Rüstung von meines Vaters Vater.«

Catti-brie griff nach dem Rand des Bootes und begann hineinzuklettern, als sie bei dem Anblick des Krummsäbels, der auf Bruenors Rücken festgebunden war, plötzlich innehielt. »Du hast ja die Klinge des Dunkelelfen!« rief sie. Sie erinnerte sich an eine Geschichte, die Drizzt ihr über einen Kampf mit einem Tanar-Ri erzählt hatte. Die Magie seiner Waffe hatte Drizzt an jenem Tag vor dem Flammentod bewahrt. »Das war sicherlich deine Rettung!«

»Gute Klinge«, murmelte Bruenor, während er über seine Schulter auf den Knauf sah. »Der Elf hätte ihr einen Namen geben sollen!«

»Das Boot wird das Gewicht von drei Leuten nicht tragen«, unterbrach ihn Pinochet.

Bruenor funkelte ihn wütend an: »Dann schwimm doch!«

Mit wutverzerrtem Gesicht begann Pinochet, sich drohend aufzurichten.

Bruenor erkannte, daß er bei dem stolzen Piraten mit seinem Spott zu weit gegangen war. Bevor sich der Mann noch ganz erhoben hatte, rammte der Zwerg seinen Kopf in dessen Brust und stieß ihn über den hinteren Rand des Ruderboots. Ohne innezuhalten, packte der Zwerg Catti-bries Handgelenk und zog sie in das Boot hinein.

»Richte deinen Bogen auf ihn, Mädchen«, sagte er. Laut genug, daß Pinochet ihn hören konnte, der gerade wieder aus dem Wasser auftauchte. Er warf dem Piraten das Ende eines Seils zu. »Wenn er sich nicht benimmt, töte ihn!«

Catti-brie legte einen silbernen Pfeil auf Taulmarils Sehne an und zielte auf Pinochet. Sie gab nur vor, ihn zu bedrohen, denn sie hatte keineswegs vor, einen hilflosen Mann zu töten. »Mein Bogen wird Herzenssucher genannt«, warnte sie ihn. »Es ist bestimmt klüger, wenn du schwimmst.«

Der stolze Pirat band sich das Seil um und schwamm.

☆ ☆ ☆

»Kein Dunkelelf wird dieses Schiff je betreten!« knurrte einer von Deudermonts Männern Drizzt an.

Der Mann erhielt für seine Worte einen Schlag auf den Hinterkopf und trat eingeschüchtert zur Seite, als Deudermont auf die Planke zuging. Der Kapitän beobachtete, mit welchem Gesichtsausdruck seine Männer den Dunkelelfen musterten, der wochenlang ihr Gefährte gewesen war.

»Was wirst du mit ihm tun?« wagte ein Seemann zu fragen.

»Von unseren Männern sind noch einige im Wasser«, erwiderte der Kapitän und wich der anzüglichen Frage aus. »Holt sie herauf und trocknet sie und legt die Piraten in Ketten!« Er wartete einen Augenblick, daß sich seine Männer verteilten, aber sie blieben angesichts der Erkenntnis, daß Drizzt ein Dunkelelf war, wie angewurzelt stehen.

»Und bringt die Schiffe auseinander!« brüllte Deudermont.

Er wandte sich an Drizzt und Wulfgar: »Wir ziehen uns am besten in meine Kabine zurück«, schlug er ruhig vor. »Wir sollten uns unterhalten.«

Drizzt und Wulfgar antworteten nicht. Sie folgten schweigend dem Kapitän und registrierten dabei aufmerksam die neugierigen, ängstlichen und entrüsteten Blicke, die nicht von ihnen abließen.

Deudermont hielt mitten auf dem Deck an und gesellte sich zu einigen Leuten seiner Mannschaft, die in den Süden an Pinochets brennendem Schiff vorbei auf ein kleines Boot starrten, das mit kräftigen Ruderschlägen auf sie zukam.

»Der Fahrer des brennenden Streitwagens, der über den Himmel gezogen ist«, erklärte einer der Matrosen.

»Er hat das eine Schiff in Brand gesetzt«, fügte ein anderer hinzu und zeigte auf das Wrack von Pinochets Flaggschiff, das inzwischen schwere Schlagseite hatte und bald sinken würde, »und das da hinten in die Flucht geschlagen!«

»Dann ist er wirklich ein Freund von uns!« erwiderte der Kapitän.

»Und von uns«, ergänzte Drizzt und zog wieder alle Blicke auf sich. Auch Wulfgar sah seinen Gefährten neugierig an. Er hatte den Ruf an Moradin gehört, aber nicht zu hoffen gewagt, daß es wirklich Bruenor Heldenhammer sein könnte, der ihnen zu Hilfe geeilt war.

»Ein rotbärtiger Zwerg, wenn meine Vermutung richtig ist«, fuhr Drizzt fort. »Und bei ihm ist eine junge Frau.«

Wulfgar sperrte verblüfft den Mund auf. »Bruenor«, konnte er gerade noch flüstern. »Catti-brie?«

Drizzt zuckte mit den Schultern. »Jedenfalls vermute ich das.«

»Wir werden es früh genug erfahren«, versicherte Deudermont ihnen. Er wies seine Männer an, die Passagiere des Ruderbootes sofort in seine Kabine zu führen, wenn sie erst an Bord waren. Dann ging er Drizzt und Wulfgar voran, denn er wußte, daß der Dunkelelf auf dem Deck eine zu große Ablenkung für seine Mannschaft war. Und gerade jetzt gab es mit dem Piratenschiff, das sie gerade gerammt hatten, wichtige Arbeiten zu erledigen.

»Was hast du mit uns vor?« fragte Wulfgar, nachdem Deudermont die Kabinentür geschlossen hatte. »Wir haben für euch gekämpft...«

Deudermont unterbrach den Wortschwall mit einem beruhigenden Lächeln. »Das habt ihr ganz bestimmt«, stimmte er ihm zu. »Ich wünsche mir aufrichtig, auf jeder Fahrt in den Süden so kräftige Matrosen zu haben. Die Piraten würden bestimmt die Flucht ergreifen, sobald sie die *Seekobold* am Horizont sehen.«

Wulfgar entspannte sich.

»Mit meiner Täuschung habe ich nicht beabsichtigt, Schaden anzurichten«, erklärte Drizzt niedergeschlagen. »Denn nur mein Erscheinungsbild war eine Lüge. Ich brauchte dringend eine Überfahrt in den Süden, um einen Freund zu retten – soviel ist wahr.«

Deudermont nickte, aber bevor er antworten konnte, klopfte es an der Tür, und ein Matrose sah herein. »Entschuldigung«, begann er.

»Was ist los?« fragte Deudermont.

»Wir folgen jedem deiner Schritte, Kapitän, das weißt du«,

stotterte der Matrose. »Aber wir haben gedacht, daß du wissen solltest, wie wir über den Elfen denken.«

Deudermont musterte den Matrosen und dann Drizzt. Er war immer stolz auf seine Mannschaft gewesen, und die meisten Männer waren schon seit vielen Jahren zusammen. Trotzdem fragte er sich jetzt ernsthaft, wie sie mit dieser Situation fertig werden würden.

»Rede weiter«, drängte er, denn er vertraute seinen Männern immer noch.

»Na ja, wir wissen jetzt, daß er ein Dunkelelf ist«, begann der Matrose, »und wir wissen, was das bedeutet.« Er hielt inne und überlegte seine nächsten Worte sehr sorgfältig. Drizzt hielt gespannt die Luft an. Er war diesen Weg schon oft gegangen.

»Aber diese beiden haben uns aus einer üblen Klemme geholfen«, platzte der Matrose plötzlich heraus. »Ohne sie hätten wir es nie geschafft!«

»Ihr wollt also, daß sie an Bord bleiben?« fragte Deudermont, und ein Lächeln zeigte sich auf seinem Gesicht. Seine Mannschaft war wieder auf dem richtigen Weg.

»Jawohl!« erwiderte der Matrose herzlich. »Bis auf den letzten Mann! Und wir sind stolz, die beiden hier bei uns zu haben!«

Ein anderer Matrose, derjenige, der Drizzt nur wenige Minuten zuvor angegriffen hatte, steckte seinen Kopf zur Kajütentür herein. »Ich hatte Angst, das ist alles«, entschuldigte er sich bei Drizzt.

Überwältigt wie er war, bekam Drizzt immer noch keine Luft. Er nickte zum Zeichen, daß er die Entschuldigung angenommen hatte.

»Wir sehen euch dann auf Deck«, sagte der zweite Matrose und verschwand aus der Tür.

»Wir dachten nur, daß du das wissen solltest«, erklärte der erste Matrose Deudermont, und dann war auch er verschwunden.

»Sie sind eine feine Mannschaft«, sagte Deudermont zu Drizzt und Wulfgar, nachdem die Tür geschlossen war.

»Und wie denkst du darüber?« wollte Wulfgar nun doch noch wissen.

»Ich beurteile einen Menschen – und einen Elfen – nach seinem Charakter und nicht nach seinem Aussehen«, gab Deudermont zur Antwort. »Und was dieses Thema anbelangt: Du solltest die Maske nicht mehr tragen, Drizzt Do'Urden. Ohne sie siehst du viel besser aus!«

»Leider sind nur wenige dieser Meinung«, erwiderte Drizzt.

»Aber alle auf der *Seekobold!*« rief der Kapitän. »Nun, die Schlacht ist gewonnen, aber es ist viel zu tun. Ich kann mir vorstellen, daß deine Kraft am Bug sehr geschätzt wird, mächtiger Barbar. Wir müssen die Schiffe auseinanderbringen und wieder Fahrt gewinnen, bevor das dritte Piratenschiff mit neuen Freunden zurückkehrt! Und du«, sagte er zu Drizzt mit einem hintergründigen Lächeln. »Ich glaube, daß keiner eine Schiffsladung Piraten besser bei der Stange halten kann als du.«

Drizzt zog sich die Maske vom Gesicht und verstaute sie endgültig. »Die Farbe meiner Haut bringt schon gewisse Vorteile mit sich«, stimmte er zu, während er seine weißen Locken schüttelte. Er wollte gerade mit Wulfgar die Kajüte verlassen, als die Tür aufgerissen wurde.

»Hübsche Klinge, Elf!« lobte Bruenor Heldenhammer, der in einer Wasserpfütze in der Türöffnung stand. Er warf Drizzt den magischen Krummsäbel zu. »Finde einen Namen für sie, ja? Eine Klinge wie diese braucht einen Namen. Gut für einen Koch, der ein Schwein brät!«

»Oder für einen Zwerg auf Drachenjagd«, meinte Drizzt. Er hielt ehrfürchtig den Krummsäbel hoch, und ihm fiel wieder ein, wie er ihn das erste Mal im Hort des toten Drachen gesehen hatte. Dann steckte er die Waffe in die Scheide, wo er bisher seine normale Klinge aufbewahrt hatte, denn er fand, daß sie ein geeigneter Gefährte für Blaues Licht war.

Bruenor trat zu seinem Elfenfreund und drückte ihm fest die Hand. »Als ich deine Augen sah, die von der Felswand in der Schlucht auf mich herabschauten«, begann der Zwerg leise und unterdrückte ein Würgen, das seine Stimme zu ersticken drohte, »da wußte ich ganz genau, daß alle meine Freunde in Sicherheit sein würden.«

»Aber das sind sie nicht«, widersprach Drizzt. »Regis ist in großer Gefahr.«

Bruenor blinzelte ein wenig. »Wir kriegen ihn schon zurück, Elf! Kein stinkender Meuchelmörder kann Knurrbauch ein Ende bereiten!« Er drückte den Arm des Dunkelelfen ein letztes Mal und drehte sich dann Wulfgar zu, dem Burschen, der unter seiner Obhut herangewachsen war.

Wulfgar wollte sprechen, aber er fand für seine Worte keinen Weg neben dem Kloß in seinem Hals. Im Gegensatz zu Drizzt hatte der Barbar bisher nicht die geringste Ahnung gehabt, daß Bruenor am Leben sein könnte, und der Anblick seines teuren Mentors, der aus dem Grab gestiegen war und jetzt vor ihm stand, war mehr, als er verkraften konnte. Der

Zwerg war für ihn wie ein Vater gewesen. Er nahm Bruenor an den Schultern, gerade als der Zwerg das Wort ergreifen wollte, hob ihn hoch und umarmte ihn fest und innig.

Bruenor mußte einige Sekunden lang strampeln, um sich so weit zu befreien, daß er wieder Luft bekam. »Wenn du den Drachen auch so gedrückt hättest«, keuchte der Zwerg, »hätte ich mit ihm nicht in die Schlucht stürzen müssen!«

Catti-brie trat durch die Tür. Sie war völlig durchnäßt, und das kastanienbraune Haar klebte ihr am Hals und an den Schultern. Ihr folgte ein triefender und tief gebeugter Pinochet.

Ihre Augen fanden zuerst Drizzts Blick und hefteten sich auf ihn in einem schweigsamen Augenblick tiefen Einverständnisses, das tiefer ging als einfache Freundschaft. »Schön, dich wiederzusehen«, flüsterte sie. »Es tut gut, Drizzt Do'Urden wieder anzusehen. Mein Herz war die ganze Zeit bei dir.«

Drizzt warf ihr ein flüchtiges Lächeln zu und wandte seine blauvioletten Augen wieder ab. »Irgendwie habe ich gewußt, daß du dich unserer Suche anschließen würdest, bevor sie zu Ende geht«, sagte er. »In diesem Sinne sei herzlich willkommen.«

Catti-bries Blick wanderte von dem Dunkelelfen zu Wulfgar. Zweimal war sie von diesem Mann getrennt worden, und jedesmal, wenn sie sich wieder begegneten, wurde ihr stärker bewußt, wie sehr sie ihn liebte.

Auch Wulfgar sah sie an. Wassertropfen funkelten auf ihrem Gesicht, aber die verblaßten neben dem Glanz ihres Lächelns. Der Barbar setzte Bruenor wieder auf dem Boden ab, ohne den Blick von Catti-brie abzuwenden.

Nur die Schüchternheit ihrer jungen Liebe und die Anwesenheit von Drizzt und Bruenor hielten sie in diesem Augenblick davor zurück, sich in die Arme zu fallen.

»Kapitän Deudermont«, sagte Drizzt, »darf ich dir Bruenor Heldenhammer und Catti-brie vorstellen, zwei teure Freunde und hervorragende Verbündete.«

»Und wir haben sogar ein Geschenk mitgebracht«, kicherte Bruenor. »Wir haben nämlich kein Geld für die Überfahrt.« Bruenor ging hinüber, packte Pinochet am Ärmel und zog ihn nach vorne. »Ich schätze, er ist der Kapitän von dem Schiff, das ich verbrannt habe.«

»Ich grüße euch beide«, erwiderte Deudermont. »Und ich versichere dir, daß ihr euch die Überfahrt doppelt und dreifach verdient habt.« Der Kapitän vermutete, daß der Mann eine wichtige Persönlichkeit war, und baute sich vor Pinochet auf.

»Weißt du, wer ich bin?« fragte der Pirat verstimmt. Er hoffte, daß er es endlich mit einer vernünftigeren Person als diesem mürrischen Zwerg zu tun hatte.

»Du bist ein Pirat«, antwortete Deudermont gelassen.

Pinochet beugte sich vor, um den Kapitän zu mustern. Ein verschlagenes Lächeln zeigte sich auf seinem Gesicht. »Hast du vielleicht schon mal von Pinochet gehört?«

Deudermont hatte gedacht und befürchtet, daß es sich um diesen Mann handeln könnte, als Pinochet die Kabine betreten hatte. Der Kapitän der *Seekobold* hatte tatsächlich schon von Pinochet gehört – jeder Händler an der Schwertküste hatte von Pinochet gehört.

»Ich verlange, daß du mich und meine Männer sofort freiläßt!« herrschte der Pirat ihn an.

»Zu gegebener Zeit«, erwiderte Deudermont. Drizzt, Bruenor, Wulfgar und Catti-brie, die die Rolle der Piraten nicht kannten, sahen Deudermont ungläubig an.

»Ich warne dich. Die Folgen deiner Entscheidung werden schwerwiegend sein!« fuhr Pinochet fort, der auf einmal die Oberhand in der Auseinandersetzung bekam. »Ich bin kein versöhnlicher Mann, und meine Verbündeten sind es auch nicht.«

Drizzt, bei dessen Volk es üblich war, daß man die Grundsätze der Gerechtigkeit beugen konnte, wenn man eine hohe Stellung in der Gesellschaft innehatte, verstand die Notlage des Kapitäns sofort. »Laß ihn laufen«, sagte er. Die zwei magischen Krummsäbel lagen in seinen Händen, und Blaues Licht leuchtete gefährlich auf. »Laß ihn laufen, und gib ihm eine Klinge. Ich bin auch nicht versöhnlich.«

Angesichts des verängstigten Blicks, den der Pirat dem Dunkelelfen zuwarf, war Bruenor schnell bei der Sache. »Ich habe seinen Kopf nur auf den Schultern gelassen, weil ich dir ein lebendes Geschenk machen wollte. Aber wenn du ihn nicht möchtest...« Bruenor zog seine Axt aus dem Gürtel und schwenkte sie lässig hin und her.

Wulfgar schmiß seine Rolle ebenfalls nicht. »Mit bloßen Händen an den Mast!« brüllte der Barbar und spannte seine Muskeln an, bis sie zu platzen drohten. »Der Pirat und ich! Laßt den Sieger seinen Ruhm genießen! Und laßt den Verlierer in den Tod stürzen!«

Pinochet sah die drei verrückten Krieger an. Dann wandte er sich mit einem fast hilfesuchenden Blick an Deudermont.

»Ach, euch entgeht doch der ganze Spaß!« fiel Catti-brie grinsend ein, da sie nicht ausgelassen werden wollte. »Wo bleibt das Vergnügen, wenn ihr den Piraten gleich auseinanderreißt? Gebt ihm das kleine Boot und laßt ihn fahren.« Ihr fröhliches Gesicht wurde plötzlich grimmig. »Gebt ihm ein Boot«, wiederholte sie, »und laßt ihn meinen silbernen Pfeilen ausweichen!«

»Na schön, Kapitän Pinochet«, begann Deudermont, der kaum ein Kichern unterdrücken konnte. »Ich will ja nicht den Zorn der Piraten hervorrufen. Du bist ein freier Mann und kannst gehen, wohin du willst.«

Pinochet wirbelte herum und stellte sich vor Deudermont.

»Allerdings«, fuhr der Kapitän der *Seekobold* fort, »kannst du auch mit deiner Mannschaft in meinem Laderaum bleiben und stehst unter meinem persönlichen Schutz, bis wir den Hafen erreicht haben.«

»Hast du denn keine Kontrolle über deine Mannschaft?« fauchte der Pirat.

»Sie gehören nicht zu meiner Mannschaft«, erwiderte Deudermont. »Und wenn diese vier sich entschließen, dich zu töten, dann – so glaube ich sicher sagen zu können – kann ich wenig unternehmen, um sie davon abzuhalten.«

»Es ist bei meinem Volk nicht üblich, daß wir unsere Feinde am Leben lassen«, warf Drizzt in einem derart gefühllosen Ton ein, daß es selbst seine engen Freunde kalt überlief. »Aber ich brauche dich, Kapitän Deudermont, und dein Schiff.« Er steckte seine Klingen mit einer blitzschnellen Bewegung ein. »Im Austausch für die Abwicklung unserer Abmachung werde ich den Piraten leben lassen.«

»Der Laderaum, Kapitän Pinochet?« fragte Deudermont und rief zwei seiner Männer herein, die den Piratenanführer begleiten sollten.

Pinochet richtete seine Augen wieder auf Drizzt. »Falls du je wieder in dieser Gegend segeln solltest...«, begann der widerspenstige Pirat drohend.

Bruenor versetzte ihm von hinten einen Tritt. »Halt deine Zunge im Zaum, du Hund«, tobte der Zwerg, »sonst werde ich sie dir abschneiden!«

Schweigend verließ Pinochet mit Deudermonts Männern die Kabine.

☆ ☆ ☆

Einige Zeit später, als die Mannschaft der *Seekobold* noch mit den Reparaturen beschäftigt war, zogen sich die wiedervereinten Freunde in Drizzts und Wulfgars Kabine zurück. Bruenor erzählte ihnen von seinen Abenteuern in Mithril-Halle. Sterne funkelten am Nachthimmel, und der Zwerg war immer noch nicht fertig. Er erzählte von den Reichtümern, die er gesehen hatte, von den uralten heiligen Plätzen seiner Heimat, die er wiedergefunden hatte, von den vielen Geplänkeln mit Duergarwachen und schließlich von seiner wagemutigen Flucht durch die große Untergrundstadt.

Catti-brie saß Bruenor direkt gegenüber und beobachtete den Zwerg durch die schwankende Flamme einer Kerze, die auf dem Tisch brannte. Sie kannte bereits alles, aber Bruenor konnte Geschichten sehr gut zum besten geben, und wieder wurde sie verzaubert und lauschte begierig. Wulfgar saß hinter ihr auf einem Stuhl und hatte seine langen Arme bequem um ihre Schultern gelegt.

Drizzt stand am Fenster und betrachtete den dunklen Himmel. Es war wie in den alten Zeiten, es war, als ob sie irgendwie ein Stück von Eiswindtal mitgebracht hätten. Wie viele

Nächte hatten die Freunde schon zusammen verbracht und sich Geschichten aus ihrer Vergangenheit erzählt oder einfach nur dagesessen und gemeinsam die Stille des Abends genossen. Natürlich, damals war noch jemand dabeigewesen, und der hatte stets eine ausgefallene Geschichte erzählt, die alle anderen übertraf.

Drizzt sah zu seinen Freunden hinüber und dann wieder zum Abendhimmel und dachte, nein, hoffte, daß der Tag käme, an dem alle fünf Freunde wieder vereint sein würden.

Ein Klopfen an der Tür ließ die drei am Tisch auffahren, so vertieft waren sie – sogar Bruenor – in die Geschichte gewesen. Drizzt öffnete die Tür, und Kapitän Deudermont trat herein.

»Ich grüße euch«, begann er höflich. »Es gibt Neuigkeiten, sonst würde ich nicht stören.«

»Ich wollte gerade zum guten Teil übergehen«, murrte Bruenor, »aber nach einer Pause wird der noch interessanter sein!«

»Ich habe noch einmal mit Pinochet gesprochen«, fuhr Deudermont fort. »Er ist in dieser Gegend ein sehr berühmter Mann, und es paßt einfach nicht, daß er uns mit drei Schiffen aufhalten wollte. Er war hinter etwas her.«

»Hinter uns«, überlegte Drizzt.

»Er hat das nicht offen geäußert«, erwiderte Deudermont, »aber ich glaube auch, daß das der Fall ist. Versteht bitte, daß ich ihn nicht so weit bedrängen kann.«

»Pah! Ich werde diesen Hund zum Bellen bringen!« schnaubte Bruenor.

»Das ist nicht notwendig«, sagte Drizzt. »Die Piraten haben bestimmt nach uns gesucht.«

»Aber woher hatten sie die Informationen?« fragte Deudermont.

»Durch Feuerkugeln über Baldurs Tor«, warf Wulfgar ein.

Deudermont nickte, denn auch ihm fiel das Feuerwerk wieder ein. »Anscheinend habt ihr die Aufmerksamkeit einiger mächtiger Feinde erregt.«

»Der Mann, den wir suchen, wußte, daß wir in Baldurs Tor eintreffen würden«, sagte Drizzt. »Er hatte dort sogar eine Nachricht für uns hinterlassen. Es war für Artemis Entreri bestimmt nicht schwer, Vorkehrungen zu treffen, daß er mit einem Signal informiert wird, wie und wann wir weiterreisen.«

»Oder Vorkehrungen für einen Hinterhalt zu treffen«, meinte Wulfgar grimmig.

»Sieht ganz danach aus«, stimmte ihm Deudermont zu.

Drizzt schwieg, aber er hatte einen anderen Verdacht. Warum sollte Entreri sie den ganzen Weg bis hierher ungeschoren lassen, nur um sie dann von Piraten töten zu lassen. Eine andere Person hatte die Bühne betreten, davon ging Drizzt aus, und er konnte nur vermuten, daß diese Person Pascha Pook war.

»Aber wir müssen noch über andere Dinge sprechen«, wechselte Deudermont das Thema. »Die *Seekobold* ist zwar seetüchtig, aber ziemlich beschädigt – genauso das Piratenschiff, das wir erobert haben.«

»Hast du vor, mit beiden Schiffen weiterzusegeln?« fragte Wulfgar.

»Ja«, antwortete der Kapitän. »Wir werden Pinochet und seine Männer im nächsten Hafen freilassen. Dort werden sie ihr Schiff wieder übernehmen.«

»Piraten verdienen Schlimmeres«, knurrte Bruenor.

»Und wird sich unsere Reise wegen der Reparaturen verzögern?« fragte Drizzt, der eher um ihre Mission besorgt war.

»Ja«, erwiderte Deudermont. »Ich hoffe, daß wir es bis zu den Vereinigten Emiraten von Calimshan schaffen, nach Memnon unmittelbar hinter der Grenze von Tethyr. Unsere Flagge wird uns in dem Wüstenkönigreich nützlich sein. Dort können wir anlegen und die Reparaturen vornehmen.«

»Wie lange wird das dauern?«

Deudermont zuckte mit den Achseln. »Eine Woche, vielleicht länger. Wir wissen es erst, wenn wir den Schaden genau übersehen können. Und dann dauert es eine weitere Woche, bis wir das Kap nach Calimhafen umfahren haben.«

Die vier Freunde tauschten entmutigte und besorgte Blicke. Konnte der Halbling diese Verzögerung aushalten?

»Aber es gibt noch eine Möglichkeit«, erklärte Deudermont. »Die Reise von Memnon nach Calimhafen um die Stadt Teshburl herum und durch das Leuchtende Meer dauert mit dem Schiff viel länger, als wenn man den direkten Landweg nimmt. Fast täglich brechen Karawanen nach Calimhafen auf. Die Reise durch die Calimwüste ist zwar anstrengend, aber sie dauert nur wenige Tage.«

»Wir haben wenig Gold für die Reise«, wandte Catti-brie ein.

Deudermont winkte ab. »Sie kostet nicht viel«, sagte er. »Und jede Karawane, die durch die Wüste zieht, wird sich freuen, Wächter wie euch dabei zu haben. Außerdem habt ihr euch bei mir bereits eine gute Belohnung verdient. Mit der könnt ihr durchkommen.« Er schüttelte seinen Beutel mit Gold, der an seinem Gürtel hing. »Oder ihr bleibt auf der *Seekobold*, solange ihr es wünscht.«

»Wie weit ist es nach Memnon?« fragte Drizzt.

»Das hängt davon ab, wieviel Wind unsere Segel aushalten können«, antwortete Deudermont. »Fünf Tage, vielleicht eine Woche.«

»Erzähl uns von der Calimwüste«, schlug Wulfgar vor. »Was ist eigentlich eine Wüste?«

»Ein ödes Land«, erwiderte Deudermont grimmig, der die Herausforderung nicht herunterspielen wollte, der sie gegenüberstehen würden, falls sie sich für diesen Weg entschieden. »Eine leere Einöde mit stechendem Flugsand und heißen Winden. Dort herrschen Monster über die Menschen, und schon viele unglückliche Reisende sind die letzten Stunden bis zu ihrem Tod gekrochen, nur um von den Geiern sauber abgenagt zu werden.«

Die vier Freunde taten die grausige Beschreibung des Kapitäns mit einem Achselzucken ab. Außer dem Temperaturunterschied hörte es sich an wie Geschichten aus ihrer Heimat.

Die Zeche wird bezahlt

Die Docks flogen in beiden Richtungen rasch vorbei, das blaßblaue Wasser des Leuchtenden Meeres war mit den Segeln unzähliger Schiffe gesprenkelt, und es dauerte Stunden, bis man die Stadt in ihrer ganzen Länge durchschritten hatte, gleichgültig, durch welches Tor man sie betrat.

Calimhafen, die größte Stadt in den Welten, war eine Ansammlung von Hütten und gewaltigen Tempeln und hohen Türmen, die über niedrige Holzhäuser emporragten. Sie war der Nabel der westlichen Küste, ein riesiger Marktplatz, der um einiges größer war als Tiefwasser und sich unregelmäßig noch weiter ausdehnte.

Entreri führte Regis von den Docks weg in die Stadt hinein. Der Halbling leistete keinen Widerstand, so ergriffen war er von den Erinnerungen und Gefühlen, die der Anblick und die einzigartigen Gerüche und Geräusche der Stadt in ihm wachriefen. Selbst seine Angst vor dem Wiedersehen mit Pascha Pook wurde von dem Durcheinander von Erinnerungen verdrängt, die durch die Rückkehr in seine alte Heimat hervorgerufen worden waren.

Hier hatte er seine ganze Kindheit als verwahrloste Waise verbracht, hatte sich das Essen auf den Straßen zusammengestohlen und in den kalten Nächten neben den Feuerstellen, die andere Herumtreiber in den Gassen angezündet hatten, zusammengerollt geschlafen. Aber Regis war gegenüber den anderen Vagabunden in Calimhafen im Vorteil gewesen. Schon als junger Bursche hatte er über einen unleugbaren Charme und eine Glückssträhne verfügt, durch die er offenbar immer wieder auf die Füße fiel. Der schmuddelige Haufen, zu dem er gehört hatte, hatte an jenem Tag einfach nur wissend den Kopf geschüttelt, als ihr Halblingkamerad von einem der vielen Freudenhäuser in der Stadt aufgenommen worden war.

Die ›Damen‹ erwiesen Regis viele Freundlichkeiten und übertrugen ihm kleinere Reinigungs- und Kocharbeiten im Austausch gegen einen Lebensstil, um den ihn seine alten Freunde nur beneiden konnten. Als sie seine besonderen Fähigkeiten erkannten, machten die Mädchen Regis sogar mit einem Mann bekannt, der sein Mentor wurde und ihn zu einem der besten Diebe, die die Stadt gekannt hatte, erziehen sollte: Pascha Pook.

Der Name erinnerte Regis wieder an die grausame Wirklichkeit, der er jetzt gegenüberstand. Es war wie ein Schlag ins Gesicht. Er war Pooks bevorzugter Taschendieb gewesen, der ganze Stolz und die ganze Freude des Gildenvorstehers, aber dadurch würde sich für ihn alles nur noch verschlimmern. Pook würde ihm seinen Verrat niemals verzeihen.

Und bei einer anderen, noch viel lebhafteren Erinnerung verlor Regis fast den Boden unter den Füßen, als er mit Entreri in die Gaunergasse bog. Am anderen Ende der Sackgasse war ein einfaches Holzgebäude mit einer einzigen, schmucklosen Tür zu sehen. Aber Regis kannte die Herrlichkeiten, die hinter dieser unscheinbaren Fassade verborgen waren.

Und auch das Entsetzliche.

Entreri packte ihn am Kragen und zog ihn weiter, ohne langsamer zu werden.

»Jetzt, Drizzt, jetzt«, flüsterte Regis und betete, daß seine Freunde in der Nähe seien und zu einem verzweifelten Befreiungsversuch in letzter Minute losstürmen würden. Aber Regis wußte, daß seine Gebete diesmal nicht erhört wurden. Er hatte sich schließlich zu tief in den Schlamm bewegt, um wieder herauszukommen.

Zwei als Herumtreiber getarnte Wächter bauten sich vor den beiden auf, als sie die Tür erreichten. Entreri sagte nichts, sondern warf ihnen lediglich einen tödlichen Blick zu.

Offensichtlich erkannten die Wachen den Meuchelmörder

wieder. Einer von ihnen stolperte aus dem Weg und fiel dabei beinahe über seine eigenen Füße, während der andere zur Tür eilte und laut klopfte. Ein Guckloch tat sich auf, und die Wache flüsterte dem Portier hinter der Tür etwas zu. In Bruchteilen einer Sekunde wurde die Tür weit aufgestoßen.

Der Blick in die Räume der Diebesgilde war für den Halbling zuviel. Er wurde von einem schwarzen Wirbel ergriffen und sackte im eisernen Griff des Meuchelmörders zusammen. Entreri zeigte weder Rührung noch Überraschung, sondern hob Regis auf seine Schultern und trug ihn wie einen Sack in das Gildenhaus hinein und zu einer Treppe hinter der Tür.

Zwei weitere Wachen kamen auf ihn zu, um ihn zu begleiten, aber Entreri schob sich einfach an ihnen vorbei. Es war zwei, drei lange Jahre her, daß Pook ihn auf die Suche nach Regis geschickt hatte, aber der Meuchelmörder kannte den Weg. Er ging durch mehrere Räume, kam auf eine andere Ebene hinunter und stieg dann eine lange Wendeltreppe hoch. Bald war er wieder im Erdgeschoß und ging zu den oberen Räumen des Hauses hinauf.

Als Regis das Bewußtsein wiedererlangte, nahm er um sich herum nur nebelhafte Eindrücke wahr. Verzweifelt sah er sich um, als die Bilder deutlicher wurden, und er erkannte, wo er sich befand. Entreri hielt ihn an den Knöcheln fest, sein Kopf baumelte auf dem Rücken des Meuchelmörders, und seine Hand war nur wenige Zentimeter von dem juwelenbesetzten Dolch entfernt. Aber auch wenn er die Waffe schnell genug erreichen konnte, wußte er, bestand keine Aussicht auf Flucht – nicht bei Entreri, der ihn festhielt, nicht bei den beiden bewaffneten Wachen, die ihnen folgten, und nicht bei den vielen neugierigen Blicken, die an jeder Tür auf sie gerichtet waren.

Das Geflüster hatte seinen Weg schneller durch die Gilde gefunden als Entreri.

Regis wand sich um Entreris Seite herum und schaffte es, einen Blick nach vorn zu erhaschen. Sie erreichten einen Treppenabsatz, auf dem weitere vier Wachen, ohne Fragen zu stellen, zur Seite wichen und den Weg zu einem kurzen Korridor freigaben, der an einer verzierten, eisenbeschlagenen Tür endete.

Pascha Pooks Tür.

Wieder wurde Regis in einen schwarzen Strudel gezogen.

☆ ☆ ☆

Als Entreri das Zimmer betrat, stellte er fest, daß man ihn bereits erwartet hatte. Pook saß gemütlich auf seinem Thron, LaValle stand an seiner Seite, und sein Lieblingsleopard lag zu seinen Füßen. Keiner von ihnen zuckte bei dem plötzlichen Auftreten der beiden seit langem verschwundenen Mitarbeiter zusammen.

Der Meuchelmörder und der Gildenvorsteher sahen sich lange Zeit schweigend an. Entreri musterte den Mann sorgfältig. Mit einem so förmlichen Wiedersehen hatte er nicht gerechnet. Etwas stimmte nicht.

Entreri zog Regis von der Schulter herunter und hielt ihn auf Armeslänge nach vorn – immer noch mit dem Kopf nach unten –, als würde er eine Trophäe vorzeigen. Überzeugt davon, daß der Halbling in diesem Augenblick von dem allgemeinen Geschehen nichts mitbekam, ließ Entreri ihn los, und Regis fiel dumpf auf den Boden.

Auf einmal mußte Pook kichern. »Es waren drei lange Jahre«, sagte der Gildenvorsteher schließlich und löste damit die Spannung.

Entreri nickte. »Ich habe dir von Anfang an gesagt, daß es soviel Zeit in Anspruch nehmen wird. Der kleine Dieb ist in die entlegensten Ecken der Welten geflohen.«

»Aber trotzdem ist er dir nicht entkommen, nicht wahr?« fragte Pook etwas ironisch. »Du hast deine Aufgabe hervorragend ausgeführt, wie immer, Meister Entreri. Ich werde dich reich belohnen, so wie ich versprochen habe.« Pook lehnte sich auf seinem Thron zurück und nahm wieder seine kühle Haltung ein. Mit einem Finger fuhr er sich über die Lippen und beäugte Entreri argwöhnisch.

Entreri hatte keine Ahnung, warum Pook ihn nach so vielen schweren Jahren und nach dem erfolgreichen Abschluß seiner Mission so kühl behandelte. Regis hatte sich der Macht des Gildenvorstehers länger als fünf Jahre entzogen, bis dieser schließlich Entreri auf die Suche geschickt hatte. Angesichts dieser Zeitspannen hielt er drei Jahre für die Ausführung seines Auftrages für keine besonders lange Zeit.

Aber es widerstrebte ihm, sich auf merkwürdige Spiele einzulassen. »Wenn es ein Problem gibt, sag es mir«, forderte er ihn direkt auf.

»Es gab ein Problem«, antwortete Pook geheimnisvoll.

Entreri wich einen Schritt zurück. Er war völlig verwirrt, was in seinem Leben sehr selten geschah.

Im selben Augenblick wurde Regis wieder wach und schaffte es, sich hinzusetzen, aber die beiden Männer waren in eine wichtige Unterhaltung vertieft und schenkten ihm keine Beachtung.

»Du wurdest verfolgt«, erklärte Pook, der wußte, daß er den Meuchelmörder besser nicht zu lange mit seinen Spielchen hinhielt. »Freunde vom Halbling?«

Regis spitzte die Ohren.

Entreri brauchte einen langen Augenblick, um sich seine Antwort zu überlegen. Er erriet, worauf Pook anspielte, und konnte sich schnell zusammenreimen, daß Oberon den Gildenvorsteher über mehr als nur über seine Rückkehr mit Regis informiert hatte. Er beschloß, den Zauberer bei seinem nächsten Besuch in Baldurs Tor auf die Grenzen des Spionierens und eine angemessene Zurückhaltung in der Loyalität hinzuweisen. Niemand kam Artemis Entreri zweimal in die Quere.

»Es spielt keine Rolle«, fuhr Pook fort, da von Entreri keine Antwort erhielt. »Sie werden uns nicht mehr stören.«

Regis wurde übel. Dies war der Süden, Pascha Pooks Reich. Falls Pook von der Verfolgung seiner Freunde erfahren hatte, war es bestimmt kein Problem für ihn gewesen, sie ausschalten zu lassen.

Auch Entreri verstand das so. Er kämpfte mit sich, Ruhe zu bewahren, obwohl er innerlich vor Zorn kochte. »Ich pflege mich um meine Angelegenheiten selbst zu kümmern«, knurrte er Pook an, und sein Ton bestätigte dem Gildenvorsteher, daß er wirklich ein privates Spiel mit seinen Verfolgern getrieben hatte.

»Und ich um meine!« gab Pook zurück und richtete sich auf seinem Stuhl auf. »Ich weiß nicht, in welcher Verbindung der Elf und der Barbar zu dir stehen, Entreri, aber sie haben nichts mit meinem Anhänger zu schaffen!« In der Erkenntnis, daß die Auseinandersetzung zu gefährlich wurde und lieber nicht weitergeführt werden sollte, sammelte er sich und lehnte sich wieder zurück. »Ich konnte das Risiko nicht eingehen.«

Entreris angespannte Muskeln lockerten sich. Er wollte keinen Krieg mit Pook und konnte nicht ändern, was geschehen war. »Wie?« fragte er.

»Piraten«, erwiderte Pook. »Pinochet schuldete mir einen Gefallen.«

»Ist es bestätigt?«

»Wieso interessiert es dich noch?« fragte Pook. »Du bist hier. Der Halbling ist hier. Mein An...« Er brach plötzlich ab, als ihm einfiel, daß er den Rubinanhänger noch gar nicht gesehen hatte.

Jetzt war es an Pook, vor Neugierde zu schwitzen. »Ist es bestätigt?« wiederholte Entreri die Frage, ohne daß er Anstalten machte, den magischen Anhänger, den er am Hals verborgen trug, hervorzuholen.

»Noch nicht«, stammelte Pook, »aber drei Schiffe wurden auf sie angesetzt. Es kann kein Zweifel bestehen.«

Entreri verkniff sich ein Lächeln. Er kannte den mächtigen Dunkelelfen und den Barbaren gut genug, daß er sie erst für tot halten würde, wenn ihre Leichen vor ihm ausgestellt waren. »Ja, da kann wirklich kein Zweifel bestehen«, flüsterte er, während er sich den Rubinanhänger über den Kopf zog und ihn dem Gildenvorsteher zuwarf.

Pook fing ihn mit zitternden Händen auf. An dem vertrauten Prickeln erkannte er sofort, daß es der echte Stein war. Welche Macht würde ihm jetzt zur Verfügung stehen! Mit dem magischen Rubin in seinen Händen, dem zurückgekehrten Artemis Entreri an seiner Seite und Rassiters Werratten unter seinem Kommando – wer würde ihn da aufhalten können!

LaValle legte beruhigend eine Hand auf die Schulter des Gildenvorstehers. Pook, der in der Vorfreude auf seine kommende Macht strahlte, sah zu ihm auf.

»Du wirst reich belohnt werden, so wie ich versprochen habe«, versprach Pook Entreri noch einmal, sobald er wieder normal atmen konnte. »Und noch mehr!«

Entreri verbeugte sich. »Dann freut es mich, dich wiederzusehen, Pascha Pook«, sagte er. »Es ist gut, wieder zu Hause zu sein.«

»Was den Elfen und den Barbaren angeht«, setzte Pook an, der sich plötzlich Gedanken über sein Mißtrauen gegen den Meuchelmörder machte.

Entreri unterbrach ihn mit ausgestreckten Händen. »Ein Wassergrab erfüllt den gleichen Zweck wie Calimhafens Abwasserkanäle«, sagte er. »Wir sollten keine Zeit mit Dingen verschwenden, die hinter uns liegen.«

Pooks Lächeln breitete sich über sein ganzes rundes Gesucht aus. »Einverstanden, und ich freue mich ebenfalls, dich wiederzusehen«, strahlte er ihn an. »Insbesondere, da vor uns eine so ergötzliche Aufgabe liegt.« Er wandte sich mit einem bösartigen Blick an Regis, aber der Halbling, der vornübergebeugt auf dem Boden neben Entreri hockte, bemerkte ihn nicht einmal.

Regis war immer noch damit beschäftigt, die Nachricht über seine Freunde zu verarbeiten. In diesem Augenblick war es ihm gleich, wie sich ihr Tod für ihn auswirken würde, das heißt, daß er ohne sie keine Zukunft mehr hatte. Es schmerzte ihn nur, daß sie tot waren. Zuerst Bruenor in Mithril-Halle und jetzt Drizzt und Wulfgar und wahrscheinlich auch noch Catti-brie. Dagegen schienen Pascha Pooks Drohungen wirklich hohl. Was konnte Pook ihm denn noch antun, das mehr schmerzte als dieser Verlust?

»Viele Nächte habe ich schlaflos verbracht und mich über die Enttäuschung geärgert, die du mir bereitet hast«, sagte Pook zu Regis. »Und noch mehr schlaflose Nächte habe ich mit Überlegungen verbracht, wie ich es dir heimzahlen kann!«

Die Tür wurde aufgerissen, und Pook wurde unterbrochen. Der Gildenvorsteher brauchte nicht aufzublicken, um zu wissen, wer da gewagt hatte, ohne Erlaubnis einzutreten. Nur ein Mann in der Gilde hatte die Nerven dafür.

Rassiter rauschte ins Zimmer und kam unangenehm dicht auf die Neuankömmlinge zu, um sie zu begutachten. »Ich grüße dich, Pook«, sagte er lässig, während seine Augen dem finsteren Blick des Meuchelmörders entschlossen begegneten.

Pook schwieg. Er stützte sein Kinn in die Hand und beschränkte sich aufs Beobachten. Er hatte diese Begegnung seit langem kommen sehen.

Rassiter war fast dreißig Zentimeter größer als Entreri, wodurch die ohnehin großspurige Haltung der Werratte nur noch verstärkt wurde. Wie so viele einfältige Schläger verwechselte er oft Größe mit Kraft, und als er auf diesen Mann hinabblickte, der auf den Straßen von Calimhafen eine Legende war – und folglich sein Rivale –, kam er voreilig zu dem Schluß, daß er bereits die Oberhand hatte. »Du bist also der große Artemis Entreri«, stellte er mir unverhohlener Verachtung in der Stimme fest.

Entreri blinzelte nicht. In seinen Augen lag Mordlust, als sein Blick Rassiter folgte, der ihn noch immer langsam umkreiste. Selbst Regis war angesichts der Kühnheit dieses Fremden sprachlos. Niemand lief so lässig um Entreri herum.

»Ich grüße dich«, sagte Rassiter schließlich, nachdem er Entreri ausgiebig gemustert hatte. Er verbeugte sich tief. »Ich bin Rassiter, Pascha Pooks engster Berater, und ich kontrolliere die Docks.«

Entreri antwortete immer noch nicht. Mit einem fragenden Blick sah er zu Pook hinüber.

Der Gildenvorsteher erwiderte Entreris Blick mit einem affektierten Lächeln und hob in einer hilflosen Geste die Hände.

Rassiter ging mit seinen Vertraulichkeiten noch weiter. »Du und ich«, flüsterte er Entreri halblaut zu, »wir beide können gemeinsam Großes vollbringen.« Er wollte eine Hand auf die Schulter des Meuchelmörders legen, aber Entreri hielt ihn mit einem derartig eisigen, ja tödlichen Blick davon ab, daß selbst dem großspurigen Rassiter die Gefahren seines Verhaltens zu dämmern begannen.

»Du wirst schon herausfinden, daß ich dir viel zu bieten habe«, sagte Rassiter, während er vorsichtig einen Schritt zurückwich. Als er keine Antwort erhielt, wandte er sich an Pook. »Wäre es dir recht, wenn ich mich des kleinen Diebes annehme?« fragte er mit einem gierigen Grinsen.

»Er gehört mir, Rassiter«, wies ihn Pook entschlossen zurecht. »Du und deinesgleichen, ihr haltet eure pelzigen Hände von ihm fern!«

Entreri entging die Anspielung nicht.

»Natürlich«, erwiderte Rassiter. »Ich habe noch Geschäfte zu erledigen. Ich gehe.« Nach einer schnellen Verbeugung wirbelte er herum und sah Entreri zum letzten Mal in die Augen. Er konnte dem eisigen Blick des Meuchelmörders nicht standhalten – konnte es mit der reinen Kraft von dessen Blick nicht aufnehmen.

Rassiter schüttelte beim Vorbeigehen ungläubig den Kopf. Er war überzeugt, daß Entreri immer noch nicht geblinzelt hatte.

»Du warst weg. Mein Anhänger war weg«, erklärte Pook, nachdem die Tür geschlossen war. »Rassiter hat mir geholfen, die Macht der Gilde zu erhalten, ja sogar zu erweitern.«

»Er ist eine Werratte«, entgegnete Entreri, als ob allein diese Tatsache Argument genug sei.

»Er ist das Oberhaupt ihrer Gilde«, erwiderte Pook, »aber sie sind ziemlich loyal und leicht zu kontrollieren.« Er hielt den Rubinanhänger hoch. »Jetzt noch leichter.«

Obwohl Pook ihm diesen schwachen Versuch einer Erklärung geboten hatte, hatte Entreri Schwierigkeiten, sich damit abzufinden. Er wollte Zeit haben, um sich Gedanken über die neuen Entwicklungen machen und herausfinden zu können, was sich im Gildenhaus noch alles verändert hatte. »Mein Zimmer?« fragte er.

LaValle bewegte sich unbehaglich und schaute auf Pook hinunter. »Ich bewohne es zur Zeit«, stammelte der Zauberer. »Aber für mich wird bereits ein neues Zimmer gebaut.« Er sah zu der neuen Tür hinüber, die in die Wand zwischen dem Harem und Entreris altem Zimmer eingesetzt worden war. »Es muß jeden Tag fertig werden. Ich kann dein Zimmer innerhalb von Minuten räumen.«

»Nicht nötig«, antwortete Entreri, der die Aufteilung, so wie sie jetzt war, besser fand. Er wollte eine Zeitlang etwas Abstand zu Pook haben, um seine nächsten Schritte planen zu können. »Ich werde unten ein Zimmer finden, wo ich vielleicht zu einem besseren Verständnis über die neuen Wege der Gilde gelangen kann.«

LaValle entspannte sich mit einem hörbaren Seufzer.

Entreri zog Regis am Kragen hoch. »Was soll ich mit ihm machen?«

Pook verschränkte die Arme auf der Brust und neigte den Kopf. »Ich habe mir unzählige Foltermethoden ausgedacht, die sich für dein Verbrechen geziemen«, erklärte er Regis. »Zu viele, um die Wahrheit zu sagen, denn ich habe keine Ahnung, wie ich es dir wirklich angemessen heimzahlen kann, was du mir angetan hast.« Er sah zu Entreri hinüber. »Egal«, kicherte er. »Mir wird schon etwas einfallen. Steck ihn in die Neun Zellen.«

Bei der Erwähnung des berüchtigten Verlieses erschlaffte Regis wieder. Es war Pooks Lieblingsgefängnis, eine Horrorkammer, eigentlich für Diebe bestimmt, die andere Gildemitglieder getötet hatten. Entreri lächelte, als er sah, daß der Halbling schon bei der bloßen Erwähnung dieses Ortes zur Tode erschrocken war. Er hob Regis mühelos vom Boden hoch und trug ihn aus dem Zimmer.

»Das ist nicht gutgegangen«, seufzte LaValle, nachdem Entreri verschwunden war.

»Es ging doch hervorragend«, widersprach Pook. »Ich habe Rassiter noch nie so entnervt erlebt, und dieser Anblick allein war noch viel besser, als ich mir vorzustellen gewagt habe!«

»Entreri wird ihn töten, wenn er nicht aufpaßt«, sagte LaValle grimmig.

Pook war belustigt. »Dann sollten wir herausfinden, wer wohl Rassiters Nachfolge antreten wird.« Er sah zu LaValle auf. »Fürchte dich nicht, mein Freund. Rassiter ist ein Überlebenskünstler. Sein ganzes Leben lang war die Straße seine Heimat, und er weiß, wann er sich in die Sicherheit der Schatten zurückziehen muß. Er wird seine Schranken kennenlernen und dem Meuchelmörder den gebührenden Respekt erweisen.«

Aber LaValle dachte keineswegs an Rassiters Sicherheit – er hatte sich selbst schon häufig überlegt, wie er die niederträchtige Werratte loswerden könnte. Was den Zauberer beunruhigte, war die Möglichkeit einer tiefen Spaltung in der Gilde. »Was ist, wenn Rassiter seine Verbündeten gegen Entreri aufwiegelt?« fragte er in grimmigerem Ton. »Der Straßenkrieg, der sich daraus entwickeln würde, könnte die Gilde spalten.«

Pook tat diese Möglichkeit mit einer Handbewegung ab. »Selbst Rassiter ist nicht so dumm«, meinte er und befingerte den Rubinanhänger. Er war sich sicher, daß er notfalls einfach nur dessen Magie anzuwenden brauchte.

LaValle entspannte sich. Er war beruhigt durch die Beteuerungen seines Meisters und zuversichtlich, daß Pook in der Lage war, die verworrene Situation in den Griff zu bekommen. Wie immer hatte Pook recht, erkannte LaValle. Zum möglichen Vorteil aller Beteiligten hatte Entreri die Werratte mit einem einzigen Blick aus der Fassung gebracht. Vielleicht würde sich Rassiter jetzt wieder an seinen Rang in der Gilde erinnern. Und wenn Entreri bald wieder auf dieser Ebene untergebracht war, würden die aufdringlichen Besuche der schmuddeligen Werratte vielleicht weniger werden.

Ja, es war gut, daß Entreri wieder da war.

☆ ☆ ☆

Die Neun Zellen hatten ihren Namen erhalten, weil sie in den Boden eines Raumes gitterförmig hineingehauen worden waren, lediglich die mittlere Zelle war stets leer. In den anderen acht hielt Pascha Pook seine wertvollste Sammlung: riesige Raubkatzen aus allen Winkeln der Welten.

Entreri übergab Regis dem Gefängniswärter, einem maskierten Riesen von Mann. Dann trat er zurück, um sich das Schauspiel anzusehen. Der Gefängniswärter befestigte um den Halbling das Ende eines dicken Seils, das mit einem Flaschenzug an der Decke über der mittleren Zelle verbunden war und weiter zu einer Kurbel an einer Seite verlief.

»Binde es los, wenn du drin bist«, knurrte der Gefängniswärter. Er versetzte Regis einen Stoß. »Such dir deinen Weg.«

Regis schob sich zaghaft an den äußeren Zellen entlang. Zu den ungefähr drei Quadratmeter großen Zellen gehörten Höhlen, die in die Wände gehauen waren und in denen die Katzen schlafen konnten. Aber von den Bestien schlief jetzt keine einzige, und alle schienen gleich hungrig zu sein.

Sie waren immer hungrig.

Regis entschied sich für den Weg zwischen einem weißen Löwen und einem riesigen Tiger, da er davon ausging, daß diese zwei Riesen wohl kaum die sechs Meter hohe Wand ersteigen und seinen Knöchel von unten packen würden, wenn er sich über ihnen bewegte. Er setzte einen Fuß auf die

Trennwand zwischen den Zellen, die gerade zehn Zentimeter breit war. Dann hielt er ängstlich inne.

Der Gefängniswärter zog drängend an dem Seil, so daß Regis beinahe in die Zelle zu dem Löwen gestürzt wäre.

Schweren Herzens machte er sich auf den Weg. Er konzentrierte sich darauf, einen Fuß vor den anderen zu setzen, und versuchte, nicht auf das Knurren und die Klauen unter sich zu achten. Er hatte fast die mittlere Zelle erreicht, als sich der Tiger mit seinem ganzen Gewicht gegen die Wand warf, so daß sie heftig bebte. Regis verlor das Gleichgewicht und stürzte kreischend von der Mauer.

Der Gefängniswärter drehte die Kurbel und zog ihn mitten im Fall gerade eben außer Reichweite des Tigers hoch. Regis schlug gegen die Wand und brach sich fast die Rippen, aber in diesem verzweifelten Augenblick empfand er keine Schmerzen. Er kletterte über die Wand und schwebte in der Luft, bis er schließlich die Mitte der mittleren Zelle erreicht hatte und der Gefängniswärter ihn hinunterließ.

Zaghaft setzte er die Füße auf den Boden und umkrampfte das Seil als seine letzte Rettung. Er weigerte sich zu glauben, daß er an diesem alptraumhaften Ort bleiben sollte.

»Binde es los!« befahl der Gefängniswärter, und Regis erkannte an dessen Ton, daß Ungehorsam mit unaussprechlichen Qualen verbunden war. Er löste das Seil von seinem Bauch.

»Schlaf gut!« Der Gefängniswärter lachte und zog das Seil hoch, bis der Halbling es nicht mehr zu fassen bekam. Der maskierte Mann löschte alle Fackeln und verließ mit Entreri den Raum. Die Eisentür fiel zu. Jetzt war Regis in der Dunkelheit mit acht hungrigen Wildkatzen allein.

Die Wände zwischen den Zellen der Katzen waren stabil und verhinderten, daß sich die Tiere gegenseitig verletzten, aber die mittlere Zelle war mit weit auseinanderstehenden Gitterstäben versehen – weit genug für eine Katze, ihre Pfoten hineinzuschieben. Und diese Folterkammer war kreisförmig angelegt und bot leichten Zugang von allen acht Zellen aus.

Regis wagte nicht, sich zu bewegen. Das Seil hatte ihn direkt in die Mitte der Zelle befördert, auf die einzige Stelle, an der er nicht in Reichweite von einer der Katzen war. Er sah in ihre Augen, die im düsteren Licht bösartig funkelten. Er hörte das Kratzen ihrer scharrenden Krallen und spürte sogar einen Lufthauch, wenn eine von ihnen ein Bein zwischen die Stäbe quetschte und einen Hieb in seiner Nähe austeilte.

Und jedesmal, wenn neben ihm eine Riesenpfote auf dem Boden aufschlug, mußte Regis aufpassen, nicht instinktiv zurückzuweichen – weil dort eine andere Katze lauerte.

Fünf Minuten dehnten sich hier, als wären sie eine Stunde, und Regis erschauderte bei dem Gedanken, wie viele Tage Pook ihn hier festhalten wollte. Vielleicht sollte er es einfach hinter sich bringen, dachte Regis, ein Gedanke, den schon viele vor ihm gehabt hatten, die hierhergebracht worden waren.

Doch bei dem Anblick der Katzen verbannte der Halbling diese Gedanken ganz schnell wieder. Auch wenn er sich davon überzeugen konnte, daß ein schneller Tod im Rachen eines Tigers besser war als das Schicksal, das ihm zweifellos bevorstand, hätte er niemals den Mut gefunden, dieses Vorhaben durchzuführen. Er war ein Überlebenskünstler – das war er schon immer gewesen –, und dieser unbeugsame Zug seines Charakters siegte schließlich selbst hier. Daher sträubte er sich, aufzugeben, gleichgültig, wie düster die Zukunft aussah.

Jetzt stand er ganz still da wie eine Statue und versuchte bewußt, sein Denken mit Erinnerungen an seine Vergangenheit zu beschäftigen, an die vergangenen Jahre, die er außerhalb von Calimhafen verbracht hatte. Viele Abenteuer hatte er auf seinen Reisen erlebt, und schon viele Gefahren hatte er dabei heil überstanden. Regis spielte diese Schlachten und Fluchten immer wieder durch und versuchte, die bloße Aufregung, die er empfunden hatte, einzufangen – lebhafte Gedanken, die ihm helfen sollten, wach zu bleiben.

Denn wenn er von Erschöpfung überwältigt wurde und zu Boden fiel, konnte er zu dicht an die Katzen gelangen.

Schon mancher Gefangener war mit den Füßen in die Klauen einer Katze geraten, zu den Gitterstäben gezerrt und dort zerrissen worden.

Und selbst jene, die die Neun Zellen überlebt hatten, vergaßen niemals diese heißhungrigen Blicke aus acht glänzenden Augenpaaren.

Tanzende Schlangen

Das Glück stand der beschädigten *Seekobold* und dem eroberten Piratenschiff bei, denn die See blieb ruhig, und der Wind wehte sanft, aber beständig. Trotzdem war die Reise um die

Halbinsel Tethyr ermüdend und viel zu langsam für die vier nervösen Freunde, denn jedesmal, wenn die beiden Schiffe wieder gut voranzukommen schienen, trat bestimmt bei einem von ihnen ein neues Problem auf.

Südlich von Tethyr führte Deudermont die Schiffe durch die Stromschnellen, eine breite Wasserstraße, die dafür bekannt war, daß die Handelsschiffe hier wie in einem Wettrennen vor den Piraten auf der Flucht waren. Doch Deudermont und seine Mannschaft wurden nicht weiter von Piraten belästigt, und Pinochets drittes Schiff tauchte nicht mehr auf.

»Unsere Reise nähert sich dem Ende«, teilte Deudermont den vier Freunden mit, als am frühen Morgen des dritten Tages die hohe Küstenlinie der Purpurhügel in Sicht kam. »Wo die Hügel enden, beginnen die Vereinigten Emirate von Calimshan.«

Drizzt beugte sich über die Reling und sah in das blaßblaue Wasser des südlichen Meeres. Wieder einmal fragte er sich, ob sie Regis rechtzeitig erreichen würden.

»Weiter landeinwärts gibt es eine Kolonie deines Volkes«, sagte Deudermont zu ihm und lenkte ihn von seinen Gedanken ab, »in einem düstern Wald namens Mir.« Der Kapitän wurde unwillkürlich von einem Schauder erfaßt. »Die Dunkelelfen sind in dieser Gegend nicht willkommen. Ich rate dir, deine Maske wieder aufzusetzen.«

Ohne nachzudenken, band sich Drizzt die magische Maske vor das Gesicht und nahm unverzüglich wieder das Aussehen eines oberirdischen Elfen an. Diese Maßnahme störte den Dunkelelfen weniger als seine drei Freunde, die resigniert und entsetzt dreinblickten. Drizzt tat nur, was er tun mußte, erinnerten sie sich dann und nahmen es mit dem gleichen klaglosen Gleichmut hin, der sein Leben von dem Tag an bestimmte, als er sein Volk verlassen hatte.

Das neue Aussehen des Dunkelelfen gefiel Wulfgar und Catti-brie überhaupt nicht. Bruenor spuckte ins Wasser, angewidert über eine Welt, die sich weigerte, ein Buch zu lesen, weil ihr der Einband nicht gefiel.

Am frühen Nachmittag war der südliche Horizont von zahlreichen Segeln übersät, und unzählige Docks säumten die Küste, hinter der sich die niedrigen Lehmhäuser und leuchtenden, farbigen Zelte einer Stadt ausbreiteten. Aber wenn Memnon auch über unermeßlich viele Docks verfügte, so war die Zahl der Fischerboote, Frachter und Kriegsschiffe der wachsenden Marine Calimshans noch größer. Die *Seekobold* und ihr erobertes Schiff waren gezwungen, in einiger Entfernung von der Küste vor Anker zu gehen und auf geeignete Anlegeplätze zu warten – was eine Woche dauern konnte, wie der Hafenmeister Deudermont erklärte.

»Als nächstes werden wir von Calimshans Marine Besuch bekommen«, erklärte Deudermont, nachdem die Barkasse des Hafenmeisters weggefahren war, »die das Piratenschiff untersuchen und Pinochet verhören wird.«

»Werden sie den Hund einsperren?« fragte Bruenor.

Deudermont schüttelte den Kopf. »Das ist ziemlich unwahrscheinlich. Pinochet und seine Männer sind meine Gefangenen und somit mein Problem. Calimshan wünscht zwar, daß die Piraterie ein Ende hat, und hat bereits kühne Schritte dagegen unternommen, aber ich bezweifle, daß sie sich mit einer so mächtigen Person wie Pinochet einlassen wollen.«

»Was passiert denn mit ihm?« murrte Bruenor, der versuchte, etwas wie eine Leitlinie in dem ganzen doppelzüngigen politischen Gerede zu finden.

»Er wird weiterfahren, um am nächsten Tag ein anderes Schiff zu überfallen«, erwiderte Deudermont.

»Und um diese Ratte Entreri zu warnen, daß wir dem Galgen entgangen sind«, keifte Bruenor.

Drizzt, der Deudermonts heikle Lage verstand, brachte eine vernünftige Frage vor: »Wieviel Zeit kannst du uns geben?«

»Pinochet wird sein Schiff erst in einer Woche bekommen«, antwortete der Kapitän und fügte mit einem Zwinkern hinzu: »Ich habe mich bereits darum gekümmert, daß es nicht mehr seetüchtig ist. Ich müßte es schaffen, diese Woche auf eine weitere auszudehnen. Bis der Pirat den Fuß auf sein Schiff gesetzt hat, werdet ihr diesem Entreri persönlich mitteilen können, daß ihr überlebt habt.«

Wulfgar verstand das Ganze immer noch nicht. »Was hast du denn erreicht?« fragte er Deudermont. »Du hast zwar die Piraten besiegt, aber sie werden frei herumfahren dürfen und auf Rache sinnen. Bei deiner nächsten Fahrt werden sie die *Seekobold* überfallen. Werden sie dann auch so viel Gnade zeigen, falls sie die nächste Schlacht gewinnen?«

»Es ist schon ein seltsames Spiel«, pflichtete Deudermont mit einem hilflosen Lächeln bei. »Aber im Grunde kann ich meine Stellung auf dem Meer stärken, indem ich Pinochet und seine Männer verschone. Im Austausch gegen seine Freiheit wird der Piratenkapitän von Rache absehen. Keiner von Pinochets Verbündeten wird die *Seekobold* je wieder belästigen, und dieser Gruppe gehören die meisten Piraten auf Asavirs Kanal an!«

»Und du vertraust dem Wort von diesem Hund?« tobte Bruenor.

»Auf ihre Art«, erwiderte Deudermont, »haben sie auch ihre Ehre. Die Gesetze wurden von den Piraten gemacht und werden von ihnen auch geachtet. Sie zu brechen, würde einen offenen Krieg mit den südlichen Königreichen zur Folge haben.«

Bruenor spuckte wieder ins Wasser. Es war immer das gleiche – in jeder Stadt und in jedem Königreich und sogar auf dem offenen Meer: Diebesorganisationen, die nach einem merkwürdigen Verhaltenskodex geduldet wurden. Bruenor dachte ganz anders darüber. Damals in Mithril-Halle bei seiner Sippe gab es einen Schrank mit maßgeschneiderten Regalen zur Aufbewahrung von abgeschnittenen Händen, die in Taschen erwischt wurden, wo sie nicht hingehörten.

»Dann ist alles geklärt«, sagte Drizzt, der fand, daß es Zeit war, das Thema zu wechseln. »Unsere Seereise nähert sich dem Ende.«

Deudermont, der mit dieser Ankündigung gerechnet hatte, warf ihm den Beutel mit Gold zu. »Eine kluge Entscheidung«, sagte der Kapitän. »Ihr werdet Calimhafen in einer Woche oder noch eher erreichen, wahrscheinlich bevor die *Seekobold* dort drüben eine Anlegestelle findet. Aber kommt zu uns, wenn ihr euer Geschäft erledigt habt. Wir werden nach Tiefwasser zurückfahren, bevor der Schnee der letzten Winterstürme im Norden geschmolzen ist. Nach meinen Berechnungen habt ihr euch die Fahrt redlich verdient.«

»Wir werden lange vorher aufbrechen«, antwortete Bruenor, »aber danke für dein Angebot!«

Wulfgar trat nach vorne und drückte dem Kapitän die

Hand. »Es war gut, dir zu dienen und neben dir zu kämpfen«, sagte er. »Ich freue mich schon auf den Tag, an dem wir uns wiedersehen werden.«

»Das gilt für uns alle«, fügte Drizzt hinzu. Er hielt den Beutel hoch. »Und dies wird zurückgezahlt werden.«

Deudermont tat die Bemerkung mit einer Handbewegung ab und murmelte: »Das bißchen.« Da er wußte, daß die Freunde es eilig hatten, befahl er zweien seiner Männer, ein Ruderboot ins Wasser zu lassen.

»Lebt wohl!« rief er, als die Freunde von der *Seekobold* wegruderten. »Besucht mich in Calimhafen!«

☆ ☆ ☆

Von allen Orten, die die Gefährten besucht hatten, und von allen Ländern, durch die sie gereist und durch die sie sich durchgekämpft hatten, kam ihnen nichts so fremd vor wie Memnon in den Vereinigten Emiraten von Calimshan. Selbst Drizzt, der doch der fremdartigen Welt der Dunkelelfen entstammte, blickte verwundert drein, als sie sich einen Weg durch die offenen Straßen und Märkte der Stadt bahnten. Seltsame Musik, schrill und traurig – die Wehklagen glich und dennoch wohlklingend war –, hüllte sie ein und ließ sie nicht mehr los.

Überall wimmelte es von Leuten. Die meisten waren in sandfarbene Roben gehüllt, während andere sehr farbenprächtig gekleidet waren. Aber alle trugen sie die gleiche Kopfbedeckung: einen Turban oder einen Hut mit Schleier. Die Freunde konnten schwer schätzen, wie viele Bewohner diese Stadt hatte. Die Massen schienen einfach kein Ende zu nehmen, und die vier bezweifelten, ob sich jemand jemals die Mühe gemacht hatte, sie zu zählen. Aber sie konnten sich vorstellen, daß die Einwohnerschaft von Memnon etwa so groß war, wie wenn man alle Bewohner der Städte im nördlichen Teil der Schwertküste einschließlich Tiefwasser in ein riesiges Flüchtlingslager bringen würde.

Eine seltsame Mischung von Gerüchen lag in Memnons warmer Luft: Es war der Gestank von einem Abwasserkanal und die Düfte eines Parfümmarktes, verbunden mit dem beißenden Schweiß und dem übelriechenden Atem der Menschenmassen, die sich durch die Gassen drängten. Häuser und Hütten wurden offensichtlich willkürlich gebaut, denn Memnon wies keine einheitliche Bauweise oder Struktur auf. Zu einer Straße wurde jeder Weg, der nicht von Häusern versperrt war, obwohl alle vier Freunde zu dem Schluß kamen, daß vielen Menschen die Straße als Zuhause diente.

Den Mittelpunkt des ganzen Treibens bildeten die Händler. Sie säumten jede Gasse, verkauften Waffen, Nahrung, exotische Pfeifentabake – und sogar Sklaven – und priesen ihre Waren ohne jede Scham an, wenn sie nur das Interesse der Menge erregen konnten. An einer Ecke konnten mögliche Käufer eine große Armbrust ausprobieren, indem sie auf Sklaven schossen, die in Boxen eingepfercht lebten. An einer anderen Ecke zeigte eine Frau mehr Haut als Kleidung, denn die bestand auch nur aus durchsichtigen Schleiern. Sie war in einen Tanz mit einer Riesenschlange verstrickt, von der sie ihren Leib aufreizend einwickeln ließ und aus deren Umschlingungen sie sich wieder herauswand.

Mit großen Augen und offenem Mund blieb Wulfgar stehen, wie gebannt von dem merkwürdigen, verführerischen Tanz, was ihm einen Schlag auf den Hinterkopf von Catti-brie und das belustigte Gekicher seiner zwei anderen Gefährten eintrug.

»Noch nie habe ich soviel Heimweh empfunden«, seufzte der große Barbar, der wirklich überwältigt war.

»Es ist ein weiteres Abenteuer, sonst nichts«, erinnerte ihn Drizzt. »Nirgendwo sonst kannst du mehr lernen als in einem Land, das sich völlig von deinem eigenen unterscheidet.«

»Das mag im allgemeinen wohl stimmen«, sagte Catti-brie. »Aber in meinen Augen treibt dieses Volk hier in den Verfall.«

»Sie leben nach anderen Regeln«, entgegnete Drizzt. »Die Lebensweise des Nordens würde sie vielleicht genauso abstoßen.«

Die anderen wußten darauf nichts zu erwidern, und Bruenor, der über ausgefallene Lebensweisen von Menschen niemals schockiert war, sondern sich immer nur wunderte, wackelte mit seinem roten Bart.

Mit ihrer Ausrüstung waren die Freunde in der Handelsstadt bei weitem keine Besonderheit. Aber da sie Fremde waren, erregten sie ein gewisses Interesse, überwiegend bei nackten, schwarzen Kindern, die um Geschenke und Münzen bettelten. Und auch die Händler beäugten die Abenteurer – denn Fremde brachten gewöhnlich Geld mit sich –, und ein gieriges Augenpaar richtete sich ganz besonders entschlossen auf sie.

»Nun, nun?« fragte der unruhige Händler seinen buckligen Gefährten.

»Magie, überall Magie, mein Meister«, lispelte der verkrüppelte kleine Goblin sehnsüchtig, während er die Botschaften aufnahm, die ihm sein Zauberstab vermittelte. Er befestigte den Stab wieder an seinem Gürtel. »Am stärksten bei den Waffen – die Schwerter des Elfen, die Axt des Zwerges, der Bogen des Mädchens und insbesondere der Hammer des Riesen!« Er überlegte, ob er die merkwürdigen Wahrnehmungen erwähnen sollte, die ihm sein Stab über das Gesicht des Elfen mitgeteilt hatte, entschied sich jedoch dafür, seinen leicht erregbaren Meister nicht noch nervöser zu machen.

»Ha-ha-ha-ha-ha«, kicherte der Händler und fuchtelte mit seinen Fingern. Dann trat er hervor, um die Fremden abzufangen.

Bruenor, der die Gruppe anführte, blieb beim Anblick des drahtigen Mannes mit der gelbrot gestreiften Robe und einem pinkfarbenen Turban mit riesengroßem Diamant abrupt stehen.

»Ha-ha-ha-ha-ha. Ich grüße euch!« sprach der Fremde sie an. Er trommelte mit den Fingern auf seine Brust, und sein Lächeln zeigte Zähne, die abwechselnd golden und elfenbeinfarben waren. »Ich bin Sali Dalib, der bin ich, der bin ich! Ihr kauft, und ich verkaufe. Gutes Geschäft, gutes Geschäft!« Seine Worte sprudelten zu schnell heraus, um sofort verstanden zu werden, und die Freunde sahen sich gegenseitig an, zuckten mit den Achseln und wollten weitergehen.

»Ha-ha-ha-ha-ha«, drang der Händler auf sie ein und verstellte ihnen den Weg. »Alles, was ihr braucht, besorgt euch Sali Dalib. In Hülle und Fülle! Tukies, Nukies, Buckies.«

»Pfeifentabak, Frauen und Bücher in jeder Sprache, die der Welt bekannt ist«, übersetzte der lispelnde kleine Goblin. »Mein Meister handelt mit jeder Ware.«

»Das Beste vom Besten!« erklärte Sali Dalib. »Alles, was ihr braucht...«

»...das besorgt Sali Dalib«, beendete Bruenor den Satz für ihn. Der Zwerg sah Drizzt an. Er war überzeugt, daß sie den gleichen Gedanken hatten: Je schneller sie aus Memnon herauskämen, um so besser. Ein komischer Händler war genauso gut wie jeder andere.

»Pferde«, sagte der Zwerg zu dem Händler.

»Wir wollen nach Calimhafen«, erklärte Drizzt.

»Pferde, Pferde? Ha-ha-ha-ha-ha!« gab Sali Dalib unverzüglich zurück. »Nicht für einen so langen Ritt, o nein. Zu heiß, zu trocken. Kamele braucht ihr!«

»Kamele... Wüstenpferde«, erklärte der Goblin, als er ihre verblüfften Gesichter sah. Er zeigte auf ein großes Dromedar, das von seinem Herrn die Straße hinuntergeführt wurde. »Viel besser für einen Ritt durch die Wüste.«

»Dann Kamele«, schnaubte Bruenor, der mißtrauisch das große Tier beäugte. »Oder was immer geeignet ist.«

Sali Dalib rieb sich eifrig die Hände. »Alles, was ihr braucht...«

Bruenor hielt den aufgeregten Händler mit einer ausgestreckten Hand auf. »Wir wissen es, wir wissen es.«

Sali Dalib flüsterte seinem Mitarbeiter einige Anweisungen zu, schickte ihn sofort los und führte die Freunde durch den Irrgarten von Memnon. Er bewegte sich rasch, obwohl er niemals seine Füße vom Boden abzuheben schien, während er vorwärtsschlurfte. Die ganze Zeit über hielt der Händler seine Hände vor sich ausgestreckt und spielte mit seinen Fingern. Aber er machte einen harmlosen Eindruck, und die Freunde waren eher belustigt als beunruhigt.

Schließlich blieb Sali Dalib vor einem großen Zelt am westlichen Ende der Stadt stehen, einer selbst nach den Maßstäben der Armen von Memnon heruntergekommenen Gegend. Auf der anderen Zeltseite fand der Händler das Gesuchte. »Kamele!« verkündete er stolz.

»Wieviel für vier?« fragte Bruenor, der das Geschäft schnell abwickeln und weiterreisen wollte. Sali Dalib schien ihn nicht zu verstehen.

»Der Preis?« fragte der Zwerg.

»Der Preis?«

»Er will ein Angebot«, bemerkte Catti-brie.

Drizzt verstand es auch so. In Menzoberranzan, der Stadt der Dunkelelfen, bedienten sich die Händler der gleichen Methode. Indem der Käufer – insbesondere einer, der mit den Waren nicht vertraut war – ein Angebot unterbreitete, erhielten die Händler oft den mehrfachen Wert ihrer Waren. Und wenn das Angebot einmal zu niedrig ausfiel, konnte der Händler den Preis immer noch auf den angemessenen Marktwert anheben.

»Fünfhundert Goldstücke für die vier«, bot Drizzt an, der glaubte, daß die Tiere mindestens das Doppelte wert waren.

Sali Dalibs Finger begannen wieder ihr Trommelspiel, und seine blaßgrauen Augen funkelten. Drizzt erwartete jetzt einen Wortschwall und ein unverschämtes Gegenangebot, aber Sali Dalib beruhigte sich plötzlich und lachte mit seinen goldenen und elfenbeinfarbenen Zähnen.

»Einverstanden!« stimmte er zu.

Drizzt konnte gerade noch den Mund halten, bevor er die Antwort, die er sich bereits überlegt hatte, hervorstieß. Er gab lediglich ein bedeutungsloses Glucksen von sich. Er warf dem Händler einen neugierigen Blick zu und begann dann, das Gold in dem Beutel zu zählen, den Deudermont ihm gegeben hatte.

»Fünfzig mehr für dich, wenn du uns zu einer Karawane nach Calimhafen führst«, bot Bruenor an.

Sali Dalib sah auf einmal sehr nachdenklich aus und schlug sich mit den Fingern gegen die dunkeln Stoppeln am Kinn. »Ausgerechnet heute ist eine aufgebrochen«, erwiderte er. »Ihr könnt sie aber ohne Schwierigkeiten einholen. Das sollet ihr sogar, denn es ist die letzte in dieser Woche nach Calimhafen.«

»Auf in den Süden!« rief der Zwerg glücklich seinen Gefährten zu.

»In den Süden? Ha-ha-ha-ha-ha!« platzte Sali Dalib heraus. »Nicht in den Süden! Der Süden ist nur gut für Diebe!«

»Calimhafen liegt im Süden«, gab Bruenor argwöhnisch zurück. »Und demnach wird doch wohl auch die Straße im Süden liegen.«

»Die Straße nach Calimhafen liegt im Süden«, bestätigte ihm Sali Dalib, »aber die Klugen reisen erst gen Westen auf der besseren Straße.«

Drizzt reichte dem Händler einen Beutel mit Gold. »Wie erreichen wir die Karawane?«

»Richtung Westen«, antwortete Sali Dalib und verstaute den Beutel in einer seiner Taschen, ohne den Inhalt zu überprüfen. »Nur eine Stunde weiter. Leicht zu finden. Folgt den Schildern am Horizont. Kein Problem.«

»Wir brauchen Proviant«, bemerkte Catti-brie.

»Die Karawane ist gut ausgerüstet«, antwortete Sali Dalib. »Bester Platz zum Kaufen. Macht euch jetzt auf den Weg.

Holt sie ein, bevor sie in die Handelsstraße Richtung Süden abbiegen!« Er half ihnen, ihre Reittiere auszusuchen: ein großes einhöckriges Kamel für Wulfgar, ein zweihöckriges für Drizzt und kleinere Tiere für Catti-brie und Bruenor.

»Vergeßt nicht, gute Freunde«, sagte der Händler zum Abschied, als sie auf ihren Tieren saßen. »Alles, was ihr braucht...«

»...besorgt Sali Dalib!« antworteten sie im Chor. Mit einem letzten Aufblitzen seiner goldenen und elfenbeinfarbenen Zähne schlurfte der Händler in das Zelt.

»Ich hatte den Eindruck, daß er handeln wollte«, sagte Catti-brie, als sie auf den steifbeinigen Kamelen zum ersten Wegweiser ritten. »Er hätte für die Tiere mehr bekommen können.«

»Natürlich waren sie gestohlen«, sagte Bruenor, da es für ihn offensichtlich war.

Aber Drizzt war sich da nicht so sicher. »Ein Händler wie er hätte auch für Diebesgut einen besseren Preis herausschlagen können«, erwiderte er, »und nach meinem Wissen über die Regeln des Handelns hätte er auf jeden Fall das Gold zählen müssen.«

»Pah!« schnaubte Bruenor, der sich damit abmühte, sein Reittier auf dem richtigen Weg zu halten. »Du hast ihm wahrscheinlich mehr geboten, als die Tiere wert sind!«

»Was dann?« fragte Catti-brie Drizzt, die eher dessen Meinung war.

»Und wohin?« kam Wulfgar gleichzeitig mit einer Frage und einer Antwort. »Er hat seinen Goblin mit einer Botschaft weggeschickt.«

»Er legt einen Hinterhalt«, folgerte Catti-brie.

Drizzt und Wulfgar nickten. »So sieht es aus«, sagte der Barbar.

Bruenor dachte über diese Möglichkeit nach. »Pah!« schnaubte er wieder. »Soviel Verstand, so etwas zuwege zu bringen, hat der nicht im Kopf.«

»Diese Einschätzung kann ihn um so gefährlicher machen«, sagte Drizzt, während er einen letzten Blick auf Memnon warf.

»Umkehren?« fragte der Zwerg, der nicht so einfach über die offensichtlich ernsten Bedenken des Dunkelelfen hinweggehen wollte.

»Wenn sich unsere Vermutungen als falsch erweisen und wir die Karawane verpassen...«, erinnerte Wulfgar sie unheilvoll.

»Kann Regis warten?« fragte Catti-brie.

Bruenor und Drizzt sahen sich an.

»Reiten wir also weiter«, gab Drizzt schließlich nach. »Wir werden ja sehen, was auf uns zukommt.«

»Nirgendwo sonst kannst du mehr lernen als in einem Land, das sich völlig von deinem eigenen unterscheidet«, wiederholte Wulfgar den Gedanken, den Drizzt am Morgen geäußert hatte.

Auch als sie beim ersten Wegweiser anlangten, wurden sie ihre Befürchtungen nicht los. Eine große Tafel, die an einen Pfahl genagelt war, zählte ihre Route in zwanzig Sprachen mit dem gleichen Wortlaut auf: »Der beste Weg.« Wieder überdachten die Freunde ihre Möglichkeiten, und wieder fühlten sie Zeitdruck auf sich lasten. Sie entschieden, noch eine Stunde weiterzureiten. Falls sie bis dahin kein Zeichen von der Karawane gefunden hätten, würden sie nach Memnon zurückkehren und die Angelegenheit mit Sali Dalib »besprechen«.

Doch der nächste Wegweiser verkündete auch nichts anderes, und bei dem dritten hatten sie ebenfalls kein Glück. Als sie den fünften erreicht hatten, war ihre Kleidung vom Schweiß durchnäßt, der ihnen obendrein in den Augen brannte, und die Stadt war längst nicht mehr in Sicht, sondern irgendwo in der staubigen Hitze der ansteigenden Dünen verschwunden. Ihre Reittiere erleichterten ihnen die Reise keineswegs. Kamele waren tückisch und unter unerfahrenen Reitern noch tückischer. Besonders Wulfgars Tier hatte eine schlechte Meinung über seinen Reiter, denn Kamele zogen es normalerweise vor, sich ihren Weg selbst zu suchen, und der Barbar zwang das Tier mit seinen kräftigen Beinen und Armen, seinen Bewegungen zu gehorchen. Schon zweimal hatte das Kamel den Kopf zurückgeworfen und ihm eine schleimige Ladung Speichel ins Gesicht gespuckt.

Wulfgar nahm alles gleichmütig hin, aber er verbrachte mehr als nur einen flüchtigen Augenblick mit dem Wunsch, den Höcker des Kamels mit seinem Hammer plattzudrücken.

»Halt!« befahlt Drizzt, als sie in eine Mulde zwischen hohen Dünen kamen. Der Dunkelelf streckte einen Arm aus und lenkte die überraschten Blicke der Gefährten zum Himmel, wo mehrere Geier träge kreisten.

»Da liegen wohl Kadaver herum«, bemerkte Bruenor.

»Oder es werden bald welche herumliegen«, erwiderte Drizzt grimmig.

Noch während er sprach, verwandelten sich plötzlich die Linien der Dünen, die sie umgaben, von dem dunstigen

Braun heißen Sandes in die unheilvollen Silhouetten von Reitern, deren erhobene Krummschwerter im hellen Sonnenlicht glänzten.

»Ein Hinterhalt!« stellte Wulfgar mit Nachdruck fest.

Nicht allzu überrascht sah sich Bruenor um und berechnete die Kräfteverteilung: »Fünf zu eins«, flüsterte er Drizzt zu.

»Das scheint wohl immer so zu sein«, antwortete Drizzt.

Langsam nahm er seinen Bogen von der Schulter und spannte ihn.

Die Reiter blieben eine Zeitlang stehen und beobachteten ihre Opfer.

»Glaubt ihr, daß sie mit uns reden wollen?« fragte Bruenor, der in die düstere Situation ein wenig Humor bringen wollte.

»Nein«, gab er selber die Antwort, nachdem die drei anderen nicht einmal ein Lächeln zustande gebracht hatten.

Der Anführer der Reiter brüllte einen Befehl, und der donnernde Haufen fegte auf sie zu.

»Verflucht sei diese Welt«, schimpfte Catti-brie, die Taulmaril von der Schulter nahm, während sie von ihrem Tier stieg. »Jeder will einen Kampf.«

»Dann kommt schon!« schrie sie den Reitern entgegen. »Aber erst einmal wollen wir dafür sorgen, daß die Kräfte ein wenig gerechter verteilt sind.« Mit ihrem magischen Bogen schoß sie einen silbernen Pfeil nach dem anderen über die Dünen in die Horde hinein und warf einen Reiter nach dem anderen aus dem Sattel.

Bruenor starrte verblüfft seine Tochter an, die plötzlich so finster dreinblickte und so wild war. »Das Mädchen macht es richtig!« verkündete er und stieg von seinem Kamel. »Auf diesen Dingern kann ich nicht kämpfen!« Kaum war er auf dem Boden gelandet, griff er schon nach seinem Gepäck und kramte zwei Flaschen Öl hervor.

Wulfgar folgte dem Beispiel seines Mentors und nahm die Flanke seines Kamels als Barrikade. Aber der Barbar mußte feststellen, daß ausgerechnet sein Reittier sein erster Feind war, denn das mißgelaunte Tier drehte sich zu ihm um und klemmte sich seinen Unterarm zwischen die stumpfen Zähne.

Drizzts Bogen schloß sich Taulmarils Todesgesang an, aber als die Reiter näher heranrückten, entschied sich der Dunkelelf für eine andere Taktik. Er setzte auf den schrecklichen Ruf seines Volkes, riß sich die Maske vom Gesicht und streifte die Kapuze seines Umhangs zurück. Dann sprang er auf sein Kamel und richtete sich dort hoch auf. Die Reiter, die es auf Drizzt abgesehen hatten, blieben bei dem entmutigenden Anblick eines Dunkelelfen abrupt stehen.

Trotzdem arbeiteten sich an drei Seiten die Reiter, den Freunden immer noch zahlenmäßig überlegen, an die vier heran.

Wulfgar starrte ungläubig sein Kamel an, dann schlug er mit seiner Riesenfaust dem niederträchtigen Biest zwischen die Augen. Das benommene Kamel gab ihn sofort frei und wandte den Kopf ab.

Aber Wulfgar war mit dem verräterischen Tier noch lange nicht fertig. Drei Reiter kamen auf ihn zu, und er beschloß, einen Feind gegen die anderen auszuspielen. Er stellte sich unter das Kamel und hob es vom Boden hoch. Seine Muskeln quollen hervor, als er das Tier den Angreifern entgegenschleuderte. Es gelang ihm gerade noch, der sich überschlagenden Masse von Pferden, Reitern, Kamelen und dem aufwirbelnden Sand auszuweichen.

Dann packte er Aegisfang mit beiden Händen, sprang in das Gewirr und zerschmetterte die Banditen, bevor diese überhaupt begriffen, wovon sie getroffen wurden.

Zwei Banditen fanden einen Weg zwischen den reiterlosen Kamelen hindurch, um an Bruenor zu kommen, aber es war Drizzt, der völlig allein dastand und den ersten Schlag austeilte. Mit Hilfe seiner angeborenen magischen Fähigkeiten zauberte der Dunkelelf eine schwarze Kugel vor die anstürmenden Banditen. Sie versuchten zwar, abzubremsen, stürzten aber kopfüber hinein.

Dadurch hatte Bruenor die Zeit gewonnen, die er brauchte. Mit seiner Zunderbüchse steckte er die Lappen in Brand, die er in die Ölflaschen gestopft hatte, und schleuderte die brennenden Geschosse in die schwarze Kugel.

Die hellen, hochschlagenden Flammen der Explosionen waren in Drizzts Zauberkugel nicht sichtbar, aber durch die Schreie, die zu hören waren, wußte Bruenor, daß er sein Ziel getroffen hatte.

»Ich danke dir, Elf!« rief der Zwerg. »Freut mich, wieder mit dir zusammen zu sein!«

»Hinter dir!« war Drizzts Antwort, denn noch während Bruenor gesprochen hatte, war bereits ein dritter Reiter um die Kugel gebogen und kam auf den Zwerg zu. Bruenor rollte sich unwillkürlich zusammen und zog seinen goldenen Schild über sich.

Das Pferd trampelte direkt auf Bruenor, strauchelte im weichen Sand und warf seinen Reiter ab.

Der zähe Zwerg sprang auf die Füße und schüttelte sich

den Sand aus den Ohren. Sobald der Kampf vorbei war, würde er bestimmt die Schmerzen von den Pferdehufen spüren, aber im Moment spürte Bruenor nichts als Wut. Mit hocherhobener Mithrilaxt stürmte er auf den Reiter los, der gerade aufstand.

Aber als Bruenor ihn fast erreicht hatte und auf ihn einschlagen wollte, schwirrte ein silberner Streifen an seiner Schulter vorbei und ließ den Banditen tot umfallen. Unfähig, seinen Schwung aufzuhalten, stürzte der Zwerg mit dem Kopf voran über den plötzlich niedergeworfenen Körper und landete mit dem Gesicht im Sand.

»Sag mir beim nächsten Mal Bescheid, Mädchen!« brüllte Bruenor Catti-brie an und spuckte bei jedem Wort Sand aus.

Catti-brie hatte ihre eigenen Probleme. Als sie den Pfeil kaum abgeschossen hatte, hatte sie ein Pferd hinter sich gehört und sich fallen lassen. Ein Krummschwert sauste an ihrem Kopf vorbei. Dann setzte der Reiter seinen Weg fort.

Catti-brie wollte ihm einen Pfeil hinterherschicken, aber als sie noch gebückt dastand, erblickte sie einen anderen Banditen, der sich ihr von hinten näherte. Er war mit einem Speer bewaffnet und hielt einen schweren Schild vor sich.

Aber Catti-brie und Taulmaril waren schneller. Im Nu lag der nächste Pfeil auf der Sehne des magischen Bogens und schwirrte durch die Luft. Er durchschlug sogar den schweren Schild des Banditen und durchbohrte ihn. Der hilflose Mann wurde vom Rücken seines Reittiers ins Totenreich befördert.

Das reiterlose Pferd brach aus. Catti-brie konnte jedoch seine Zügel packen, als es an ihr vorbeitrabte, und schwang sich in den Sattel, um den Banditen zu verfolgen, der sie am Ohr verletzt hatte.

Drizzt stand immer noch auf seinem Dromedar. Er ragte hoch über seinen Feinden empor und wich geschickt den Hieben der Reiter aus, die vorbeistürmten, während er seine beiden magischen Säbel in einem faszinierenden Totentanz schwang. Immer wieder dachten die Banditen, der stehende Elf gäbe ein einfaches Ziel ab, mußten aber die Erfahrung machen, daß ihre Schwerter und Speere ins Leere trafen, während Blaues Licht oder der andere magische Krummsäbel eine saubere Linie durch ihre Kehlen schnitt, wenn sie davongaloppieren wollten.

Dann griffen zwei Reiter gleichzeitig an. Einer ritt auf die Breitseite des Kamels zu, und der andere kam von hinten. Der flinke Dunkelelf sprang herum und hielt mühelos seine Stellung bei. Innerhalb von Sekunden hatte er beide Gegner in die Defensive gedrängt.

Wulfgar erledigte den letzten der drei Banditen, die er umgeworfen hatte, und wandte sich von dem Gemetzel ab, nur um feststellen zu müssen, daß sich sein widerspenstiges Kamel vor ihm erhob. Wieder schlug er das tückische Tier, aber diesmal mit Aegisfang, worauf es neben den Banditen zu Boden stürzte.

Nachdem er alle seine Gegner besiegt hatte, fiel der erste Blick des Barbaren auf Drizzt. Er staunte über den herrlichen Tanz der Klingen des Dunkelelfen, die nach unten schwirrten, um ein Krummschwert abzuwehren oder um einen seiner Gegner aus dem Gleichgewicht zu bringen. Innerhalb von Sekunden würde Drizzt mit beiden fertig sein.

Dann sah Wulfgar an dem Dunkelelfen vorbei, wo ein dritter Reiter unauffällig herbeitrabte. Seinen Speer hielt er so, daß er ihn Drizzt in den Rücken stoßen konnte.

»Drizzt!« schrie der Barbar, während er Aegisfang auf seinen Freund richtete.

Zuerst dachte Drizzt, daß Wulfgar in Schwierigkeiten sei, aber als er aufschaute und den Kriegshammer auf seine Knie zufliegen sah, verstand er sofort. Ohne zu zögern, machte er einen Satz und hechtete über seine Feinde hinweg.

Der angreifende Speerträger hatte nicht einmal Zeit, das Verschwinden seines Opfers zu beklagen, denn der mächtige Kriegshammer sauste über die Höcker des Dromedars und schlug in sein Gesicht ein.

Drizzts Sprung erwies sich auch als Vorteil in seinem Kampf, denn damit hatte er die beiden Schwertkämpfer überrumpelt. Als sie eine Sekunde zögerten, griff der Dunkelelf an und stieß seine Klingen nach unten, während er noch mit dem Kopf nach unten in der Luft hing.

Blaues Licht bohrte sich tief in eine Brust. Der zweite Bandit schaffte es zwar, dem anderen Säbel auszuweichen, aber die Waffe kam dicht genug heran, daß Drizzt den Knauf unter dem Arm des Mannes verkeilen konnte. Beide Reiter stürzten mit dem Dunkelelfen herunter, aber nur Drizzt kam mit den Füßen auf. Seine Klingen stießen zweimal zu, und damit war der Kampf beendet.

Ein anderer Reiter sah den großen Barbaren unbewaffnet und ging auf ihn los. Wulfgar sah den Mann kommen und stellte sich auf den Angriff ein. Als das Pferd heranstürmte, wich der Barbar scheinbar nach rechts vor dem Schwertarm des Reiters aus. Das hatte der auch erwartet. Dann änderte Wulfgar aber plötzlich die Richtung und warf sich dem Pferd direkt in den Weg.

Wulfgar nahm den schmerzhaften Zusammenprall hin

und schlang die Arme um den Hals des Pferdes und die Beine um seine Vorderbeine. Dann warf er sich mit Schwung nach hinten und brachte das Pferd ins Taumeln. Der kräftige Barbar riß und zog mit ganzer Kraft, bis Pferd und Reiter direkt über ihm waren.

Der entsetzte Bandit konnte gar nicht mehr reagieren, abgesehen von einem Schrei, den er ausstieß, als das Pferd ihn in den Sand drückte. Nachdem sich das Pferd schließlich weggerollt hatte, blieb der Bandit mit dem Kopf bis zur Hüfte im Sand begraben, und nur seine Beine ragten grotesk an einer Seite heraus.

Mit Stiefeln und Bart voller Sand hielt Bruenor eifrig nach einem Gegner Ausschau. Zwischen den großen Reittieren hatten die meisten Banditen den kleinen Zwerg übersehen. Und von der Handvoll, die auf ihn aufmerksam geworden waren, waren jetzt die meisten tot!

Bruenor stürzte sich aus dem Schutz der reiterlosen Kamele hervor und schlug seine Axt gegen seinen Schild, um die Aufmerksamkeit auf sich zu lenken. Er sah einen Reiter, der sich gerade zur Flucht abwandte.

»Hallo!« brüllte Bruenor ihn an. »Deine Mutter ist eine orkküssende Metze!«

In dem Glauben, daß er gegenüber dem Zwerg auf dem Boden entscheidend im Vorteil sei, konnte sich der Bandit die Gelegenheit nicht entgehen lassen, auf diese Beleidigung zu antworten. Er stürmte auf Bruenor los und ließ sein Schwert niedersausen.

Bruenor hielt seinen goldenen Schild hoch, um den Hieb abzuwehren, und stellte sich dann vor das Pferd. Der Reiter wirbelte herum, um den Zwerg von der anderen Seite anzugreifen, aber Bruenor nutzte seinen kleinen Wuchs zu seinem Vorteil. Er brauchte sich kaum zu bücken, als er unter den Bauch des Pferdes schlüpfte. Dann stand er wieder auf der anderen Seite, hob seine Axt hoch über seinen Kopf und traf den verwirrten Mann an der Hüfte. Als der Bandit sich vor Schmerzen krümmte, warf Bruenor seinen Schildarm hoch, packte Turban und Haare des Reiters mit seinen schwieligen Fingern und riß den Mann mit einem Ruck aus dem Sattel. Mit einem zufriedenen Grunzen hieb er mit der Axt auf ihn ein.

»Zu einfach!« murrte der Zwerg und ließ die Leiche auf den Boden fallen. Er sah sich nach dem nächsten Opfer um, aber die Schlacht war beendet. In der Mulde gab es keine Banditen mehr, und Wulfgar, der Aegisfang wieder in den Händen hielt, stand bei Drizzt.

»Wo ist mein Mädchen!« schrie Bruenor.

Drizzt beruhigte ihn mit einem Blick und zeigte mit einem Finger in die Ferne.

Auf einer Düne etwas abseits saß Catti-brie auf dem Pferd, das sie erobert hatte. Taulmaril hielt sie fest in den Händen, während ihr Blick über die Wüste schweifte.

Mehrere Reiter galoppierten in wilder Flucht über den Sand, und viele lagen auf der anderen Seite der Düne tot da. Catti-brie zielte auf einen von ihnen, doch dann erkannte sie, daß die Schlacht hinter ihr beendet war.

»Genug«, flüsterte sie. Sie bewegte den Bogen einen Zentimeter weiter und schoß den Pfeil über die Schulter des fliehenden Banditen.

An diesem Tag sind genug gestorben, dachte sie.

Catti-brie sah auf das Gemetzel und auf die hungrigen

Geier, die geduldig am Himmel kreisten. Sie ließ Taulmaril heruntersinken. Der entschlossene und grimmige Ausdruck in ihrem Gesicht entspannte sich.

Der Führer

»Erlebe den Genuß, den es verspricht«, drängte der Gildenvorsteher und fuhr mit der Hand über eine mit Widerhaken versehene Spitze, die aus einem Holzblock in der Mitte des einzigen kleinen Tisches in dem Zimmer herausragte.

Regis schürzte absichtlich die Lippen zu einem dümmlichen Lächeln. Er gab vor, die offensichtliche Logik in Pooks Worten zu verstehen.

»Leg einfach deine Handfläche darauf«, forderte Pook ihn auf, »dann wirst du wahre Freude erfahren und wieder ein Mitglied unserer Familie sein.«

Regis suchte nach einem Ausweg aus dieser Falle. Schon einmal hatte er diese List angewandt, die Lüge in der Lüge, und vorgetäuscht, unter dem Einfluß des magischen Talismans zu stehen. Damals hatte er sein Spiel bis zur Perfektion gespielt, einen bösen Zauberer von seiner Treue überzeugt und sich dann im entscheidenden Augenblick gegen ihn gewandt, um seinen Freunden zu helfen.

Diesmal mußte Regis überrascht feststellen, daß er sich tatsächlich der beharrlichen, hypnotisierenden Anziehung des Rubinanhängers entziehen konnte. Trotzdem saß er jetzt in der Falle: Einer, der wirklich von dem Stein hypnotisiert war, würde voller Freude die Hand auf die Spitze mit dem Widerhaken pressen.

Regis führte seine Hand über den Kopf und schloß die Augen. Er versuchte, ausdruckslos dreinzuschauen, um die Rolle des Gimpels zu wahren. Er bewegte den Arm nach unten, als wollte er Pooks Eingebung folgen.

Aber im letzten Augenblick schwenkte seine Hand ab und schlug harmlos auf dem Tisch auf.

Pook brüllte zornentbrannt auf, da er die ganze Zeit vermutet hatte, daß Regis dem Einfluß des Anhängers entronnen war. Er packte den Halbling am Handgelenk und drückte dessen kleine Hand in die Spitze hinein und bewegte sie dabei hin und her. Regis' Schrei verstärkte sich um ein Mehrfaches, als Pook seine Hand wieder aus dem Widerhaken riß.

Dann ließ Pook ihn los und schlug ihm ins Gesicht, während Regis seine verletzte Hand an die Brust preßte.

»Verräterischer Lump!« schrie der Gildenvorsteher, der eigentlich eher über das Versagen des Anhängers wütend war als über Regis' Täuschung. Er wollte erneut zuschlagen, aber dann beruhigte er sich und beschloß, den widerspenstigen Willen des Halblings auf andere Weise zu brechen.

»Schade«, höhnte er, »denn wenn der Anhänger dich wieder unter Kontrolle gebracht hätte, hätte ich für dich trotz allem wohl noch einen Platz in der Gilde gefunden. Mit Sicherheit verdienst du den Tod, kleiner Dieb, aber ich habe nicht vergessen, wie wertvoll du für mich in der Vergangenheit gewesen bist. Du warst der beste Dieb in Calimhafen, und diese Stellung hätte ich dir eigentlich gerne wieder angeboten.«

»Dann ist es keine Schande, daß der Stein versagt hat«, wagte Regis zurückzugeben, der Pook durchschaute, daß Pook ihn nur quälen wollte, »denn kein Schmerz überwiegt den Ekel, den ich empfinden würde, wenn ich für Pascha Pook den Lakaien spielen müßte!«

Pooks Antwort war ein harter Schlag, durch den Regis vom Stuhl auf den Boden geworfen wurde. Der Halbling lag zusammengekrümmt da und versuchte, gleichzeitig das Blut aus seiner Hand und seiner Nase aufzuhalten.

Pook lehnte sich auf seinem Stuhl zurück und faltete die Hände hinter dem Kopf. Er sah auf den Anhänger, der vor ihm auf dem Tisch lag. Bisher hatte er ihn nur ein einziges Mal im Stich gelassen, als er ihn bei einer Person eingesetzt hatte, deren Willen einfach zu stark war. Glücklicherweise hatte Artemis Entreri damals nichts davon bemerkt, und Pool war klug genug gewesen, den Anhänger bei dem Meuchelmörder nicht ein zweites Mal auszuprobieren.

Pook richtete den Blick auf Regis, der vor Schmerzen inzwischen das Bewußtsein verloren hatte. Er mußte es dem kleinen Halbling hoch anrechnen. Wenn Regis auch aufgrund seiner Vertrautheit mit dem Anhänger einen Vorteil in dieser Auseinandersetzung hatte, konnte trotzdem nur jemand mit eisernem Willen der verlockenden Anziehungskraft widerstehen.

»Aber er wird dir nicht helfen«, flüsterte Pook zu der bewußtlosen Gestalt hinüber. Er lehnte sich auf seinem Stuhl wieder zurück und schloß die Augen, um sich eine neue Folter für Regis auszudenken.

Ein Arm in einer gelbbraunen Robe schob sich durch die Zeltöffnung und hielt die schlaffe Gestalt eines rotbärtigen Zwerges mit dem Kopf nach unten am Knöchel. Sali Dalibs Finger begannen ihr übliches Spiel, und er strahlte von einem Ohr zum anderen, wobei er seine goldenen und elfenbeinfarbenen Zähne zeigte. Sein kleiner Goblingehilfe hüpfte neben ihm hin und her und quietschte: »Magie, Magie, Magie!«

Bruenor öffnete ein Auge und hob einen Arm, um sich den langen Bart aus dem Gesicht zu streichen. »Gefällt dir das, was du siehst?« fragte er verschlagen.

Sali Dalibs Lächeln verschwand, und seine Finger verhedderten sich ineinander.

Bruenors Träger – Wulfgar, der das Gewand eines Banditen trug – betrat das Zelt, und Catti-brie folgte ihm.

»Du also warst es, der die Banditen auf uns gehetzt hat!« fauchte die junge Frau ihn an.

Sali Dalibs Entsetzensschrei wurde zu einem Geschnatter. Der verschlagene Händler wirbelte herum, um zu fliehen – und fand ein sauber geschnittenes Loch im hinteren Teil seines Zeltes vor, in dem Drizzt Do'Urden stand. Der Dunkelelf stützte sich auf einen Krummsäbel, während der andere bequem auf seiner Schulter ruhte. Um den Schrecken des Händlers zu vergrößern, hatte Drizzt seine magische Maske abgelegt.

»Uh... äh, die beste Straße?« stammelte der Händler.

»Die beste für dich und deine Freunde!« knurrte Bruenor.

»Das dachten sie jedenfalls«, fügte Catti-brie schnell hinzu.

Sali Dalib schürzte die Lippen zu einem schüchternen Lächeln. Er hatte schon unzählige Male in der Klemme gesessen und bisher immer einen Ausweg gefunden. Er hob die Hände, als wollte er sagen: »Ihr habt mich erwischt!« Doch plötzlich bewegte er sich ruckartig und zog in einem blitzschnellen Manöver mehrere kleine Keramikkugeln aus einer der vielen Taschen an seiner Robe und warf sie sich vor die Füße. Sie explodierten zu bunten Lichtern und ließen einen dicken, blendenden Rauch zurück. Im selben Augenblick stürmte der Händler auf eine Zeltwand los.

Automatisch ließ Wulfgar Bruenor fallen, sprang nach vorne und griff ins Leere. Der Zwerg schlug mit dem Kopf auf dem Boden auf und wälzte sich herum, bis er saß. Sein einhörniger Helm saß schräg auf seinem Kopf. Als der Rauch abzog, sah der Barbar verlegen zu dem Zwerg hinüber, der ungläubig den Kopf schüttelte und murmelte: »Das wird wohl ein langes Abenteuer.«

Nur Drizzt, der stets auf der Hut war, war nicht überrumpelt worden. Der Dunkelelf hatte seine Augen vor den Explosionen geschützt und die rauchumhüllte Silhouette des Händlers verfolgt, der sich nach links bewegt hatte. Drizzt hätte ihn erwischt, bevor er aus dem geheimen Zeltausgang entkam, wenn nicht Sali Dalibs Gehilfe ihm in den Weg getaumelt wäre. Er wurde kaum langsamer, obwohl er fast gleichzeitig dem kleinen Goblin den Knauf von Blaues Licht gegen die Stirn schlug, so daß die Kreatur bewußtlos umfiel, sich die Maske vor das Gesicht zog und hinaus auf die Straßen von Memnon sprang.

Catti-brie folgte Drizzt unverzüglich, und auch Bruenor kam wieder auf die Füße. »Hinter ihm her, Junge!« schrie der Zwerg Wulfgar zu. Und schon war die Jagd in vollem Gange.

Drizzt entdeckte, wie der Händler in das Gewühl auf den

Straßen schlüpfte. Da selbst Sali Dalibs knallbunte Robe in den unzähligen Farben der Stadt untergehen würde, fügte Drizzt seine besondere Note hinzu. Wie bei dem unsichtbaren Magier auf dem Piratenschiff zauberte der Dunkelelf einen Umriß von purpurfarbenen Flammen um den Händler.

Dann nahm der Dunkelelf schleunigst die Verfolgung auf, schlängelte sich durch die Menge mit einer verblüffenden Gewandtheit und hielt nach der purpurroten Linie Ausschau, die sich ruckartig fortbewegte.

Bruenor war weniger anmutig. Der Zwerg überholte Cattibrie und tauchte direkt in die Menge ein, trampelte auf Füße und vertrieb mit seinem Schild alles von seinem Weg. Wulfgar, der ihm auf dem Fuße folgte, schlug eine noch breitere Schneise, so daß sich Cattie-brie nicht zu sorgen brauchte, sie aus den Augen zu verlieren.

Sie hetzten durch unzählige Gassen und gelangten schließlich auf einen offenen Markt. Wulfgar warf unabsichtlich einen Karren mit großen gelben Melonen um. Protestgeschrei wurde hinter ihnen laut, aber sie hielten den Blick unablässig nach vorne gerichtet, und jeder behielt den anderen vor sich im Auge und versuchte, in dem vielfältigen Treiben nicht verlorenzugehen.

Sali Dalib begriff sofort, daß er mit dem flammenden Umriß zuviel Aufsehen erregte, um in den Straßen entkommen zu können. Ein weiterer Nachteil war, daß er an jeder Ecke von Hunderten von neugierigen Zuschauern mit den Augen und erhobenen Fingern begrüßt wurde, was seinen Verfolgern die Jagd zusätzlich erleichterte. Der Händler ergriff die einzige Chance, die ihm blieb, bog in eine Gasse ein und stolperte durch die Tür eines großen Steingebäudes.

Drizzt drehte sich um und vergewisserte sich, daß seine Freunde ihm noch folgten. Dann stürmte er durch die Tür und kam auf dampfbeschlagenem, glitschigem Marmorboden eines öffentlichen Badehauses schlitternd zum Halt. Zwei riesige Eunuchen wollten dem bekleideten Elfen den Weg abschneiden. Aber wie der Händler, der kurz zuvor hereingeplatzt war, gewann der flinke Drizzt zu schnell seinen Schwung wieder, um sich aufhalten zu lassen. Er rutschte durch den kurzen Eingangsflur und in den Hauptraum hinein, in ein großes offenes Bad, das von dicken Dampfschwaden und dem Geruch von Schweiß und parfümierten Seifen durchzogen war. Nackte Körper kamen ihm bei jedem Schritt in den Weg, und Drizzt mußte aufpassen, wo er seine Hände hatte, während er weiterrutschte.

Bruenor stürzte fast zu Boden, als er den glatten Vorraum betrat, und die Eunuchen, die bereits ihren Posten verlassen hatten, bauten sich vor ihm auf.

»Keine Kleidung!« verlangte einer von ihnen, aber Bruenor hatte keine Zeit für müßige Unterhaltungen. Er stampfte mit einem schweren Stiefel auf den nackten Fuß des Riesen und quetschte obendrein den anderen Fuß. Im selben Augenblick kam Wulfgar hinzu und schleuderte den anderen Eunuchen zur Seite.

Der Barbar, der sich vorgebeugt hatte, um an Schnelligkeit zu gewinnen, hatte keine Möglichkeit, auf dem glitschigen Boden abzubremsen oder abzubiegen, und als Bruenor sich am Becken entlangbewegte, prallte Wulfgar mit ihm zusammen. Beide stürzten zu Boden und wurden zu einer Rutschpartie gezwungen, die sie nicht aufzuhalten vermochten.

Sie flogen über den Rand des Beckens und tauchten ins

Wasser ein. Wulfgar kam wieder zum Vorschein. Er stand zwischen zwei üppigen, nackten, kichernden Frauen bis zur Taille im Wasser.

Der Barbar stammelte eine Entschuldigung, hatte aber das Gefühl, als hätte sich seine Zunge in der Mundhöhle verdreht. Ein Schlag auf den Hinterkopf brachte ihn wieder zur Vernunft.

»Du suchst doch den Händler, erinnerst du dich?« fragte Catti-brie.

»Den suche ich!« versicherte ihr Wulfgar.

»Dann such denjenigen mit dem purpurfarbenen Umriß!« fauchte Catti-brie ihn an.

Wulfgar, der in Erwartung eines weiteren Schlages die Augen abwandte, erblickte ein einsames Horn eines Helms, das aus dem Wasser neben ihm herausragte. Hektisch stieß er die Hand hinein, konnte Bruenor am Kragen packen und zog ihn aus dem Becken. Der nicht allzu glückliche Zwerg kam mit verschränkten Armen hoch und schüttelte immer wieder nur ungläubig den Kopf.

Drizzt verließ das Badehaus durch die Hintertür und fand sich in einer leeren Gasse wieder. Es war der bisher einzige Platz in Memnon, wo er keine Menschen sah. Um einen besseren Überblick zu haben, kletterte er die Wand des Badehauses hinauf und lief auf dem Dach weiter.

Sali Dalib verlangsamte sein Tempo, als er glaubte, seine Verfolger abgeschüttelt zu haben. Der magische purpurne Umriß des Dunkelelfen verblaßte allmählich, wodurch er sich obendrein in Sicherheit glaubte. Er schlich sich durch den Irrgarten der finsteren Seitengäßchen. Nicht einmal die Betrunkenen, die seine Verfolger hätten informieren können, lehnten wie sonst an den Mauern. Er legte auf den gewundenen Wegen hundert, dann zweihundert Meter zurück und kam schließlich in eine Gasse, von der er wußte, daß sie zu dem größten Markt von ganz Memnon führte, wo man im Nu untertauchen konnte.

Doch als Sali Dalib fast das Ende der Gasse erreicht hatte, sprang unerwartet eine Gestalt vor ihm zu Boden. Zwei Krummsäbel kamen blitzartig zum Vorschein und verstellten dem Händler, der wie gelähmt war, den Weg. Sie legten sich an sein Schlüsselbein, und dann zogen sie auf beiden Seiten seines Halses Linien.

Als die vier Freunde mit ihrem Gefangenen in das Zelt des Händlers zurückkehrten, fanden sie zu ihrer Erleichterung den kleinen Goblin dort liegen, wo Drizzt ihn niedergeschlagen hatte. Bruenor zerrte die unglückliche Kreatur nicht allzu sanft hinter Sali Dalib und fesselte beide Rücken an Rücken. Wulfgar kam ihm zu Hilfe und wickelte zu guter Letzt eine Schlinge des Seils um Bruenors Unterarm. Der Zwerg machte sich frei und schubste den Barbaren weg.

»Ich hätte in Mithril-Halle bleiben sollen«, knurrte Bruenor. »Bei den Dunkelzwergen ist es sicherer als neben dir und dem Mädchen!«

Wulfgar und Catti-brie sahen Drizzt hilfesuchend an, aber der Dunkelelf lächelte nur und ging zur Zeltwand hinüber.

»Ha-ha-ha-ha-ha!« kicherte Sali Dalib nervös. »Kein Problem hier. Sollen wir handeln? Viele Reichtümer besitze ich. Alles, was ihr braucht...«

»Halt den Mund!« fuhr Bruenor ihn an. Der Zwerg zwinkerte Drizzt zu, um ihm zu verstehen zu geben, daß er bei dieser Begegnung die Rolle des bösen Burschen spielen wollte.

»Ich will keine Reichtümer von einem, der mich hereingelegt hat«, knurrte Bruenor. »Mein Herz schreit nach Rache!« Er sah seine Freunde an. »Ihr habt alle sein Gesicht gesehen, als er dachte, ich sei tot. Er war es bestimmt, der diese Banditen auf uns gehetzt hat.«

»Sali Dalib würde niemals...«, stammelte der Händler.

»Ich habe doch gesagt, du sollst den Mund halten!« schrie Bruenor ihm ins Gesicht, um ihn einzuschüchtern. Der Zwerg holte seine Axt hervor und legte sie auf seine Schulter.

Der Händler sah Drizzt an. Er war verwirrt, denn der Dunkelelf trug jetzt wieder seine Maske und sah wie ein oberirdischer Elf aus. Sali Dalib ahnte aber, was seine wahre Identität war, einfach weil er die schwarze Haut bei diesem Elfen passender fand, und folglich dachte er nicht einmal daran, Drizzt um Gnade zu bitten.

»Warte damit«, sagte Cattie-brie plötzlich und langte nach dem Griff von Bruenors Waffe. »Vielleicht gibt es für diesen Schuft doch noch eine Möglichkeit, seinen Hals zu retten.«

»Pah! Was sollten wir schon von ihm wollen?« keifte Bruenor und zwinkerte Catti-brie zu, damit sie ihre Rolle weiterspielte.

»Er kann uns nach Calimhafen bringen«, erwiderte Catti-brie. Sie warf Sali Dalib einen stahlharten Blick zu, der ihn warnen sollte, daß ihre Gnade nicht ohne weiteres zu erlangen war. »Diesmal bringt er uns bestimmt zu der besten Straße.«

»Ja, ja, ha-ha-ha-ha-ha«, platzte Sali Dalib heraus. »Sali Dalib zeigt euch den Weg!«

»Zeigen!« brüllte Wulfgar, der nicht ausgelassen werden wollte. »Du wirst uns nach Calimhafen führen.«

»Sehr langer Weg«, murmelte der Händler. »Fünf Tage oder noch länger. Sali Dalib kann nicht...«

Bruenor hob die Axt.

»Ja ja, natürlich«, stieß der Händler hervor. »Sali Dalib führt euch dorthin. Führt euch direkt zum Tor... durch das Tor«, verbesserte er sich schnell. »Sali Dalib besorgt sogar das Wasser. Wir müssen die Karawane einholen.«

»Keine Karawane«, unterbrach ihn Drizzt, was sogar seine Freunde überraschte. »Wir reisen allein.«

»Gefährlich«, erwiderte Sali Dalib. »Sehr, sehr gefährlich. Die Calimwüste ist voller Ungeheuer, Drachen und Banditen gleichermaßen.«

»Keine Karawane«, wiederholte Drizzt in einem Ton, der keinen Widerspruch duldete. »Bindet sie los, damit sie alles vorbereiten können.«

Bruenor nickte, dann näherte er sich mit dem Gesicht Sali Dalib auf einen Zentimeter. »Und ich werde persönlich auf sie aufpassen«, sagte er zu Drizzt, obwohl diese Bemerkung eher an Sali Dalib und den kleinen Goblin gerichtet war. »Nur eine kleine Dummheit, und ich schneide sie in Häppchen!«

In weniger als einer Stunde machten sich fünf Kamele vom südlichen Memnon aus auf den Weg durch die Calimwüste. An ihren Seiten hingen Keramikkrüge mit Wasser, die bei jedem Schritt klirrten. Drizzt und Bruenor ritten voran und folgten den Wegweisern der Handelsstraße. Der Dunkelelf trug seine Maske, hatte aber trotzdem die Kapuze seines Umhangs tief ins Gesicht gezogen, denn das grelle Sonnenlicht, das auch noch von dem weißen Sand zurückgeworfen wurde, brannte in seinen Augen, die einst der völligen Schwärze der Unterwelt angepaßt waren.

Sali Dalib ritt mit seinem Gehilfen, der vor ihm auf dem Kamel saß, in der Mitte, und Wulfgar und Catti-brie bildeten die Nachhut. Catti-brie hatte Taulmaril auf ihrem Schoß, und ein silberner Pfeil lag schußbereit auf der Kerbe, was dem verschlagenen Händler eine ständige Mahnung war.

Es wurde so heiß, wie es die Freunde – mit Ausnahme von Drizzt, der im Erdinnern aufgewachsen war – noch nie erlebt hatten. Nicht eine Wolke hielt die grausamen Sonnenstrahlen auf, und nicht die schwächste Brise kam auf, um Linderung zu bringen. Sali Dalib, der an die Hitze gewohnt war, wußte, daß die Windstille ein Segen war, denn Wind in der Wüste bedeutete aufwirbelnden und blind machenden Sand – er war der gefährlichste Feind in der Calimwüste.

Die Nacht war angenehmer, denn die Temperatur sank wohltuend, und ein Vollmond verwandelte die endlose Linie der Dünen in eine silberne Traumlandschaft, die den Wellen des Ozeans glich. Die Freunde errichteten für einige Stunden ein Lager und wechselten sich in der Wache über ihre unfreiwilligen Führer ab.

Catti-brie wurde nach Mitternacht wach. Sie richtete sich auf und streckte sich, da sie glaubte, mit der Wache an der Reihe zu sein. Dann sah sie Drizzt, der am Rand des Feuers stand und zum sternenübersäten Himmel hochstarrte.

Hatte Drizzt nicht schon die erste Wache übernommen, fragte sie sich.

Catti-brie prüfte die Position des Mondes, um die Zeit herauszufinden. Es gab keinen Zweifel: Die Nacht wurde lang.

»Ärger?« fragte sie leise und stellte sich zur Drizzt. Bruenors lautes Schnarchen beantwortete die Frage für Drizzt.

»Soll ich dich dann ablösen?« fragte sie. »Auch ein Dunkelelf braucht Schlaf.«

»Ich kann unter der Kapuze meines Umhangs Ruhe finden«, erwiderte Drizzt und drehte sich um, um ihrem besorgten Blick mit seinen blauvioletten Augen zu begegnen, »wenn die Sonne hoch am Himmel steht.«

»Kann ich mich dann zu dir gesellen?« fragte Catti-brie. »Es ist eine wunderschöne Nacht.«

Drizzt lächelte und richtete wieder den Blick zu dem verlockenden Nachthimmel empor. Dabei empfand er eine geheimnisvolle Sehnsucht in seinem Herzen, die so tief war, wie sie kein oberirdischer Elf jemals erlebt hatte.

Catti-brie legte ihre schlanken Finger auf die seinen und stand still an seiner Seite. Sie wollte ihn in seiner Verzauberung nicht länger stören und mit dem besten ihrer Freunde mehr als bloße Worte austauschen.

☆ ☆ ☆

Am nächsten Tag wurde die Hitze immer unerträglicher, und am darauffolgenden Tag steigerte sie sich noch mehr. Aber die Kamele stapften mühelos einher, und die vier Freunde, denen schon so manche Härte widerfahren war, nahmen den grausamen Weg lediglich als ein weiteres Hindernis auf der Reise hin, die sie zu Ende bringen mußten.

Sie stießen auf kein Lebenszeichen und empfanden es als Segen, denn in dieser öden Gegend konnte etwas Lebendes nur feindlich sein. Die Hitze reichte ihnen, es kam ihnen vor, als würde ihre Haut einfach schrumpfen und aufreißen.

Immer wenn einer von ihnen aufgeben wollte, weil die unbarmherzige Sonne und der brennende Sand und die Hitze einfach nicht mehr zu ertragen waren, dachte er an Regis.

Welche schrecklichen Foltern mußte der Halbling jetzt wohl in den Händen seines ehemaligen Meisters erdulden?

Nachwort

Aus dem Schatten einer Türöffnung heraus beobachtete Entreri Pascha Pook, wie er die Treppe hinunterstieg und zum Ausgang des Gildenhauses ging. Pook hatte seinen Rubinanhänger erst vor einer Stunde zurückerhalten, und schon war er unterwegs, um ihn anzuwenden. Eines mußte Entreri dem Gildenvorsteher hoch anrechnen: Er war wie immer schnell bei der Sache.

Der Meuchelmörder wartete, bis Pook das Haus endgültig verlassen hatte, dann stahl er sich in die oberste Etage zurück. Die Wächter vor der letzten Tür machten keine Anstalten, ihn aufzuhalten, obwohl Entreri sich nicht erinnern konnte, daß er sie aus seiner alten Zeit in der Gilde kannte. Pook war offenbar so umsichtig gewesen, Entreris Stellung in der Gilde bekanntzugeben und ihm alle Vorrechte einzuräumen, die er früher genossen hatte.

Immer schnell bei der Sache.

Entreri ging zur Tür seines alten Zimmers, in dem LaValle jetzt wohnte, und klopfte leise.

»Komm herein, komm herein«, begrüßte der Zauberer ihn, keineswegs überrascht, daß der Meuchelmörder zurückgekommen war.

»Es ist gut, wieder da zu sein«, begann Entreri.

»Und es ist gut, dich wiederzuhaben«, erwiderte der Zauberer aufrichtig. »Es ist alles nicht mehr so, wie es war, als du uns verlassen hast, und in den vergangenen Monaten ist es noch schlimmer geworden.«

Entreri wußte, worauf der Zauberer anspielte. »Rassiter?«

LaValle zog eine Grimasse. »Stell dich mit dem Rücken an die Wand, wenn er in der Nähe ist.« Er erschauderte, faßte sich aber schnell. »Aber da du jetzt wieder an Pooks Seite bist, wird Rassiter seine Grenzen kennenlernen.«

»Vielleicht«, antwortete Entreri mit leichtem Zweifel in der Stimme, »obwohl ich mir nicht so sicher bin, daß Pook sich über meine Rückkehr gefreut hat.«

»Du kennst doch Pook«, kicherte LaValle. »Er denkt stets als Gildenvorsteher! Er wollte deine Begegnung mit ihm nach festen Regeln ablaufen lassen, um seine Autorität sicherzustellen. Aber dieser Vorfall liegt bereits weit hinter uns.«

Entreris Blick sagte dem Zauberer, daß der Meuchelmörder nicht ganz überzeugt war.

»Pook wird es vergessen«, versicherte ihm LaValle.

»Jene, die mich verfolgt haben, sollten jedoch nicht so einfach vergessen werden«, erwiderte Entreri.

»Pook hat sich doch an Pinochet gewendet, die Aufgabe zu erledigen«, erklärte LaValle. »Der Pirat hat noch nie versagt.«

»Der Pirat hat es noch nie mit solchen Gegnern zu tun gehabt«, antwortete Entreri. Er sah auf den Tisch und LaValles Kristallkugel. »Wir sollten uns vergewissern.«

LaValle dachte einen Augenblick nach, dann nickte er zustimmend. Er hatte sowieso beabsichtigt, mit ihr zu arbeiten. »Behalte die Kugel im Auge«, wies er Entreri an. »Ich versuche, das Bild von Pinochet aufzurufen.«

Eine kurze Zeit blieb die Kristallkugel dunkel, dann füllte sie sich mit Rauch. LaValle hatte mit Pinochet nicht viel zu tun gehabt, aber für ein einfaches Wahrsagen verfügte er über genügend Wissen über den Piraten. Einige Sekunden später kam das Bild eines Schiffes an einer Pier in Sicht – kein Piratenschiff, sondern ein Handelsschiff. Entreri hatte sofort den Verdacht, daß etwas nicht stimmte.

Dann drang der Kristall tiefer ein und zeigte den Laderaum des Schiffes, und die Vermutung des Meuchelmörders bewahrheitete sich, denn der stolze Piratenkapitän war in einem abgetrennten Teil des Laderaums an die Wand gekettet. Seine Ellbogen hatte er auf die Knie gestützt, und den Kopf verbarg er in den Händen.

LaValle sah verblüfft zu Entreri hinüber, aber der Meuchelmörder war zu sehr auf das Bild konzentriert, um Erklärungen abzugeben. Ein seltenes Lächeln zeigte sich auf seinem Gesicht.

LaValle warf einen Vergrößerungszauber auf die Kristallkugel. »Pinochet!« rief er leise.

Der Pirat hob den Kopf und sah sich um.

»Wo bist du?« fragte LaValle.

»Oberon?« fragte Pinochet. »Bist du es, Zauberer?«

»Nein, ich bin LaValle, Pooks Zauberer in Calimhafen. Wo bist du?«

»In Memnon«, antwortete der Pirat. »Kannst du mich hier herausholen?«

»Was ist mit dem Elfen und dem Barbaren?« fragte Entreri LaValle, aber Pinochet konnte die Frage auch hören.

»Ich hatte sie!« zischte der Pirat. »Sie waren in einer Meerenge eingeschlossen. Ohne eine Ausweichmöglichkeit. Aber dann tauchte ein Zwerg in einem fliegenden Streitwagen aus Feuer auf, und bei ihm war eine Frau mit einem Bogen – ein tödlicher Schütze.« Er hielt inne und rang gegen die Erinnerungen an diese Begegnung.

»Und wie ist es ausgegangen?« drang LaValle auf ihn ein. Diese Entwicklung verblüffte ihn.

»Ein Schiff ergriff die Flucht, ein Schiff – mein Schiff – ist gesunken, und das dritte wurde erobert«, stöhnte Pinochet. Er verzog das Gesicht zu einer Grimasse und fragte wieder, diesmal mit mehr Nachdruck in der Stimme: »Kannst du mich hier herausholen?«

LaValle sah hilflos zu Entreri hinüber, der jetzt vor der Kristallkugel stand und gespannt auf jedes Wort lauschte. »Wo sind sie jetzt?« knurrte der Meuchelmörder, der mit seiner Geduld am Ende war.

»Verschwunden«, antwortete der Pirat. »Mit dem Mädchen und dem Zwerg nach Memnon gefahren.«

»Wann?«

»Vor drei Tagen.«

Entreri machte LaValle ein Zeichen, daß er genug gehört hatte.

»Ich werde Pascha Pook veranlassen, unverzüglich eine Nachricht nach Memnon zu übermitteln«, versicherte LaValle dem Piraten. »Du wirst freikommen.«

Pinochet sank in seine ursprüngliche Haltung der Mutlosigkeit zurück. Natürlich würde er freikommen, denn das war bereits in die Wege geleitet worden. Er hatte gehofft, daß LaValle ihn auf magische Weise aus dem Laderaum der *Seekobold* befreien könnte, damit er jeglicher Versprechungen entbunden war, die er Deudermont geben mußte, falls der Kapitän ihn freiließ.

»Drei Tage«, sagte LaValle zu Entreri, als sich der Kristall verdunkelte. »Dann können sie inzwischen auf halbem Weg hierher sein.«

Entreri schien über die Vorstellung belustigt. »Pascha Pook soll nichts davon erfahren«, sagte er plötzlich.

LaValle sank auf seinen Stuhl zurück. »Er muß aber informiert werden.«

»Nein!« fuhr Entreri ihn an. »Das ist nicht seine Angelegenheit.«

»Vielleicht befindet sich ja die Gilde in Gefahr«, gab LaValle zu Bedenken.

»Vertraust du mir nicht, daß ich diese Angelegenheit in den Griff bekomme?« fragte Entreri in einem leisen, gefährlichen Ton. LaValle spürte, wie die gefühllosen Augen des Meuchelmörders ihn durchdrangen, als wäre er plötzlich nur noch ein weiteres Hindernis, das es zu überwinden galt.

Aber dann wurde Entreris Blick weicher, und er lächelte. »Du kennst doch Pascha Pooks Schwäche für Wildkatzen«, sagte er und griff in seinen Beutel. »Schenke ihm dies. Erzähl ihm, daß du es für ihn geschaffen hättest.« Er warf dem Zauberer einen kleinen schwarzen Gegenstand über den Tisch zu.

LaValle fing ihn auf und machte große Augen, als er erkannte, was es war.

Guenhwyvar.

Auf einer fernen Ebene rührte sich die große Katze, als der Zauberer die Statuette berührte, und sie fragt sich, ob ihr Meister beabsichtigte, sie endlich zu sich zu rufen.

Aber nach einem Augenblick verschwand die Wahrnehmung, und die Katze legte ihren Kopf wieder auf die Pfoten. Es war schon soviel Zeit vergangen.

☆ ☆ ☆

»Sie enthält eine Wesenheit«, stammelte der Zauberer, der die Kraft in der Onyxstatuette spürte.

»Eine mächtige Wesenheit«, versicherte ihm Entreri. »Wenn du sie zu beherrschen gelernt hast, kannst du einen neuen Verbündeten in die Gilde einführen.«

»Wie kann ich dir danken...«, begann LaValle, aber er stockte, weil ihm klar wurde, daß ihm der Preis für den Panther bereits genannt worden war. »Warum Pook mit Kleinigkeiten belästigen, die ihn sowieso nichts angehen?« Der Zauberer lachte und warf ein Tuch über seine Kristallkugel.

Entreri schlug LaValle auf die Schulter, als er an ihm vorbei zur Tür ging. In den drei Jahren war nichts geschehen, was das gegenseitige Einvernehmen zwischen den beiden Männern hätte schmälern können.

Aber angesichts der bevorstehenden Ankunft von Drizzt und seinen Freunden hatte Entreri Dringendes zu erledigen. Er mußte Regis in den Neun Zellen einen Besuch abstatten.

Der Meuchelmörder brauchte ein weiteres Geschenk.